# Wyspa
## Potępionych

# MELISSA DE LA CRUZ

# Wyspa Potępionych

URODZENI, BY CZYNIĆ ZŁO?

Przekład
Anna Klingofer

**EGMONT**

Janette

Redakcja: Tomasz Klonowski
Korekta: Danuta Kownacka, Marta Jamrógiewicz
Wydawca prowadzący: Agnieszka Najder
Redaktor prowadzący: Elżbieta Kownacka

Wydanie pierwsze, Warszawa 2015
Egmont Polska Sp. z o.o.
ul. Dzielna 60, 01-029 Warszawa
tel. 22 838 41 00
www.egmont.pl/ksiazki

ISBN 978-83-281-0817-2

Koordynacja produkcji: Aleksandra Dobrosławska
Skład i łamanie: IT WORKS, Warszawa
Druk: Colonel, Kraków

## Mattiemu,
bez którego ta książka by nie powstała,

oraz dwóm najostrzejszym dziewczynom w branży:
## Emily Meehan
## i Jeanne Mosure,

które dały mi szansę, żebym mogła pracować na wyspie pełnej czarnych charakterów, i które we mnie wierzyły – dzięki za wszystko, kochane.

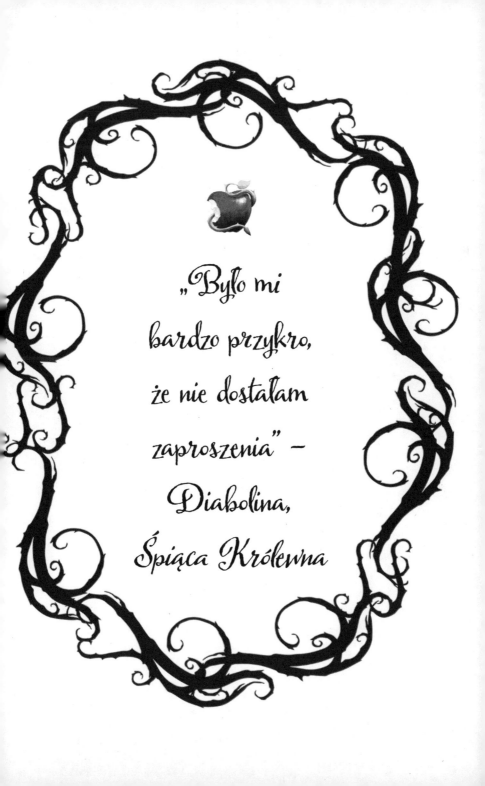

„Było mi bardzo przykro, że nie dostałam zaproszenia" – Diabolina, Śpiąca Królewna

# prolog

—

Dawno temu, w czasach po wszystkich szczęśliwych zakończeniach, a może nawet po szczęśliwych zakończeniach, które nastały jeszcze później, ze Zjednoczonych Stanów Auradonu wypędzono wszystkich złoczyńców. Uwięziono ich na Wyspie Potępionych, pod ochronnym kloszem, który trzymał wszelkie czary z dala od ich szponów. Najstraszniejsi ze strasznych, najbardziej zdradzieccy ze zdrajców, najpodlejsi z podłych i najgroźniejsi z tych, którzy od zawsze siali grozę, zostali skazani na życie bez magicznych mocy.

Z rozkazu króla Bestii złoczyńcom wymierzono karę wiecznej banicji.

Wieczność, jak się okazuje, to całkiem długi czas. Dłuższy niż sen zaklętej księżniczki. Dłuższy niż złote włosy panny uwięzionej w wieży. Dłuższy niż tydzień bycia zaklętym w żabę i z pewnością o wiele dłuższy niż oczekiwanie, żeby książę wreszcie włożył ci na stopę szklany pantofelek.

Tak, wieczność to bardzo, bardzo długo.

Dokładnie dziesięć lat. Od dziesięciu lat legendarni złoczyńcy tkwili w pływającym więzieniu ze skał i gruzu. No dobrze, moglibyście oczywiście powiedzieć, że dziesięć lat to w sumie nie jest aż tak długo. Ale dla tych wszystkich zaklinaczy i wiedźm, wezyrów i czarnoksiężników, złych królowych i mrocznych wróżek życie bez magii było wyrokiem gorszym od śmierci.

(A niektórych nawet przywrócono z martwych tylko po to, żeby umieścić ich na wyspie – więc, no cóż, oni chyba wiedzą najlepiej).

Bez niezwykłych mocy, pozwalających im dominować i hipnotyzować, terroryzować i zastraszać, przyzywać gradowe chmury i burze z piorunami, zmieniać postać i rysy twarzy albo dzięki kłamstwu i manipulacji zdobywać dokładnie to, na co mieli ochotę, zostało im tylko jałowe życie. Radzili sobie, jak potrafili: sprzedawali i jedli pomyje, okradali się nawzajem, a przestraszyć mogli już tylko własne sługi. Nawet im samym trudno było sobie wyobrazić, że niegdyś byli wielkimi i potężnymi trucicielami od leśnych jabłek i złodziejami podwodnych głosów, uzurpatorami królewskiej władzy i właścicielami kapryśnych luster.

Teraz daleko im było do dawnej potęgi. Stali się zwyczajni. Codzienni.

Odważmy się to powiedzieć: byli nudni.

Dlatego też z wielkim podekscytowaniem i głośnymi fanfarami cała wyspa zebrała się na jedyne w swoim rodzaju wydarzenie: nikczemnie cudowne przyjęcie urodzinowe sześcioletniej księżniczki. (Na wyspie pod kloszem, gdzie żyła banda dawnych złoczyńców pozbawionych magicznych mocy, określenie „nikczemnie" jest dość względnym pojęciem).

Tak czy siak, urządzono imprezę.

Była to najwspanialsza uroczystość, jaką widziała ta samotna wyspa i jej mieszkańcy, a opowieści o jej gotyckim przepychu krążyły jeszcze przez wiele lat. Nieznośnie wystawna feta zmieniła spróchniałe kramy bazaru pośrodku wyspy w zdumiewający i przerażający zarazem plac zabaw, pełen upiornych lampionów i migoczących świec.

Kilka tygodni wcześniej nad pływającym więzieniem przeleciało stado sępów, które zrzuciły zaproszenia na każdy zniszczony próg i pod każdą ruderę, żeby brudni hultaje ze wszystkich zakątków wyspy mogli wziąć udział w tym czarownym i wyjątkowym wydarzeniu.

Wszyscy hultaje z wyjątkiem jednej wrednej małej wróżki.

Czy jej zaproszenie zaginęło, a wiatr porwał je na strzępy, czy może zjadły je same żarłoczne ptaszyska, a może – och! – może nikt nigdy nie zaadresował go królewskim, zamaszystym pismem, tak jak pozostałe liściki... Tego już nigdy się nie dowiemy.

Skutek jednak był ten sam.

Ponad zgiełkiem targowiska, wysoko na balkonie zamku sześcioletnia Mal bawiła się kosmykami swych gęstych, fioletowych włosów i z wydętymi usteczkami przyglądała się mrocznym, przepysznym uroczystościom w dole. A przynajmniej temu, co mogła zobaczyć. Widziała siedzącą na chwiejnym tronie maleńką księżniczkę – najpiękniejszą na świecie, a przynajmniej na wyspie. Jej włosy były błękitne jak ocean, oczy ciemne jak noc, a usta różowe jak róże. Miała włosy splecione w dobierany warkocz. Zaśmiewała się rozkosznie na widok bezliku cudów dziejących się przed jej oczami. Chichot dziewczynki był tak czarujący, że wywołał uśmiech nawet na twarzy wyniosłej lady Tremaine – macochy, której pokrzyżowano plan wydania córek za księcia z bajki. Z kolei groźny tygrys Shere Khan rozmruczał się jak zadowolony kotek. Kapitan Hak wsadził odważnie głowę w paszczę krokodyla Tik-Taka, żeby tylko znów rozbawić małą księżniczkę i usłyszeć kolejną salwę uroczego śmiechu. Wyglądało na to, że księżniczka potrafiła rozpogodzić twarze nawet najstraszniejszych złoczyńców.

Ale Mal się nie uśmiechała. Niemal czuła zapach piętrowego tortu z kwaśnych jabłek, grzesznie czerwonych i kusząco robaczywych. Choć bardzo się starała, nie mogła nie słyszeć skrzeków Jagona, który w kółko powtarzał historię o gadających jaskiniach pełnych nieprzebranych skarbów. Zirytowani goście nabrali w końcu ochoty, żeby roztrajkotanej papudze ukręcić pierzasty kark.

Mal westchnęła z zielonookiej zazdrości, gdy dzieci zaczęły radośnie rozpakowywać podarunki dla gości.

W pokrzywionych pudełkach znalazły przeróżnych pomocników zła do wyboru: małe mureny podobne do Mura i Eny, pływające w niewielkich akwariach, nakrapiane szczeniaczki rozchichotanych hien, równie hałaśliwe, co niesławne trio: Shenzi, Banzai i Ed, czy urocze, rozbrykane, czarne kocięta z ostatniego miotu partnerki Lucyfera. Dzieci, uradowane z podarków, piszczały i wrzeszczały wniebogłosy, nie przejmując się dobrymi manierami.

Podczas gdy impreza rozkręcała się w gorączkowej wesołości, serce Mal stawało się równie mroczne, co jej nastrój. Dziewczynka poprzysięgła, że pewnego dnia pokaże wszystkim, co to znaczy być prawdziwie złym. Gdy dorośnie, będzie bardziej chciwa od czarownicy Gertrudy, bardziej samolubna niż przyrodnie siostry Kopciuszka, bardziej przebiegła niż Dżafar i bardziej fałszywa niż Urszula.

Jeszcze im wszystkim pokaże, że jest taka sama jak jej...

– Mama! – krzyknęła dziewczynka, gdy na balkon padł cień złowieszczych rogów, a tuż za nim pojawiła się matka Mal w fioletowej pelerynie powiewającej lekko na wietrze.

Głos kobiety był głęboki i melodyjny, lecz słychać w nim było groźną nutę.

– Co tu się dzieje? – zapytała ostro, usłyszawszy chichot dzieci oglądających wyjątkowo niestosowne przedstawienie teatru cieni koszmarnego doktora Faciliera.

– Impreza urodzinowa – prychnęła Mal. – A mnie nikt nie zaprosił.

– Ach, tak? – rzekła jej matka. Zerknęła nad ramieniem dziewczynki na uroczystości odbywające się w dole i teraz obydwie przyglądały się rozchichotanej błękitnowłosej księżniczce, siedzącej na aksamitnej poduszce przeżartej przez mole.

Ku uciesze solenizantki przystojni, kędzierzawi bliźniacy Gastona – Gaston Junior i Gaston Trzeci – dawali pokazy siły: stawali sobie nawzajem na twarzach i z polikami ściśniętymi pod ciężarem wielkich buciorów starali się utrzymać równowagę. Odgłosy dobiegające z dołu wskazywały, że sztuczka przypadła wszystkim do gustu.

– Festyn dla motłochu – zadrwiła matka Mal.

Dziewczynka wiedziała, że jej matka nie znosiła wszelkich imprez. Nienawidziła ich prawie tak samo jak królów i królowych skaczących wokół swych ukochanych dzieci, pyzatych małych wróżek z talentem do projektowania strojów i odrażających książąt na jeszcze bardziej odrażających dzielnych wierzchowcach.

– Tak czy inaczej, Zła Królowa i jej wstrętne potomstwo wkrótce zrozumieją swój złośliwy mały błąd! – oświadczyła matka Mal, wielka Diabolina, Pani Mroku, najpotężniejsza i najbardziej nikczemna wróżka na świecie, najbardziej przerażający ze wszystkich czarnych charakterów.

A przynajmniej kiedyś taka była.

Dawno, dawno temu gniew matki Mal przeklął pewną księżniczkę.

Dawno, dawno temu gniew matki Mal sprawił, że bezsilny książę padł na kolana.

Dawno, dawno temu gniew matki Mal sprowadził sen na całe królestwo.

Dawno, dawno temu matka Mal dowodziła wszystkimi siłami piekieł.

A Mal w głębi serca nie pragnęła niczego bardziej niż tego, żeby jej dorównać.

Diabolina podeszła do balustrady balkonu, skąd było widać całą ponurą wyspę i obszar rozciągający się dalej, aż po migoczące światła Auradonu po drugiej stronie morza. Kiedy się wyprostowała, błyskawica przeszyła niebo, rozległ się grzmot, a z nieba lunął deszcz. Ponieważ na wyspie nie istniała magia, był to tylko paskudnie dobry zbieg okoliczności.

Impreza nagle się skończyła, a biesiadnicy zamarli na widok swojej przywódczyni, mierzącej zebranych spojrzeniem pełnym gniewu.

– Koniec zabawy! – oznajmiła matka Mal. – A teraz sio, uciekajcie, znikajcie, wy, małe pchły! I ty, Zła Królowo, i jej córko! Od tej chwili jesteście martwe dla całej wyspy! Nie istniejecie! Jesteście niczym! Żebym was tu już nigdy więcej nie widziała! Albo gorzko pożałujecie!

Tak szybko, jak się zgromadził, tłum rozszedł się pod czujnym okiem potwornych zbirów Diaboliny. Strażnicy mieli naciągnięte na oczy czapki pilotki, a na nich głębokie kaptury. Mal zobaczyła jeszcze błękitnowłosą księżniczkę, która z lękiem spojrzała na balkon, zanim prędko zabrała ją jej równie przerażona matka.

Oczy Mal rozbłysły triumfalnie, a mroczne serce się ucieszyło, że jej smutek doprowadził do czegoś tak niezwykle i diabelnie złego.

dziesięć
okropnych
lat
później

„Lustereczko,

powiedz przecie,

kto jest najpiękniejszy

na świecie?" –

Zła Królowa,

Królewna Śnieżka

# rozdział

# 1

## Oto opowieść o pewnej nikczemnej wróżce...

To na pewno sen – pomyślała Mal. – Przecież to nie może być prawda".

Siedziała na brzegu pięknego jeziora, na kamiennej posadzce w ruinach dawnej świątyni i z rozkoszą zjadała przepyszną truskawkę. Las dookoła był bujny i zielony, a szmer wody u jej stóp – kojący i łagodny. Nawet samo powietrze było słodkie i świeże.

– Gdzie ja jestem? – zapytała głośno, sięgając po soczyste winogrono.

Ktoś przygotował tu cudowny piknik.

– Cóż, już od wielu dni jesteś w Auradonie, a to jest Zaklęte Jezioro – odparł siedzący obok chłopak.

Nie zauważyła go, dopóki się nie odezwał. Od razu jednak pożałowała, że na niego zerknęła. Chłopak był najgorszą częścią tego snu – jeśli to naprawdę był sen – wysoki, o potarganych miodowobrązowych włosach i boleśnie przystojny. Na twarzy jaśniał mu uśmiech, który mógłby roztopić niemal każde serce lub wprawić w omdlenie niejedną pannę. Ale Mal nie była taka jak inne dziewczyny i wpadła w panikę, jakby znalazła się w potrzasku. I to akurat w Auradonie! A jeśli to wcale nie jest sen...?

– Kim jesteś? – zapytała ostro. – Jakimś księciem, czy coś w tym stylu? – Spojrzała podejrzliwie na jego piękną, błękitną koszulę z wyhaftowaną małą, złotą koroną.

– Przecież wiesz, kim jestem – odparł chłopak. – Twoim przyjacielem.

Mal od razu poczuła ulgę.

– A więc to jednak sen – rzekła z przebiegłym uśmiechem. – Bo ja nie mam żadnych przyjaciół.

Chłopak się zasmucił, ale zanim zdążył cokolwiek powiedzieć, spokojną okolicą wstrząsnął grzmiący głos, od którego pociemniało niebo, a woda się wzburzyła i zaczęła rozbijać o skały.

– GŁUPCY! IDIOCI! KRETYNI!

Mal natychmiast się obudziła.

To jej matka znowu beształa z balkonu poddanych. Diabolina władała Wyspą Potępionych w taki sam sposób jak wszystkim: wykorzystując strach i nienawiść, nie wspominając o niemałej armii sług. Mal zdążyła już przywyknąć do krzyków matki, ale wrzaski i tak gwarantowały brutalną pobudkę. Jej serce nadal łomotało po sennym koszmarze. Odrzuciła fioletową pościel z satyny.

„Co, u licha, mi się stało, że śniłam o Auradonie? Jaka mroczna magia przysłała przystojnego księcia, żeby porozmawiał ze mną we śnie?" Mal pokręciła głową i się wzdrygnęła. Zamrugała powiekami, próbując się pozbyć wstrętnego obrazu uśmiechniętego księcia i tych dołeczków w jego policzkach. Znalazła pocieszenie w znajomych lamentach zlęknionych mieszkańców miasteczka, którzy błagali Diabolinę, żeby się nad nimi zlitowała. Rozejrzała się po pokoju i z ulgą stwierdziła, że jest dokładnie tam, gdzie powinna być: w swoim ogromnym, skrzypiącym łożu z kutego żelaza, z gargulcami na każdym słupku i aksamitnym baldachimem, zwisającym tak nisko, że w każdej chwili mógł na nią spaść. W pokoju Mal zawsze było ponuro, tak samo jak na wyspie zawsze było szaro i pochmurnie.

Głos Diaboliny grzmiał z balkonu, aż drżała podłoga sypialni dziewczyny. Pomalowane na fiołkowo szuflady komody otworzyły się nagle i wypluły fioletową zawartość.

Kiedy Mal zdecydowała się na tonację kolorystyczną, konsekwentnie się jej trzymała. Urzekły ją warstwy gotyckiego przepychu mieniące się odcieniami tej barwy. Kapryśny i mroczny fiolet kojarzył się z tajemnicami i magią, ale nie cieszył się taką popularnością wśród złoczyńców jak kolor czarny. Mal uważała, że fiolet to nowa czerń.

Przeszła przez pokój, mijając po drodze wielką, koślawą szafę, gdzie dobrze było widać wszystkie świeżo skradzione błyskotki: świecidełka z ciętego szkła i sztucznego tworzywa, błyszczące metalicznie szale z frędzelkami, rękawiczki nie do pary i przeróżne puste flakony perfum. Mal rozsunęła ciężkie kotary i wyjrzała przez okno, skąd roztaczał się widok na wyspę w całej jej posępności. „Nie ma to jak w domu wariatów". Wyspa Potępionych nie była zbyt duża. Można by powiedzieć, że to tylko pyłek albo plama rdzy na krajobrazie. Była zdecydowanie bardziej brązowa niż zielona, obrośnięta byle jak skleconymi chałupami o blaszanych dachach i kamienicami zbudowanymi jedna na drugiej, które w każdej chwili groziły zawaleniem.

Mal patrzyła na szkaradne slamsy, w które przemieniła się najwyższa budowla w mieście, niegdyś wspaniały pałac o wznoszących się wysoko iglicach wież. Teraz znajdowała się w nim odrapana, zniszczona siedziba Zamku Okazji, gdzie oferowano „lekko" używane szaty we wszystkich kolorach, a „odrobinę" wykoślawione kapelusze wiedźm zawsze były przecenione o połowę.

Był to także dom całkiem złych wróżek.

Mal zdjęła piżamę i przebrała się w fantazyjną fioletową kurtkę motocyklową, z różową wstawką na jednym, a zieloną na drugim ramieniu, i podarte dżinsy w kolorze suszonych śliwek. Starannie wciągnęła rękawiczki bez palców i włożyła znoszone glany. Zwykle unikała luster, lecz gdyby jednak w któreś spojrzała, zobaczyłaby drobną, ładną dziewczynę ze złym błyskiem w świdrujących, zielonych oczach, o bladej, niemal przezroczystej cerze. Ludzie zawsze mówili, jak bardzo przypomina matkę, i zwykle zaraz potem uciekali z przerażeniem. Mal czerpała przyjemność z ich lęku, a nawet specjalnie go wywoływała. Przeczesała palcami pukle barwy bzu, wzięła do ręki szkicownik i włożyła go do plecaka razem z puszkami farby w spreju, które zawsze miała przy sobie. Przecież to miasto samo nie namaluje sobie graffiti, prawda? W doskonałym, czarodziejskim świecie byłoby to możliwe, ale nie w takim żyła.

Ponieważ szafki kuchenne zwykle były puste, a w lodówce stały tylko słoje z gałkami ocznymi i stęchłymi płynami podejrzanego pochodzenia – skutek bezustannych wysiłków Diaboliny, która warzyła eliksiry w nadziei, że pomogą jej odzyskać magiczną moc, Mal jak co dzień poszła na śniadanie do Pomyjowni, znajdującej się po drugiej stronie ulicy.

Uważnie przestudiowała menu. Była tam kawa czarna jak smoła, latte z kwaśnego mleka, chrupiąca jęczmienna owsianka z mączystymi jabłkami albo brejowatymi bananami i mieszanka stęchłych płatków śniadaniowych, suchych lub mokrych. Nigdy nie było tu wielkiego wyboru. Jedzenie, a raczej jakieś nędzne resztki, pochodziło z Auradonu – wszystko, co nie było dość dobre dla tamtejszych snobów, trafiało na wyspę. Wyspa Potępionych? Raczej Wyspa Odpadów. Ale nikt się tym zbytnio nie przejmował. Śmietanka i cukier, świeży chleb i doskonałe owoce sprawiały, że ludzie stawali się słabi. Mal i inni wygnani złoczyńcy woleli być szorstcy i twardzi, tak w środku, jak i na zewnątrz.

– Czego chcesz? – zapytał naburmuszony goblin, ponaglając Mal, żeby wreszcie złożyła zamówienie.

Kiedyś te szkaradne stwory tworzyły piechotę mrocznej armii jej matki. Diabolina kazała im przetrząsnąć wszystkie, nawet najodleglejsze zakątki świata i zabroniła wracać, póki nie odnajdą ukrywającej się księżniczki. Teraz jednak ich rola ograniczała się do podawania kawy gorzkiej jak ich serca, dostępnej w trzech rozmiarach. Jedyną rozrywką, jaka im została, było bezlitosne przekręcanie imion klientów, które zapisywali markerem z boku kubka. (Stwory robiły tym na złość tylko sobie, bo prawie nikt z kupujących nie znał goblińskiego, lecz wyglądało na to, że nie ma to dla nich żadnego znaczenia). Uważały, że znalazły się na wyspie jedynie przez swoją lojalność wobec Diaboliny. Wszyscy wiedzieli, że gobliny bez przerwy składały do króla Bestii wnioski o amnestię – powołując się na mgliste pokrewieństwo z krasnoludkami, próbowały dowieść, że ich miejsce jest jednak gdzie indziej.

– To co zwykle. Tylko się pospiesz! – odpowiedziała Mal, bębniąc palcami o ladę.

– Zostawić miejsce na mleko sprzed miesiąca?

– Czy ja wyglądam, jakbym chciała zsiadłe mleko? Daj mi najmocniejszą, najczarniejszą kawę, jaką masz! Gdzie my jesteśmy, w Auradonie?

Miała wrażenie, jakby goblin wejrzał w jej sny, i na myśl o tym zrobiło jej się słabo.

Cherlawe stworzenie chrząknęło i popchnęło ku niej kubek z niemal czarnym, mulistym naparem. Mal chwyciła kawę i wybiegła przez drzwi bez płacenia.

– TY BACHORZE! NASTĘPNYM RAZEM TO CIEBIE ZAPARZĘ W KAFETERCE! – pisnął goblin.

Mal zachichotała.

– Musisz mnie najpierw złapać!

Gobliny było łatwo przechytrzyć. Nie dały rady znaleźć księżniczki Aurory, ale z drugiej strony, te tępaki przez osiemnaście lat szukały niemowlaka. Nic więc dziwnego, że Diabolina była ciągle sfrustrowana. W tych czasach trudno było o dobrą pomoc.

Mal poszła dalej. Zatrzymała się po drodze, żeby skrzywić się pogardliwie na widok plakatu, na którym król Bestia upominał obywateli wyspy: „BĄDŹCIE DOBRZY! BO TO DLA WAS DOBRE!". Władca miał głupawą, żółtą koronę na głowie i wielki uśmiech na twarzy. Mal czuła, że te hasła przyprawiają ją o mdłości. Prześladowały ją. Może auradońska propaganda jednak zostawiała ślad w jej głowie? Może dlatego przyśniło jej się ostatniej nocy, że hasa z przesłodzonym księciem nad jakimś zaczarowanym jeziorem? Na myśl o tym znów się wzdrygnęła. Wypiła łyk gorącej, mocnej kawy. Smakowała jak muł. Doskonale.

W każdym razie musiała coś zrobić z tym okropieństwem na ścianie. Wyjęła puszki z farbą i domalowała królowi wąsy i kozią bródkę, a następnie przekreśliła jego idiotyczne hasło. To właśnie król Bestia zamknął ich wszystkich na wyspie. Co za hipokryta. Chętnie powiedziałaby mu to i owo, a jej najważniejsza wiadomość dotyczyłaby zemsty.

To była Wyspa Potępionych. Zło panowało tu niepodzielnie, a król Bestia i jego mdląco słodkie plakaty, które przymilnie nakłaniały największych złoczyńców świata, żeby teraz czynili dobro, niewiele tu mogły zdziałać. Kto chciałby robić z cytryn lemoniadę, jeśli można z nich zrobić świetne pociski?

Obok plakatu namalowała cienki, czarny kontur rogatej głowy i rozwianej peleryny. Nad zarysem sylwetki Diaboliny jasnozieloną farbą, w kolorze śluzu goblinów, napisała: „ZŁO ŻYJE!".

Nieźle. Nawet więcej. Bardzo dobrze.

# rozdział

# 2

## Podstępny złodziej...

odczas gdy Mal mieszkała ponad sklepem, Jay, syn Dżafara, mieszkał dosłownie w jednym z nich. Spał na wytartym dywanie, pod półką uginającą się od ciężaru przedpotopowych telewizorów, w których wszystko przełączało się ręcznie, radioodbiorników, które nigdy nie działały, i starych telefonów, które trzeba było podłączać do prądu za pomocą kabli. Jego ojcem był dawny wielki wezyr miasta Agrabah, którego wszyscy się bali i zarazem szanowali, lecz to było wieki temu. Teraz zły czarownik przemienił się we właściciela Graciarni Dżafara, zaś Jay, jego jedyny syn i następca, był wyłącznym dostawcą sklepu. Choć niegdyś przeznaczeniem chłopaka było zostać wielkim księciem, dziś pamiętał o tym tylko jego ojciec.

– Powinieneś siedzieć na grzbiecie słonia, na czele parady i pozdrawiać swoich poddanych – lamentował były wielki wezyr, gdy Jay szykował się tego ranka do szkoły.

Chłopak naciągnął na głowę czerwoną, wełnianą czapkę, spod której opadały mu na plecy długie, proste, ciemne włosy, i wybrał swój ulubiony strój: fioletowo-żółtą, skórzaną kamizelkę i ciemne dżinsy. Gdy wkładał czarne rękawiczki z ćwiekami, mimowolnie napiął pokaźne mięśnie.

– Jak sobie życzysz, tato! – Jay puścił oko do ojca i uśmiechnął się szelmowsko. – Spróbuję ukraść słonia, jeśli na jakiegoś wpadnę.

Musicie wiedzieć, że Jay naprawdę był księciem. Księciem złodziei, oszustem i krętaczem, którego kłamstwa były równie piękne, jak jego ciemne oczy.

Szedł wąskimi, brukowanymi uliczkami, lawirując między rikszami prowadzonymi przez bandę śmiałków profesora Ratigana. Korzystał z tego, że przerażeni pasażerowie schylali się pod sznurami z praniem, ciężkimi od zniszczonych szat i ociekających peleryn, żeby tu i tam zwinąć jakiś portfel. Urszula wygoniła go ze swojej smażalni ryb, ale przedtem zdążył jeszcze chwycić garść tłustych frytek. Następnie zatrzymał się na chwilę, żeby na innym kramie popodziwiać kolekcję plastikowych dzbanków w rozmaitych kształtach i rozmiarach, zastanawiając się, czy któryś z nich zmieściłby mu się do kieszeni.

Wszelkie auradońskie śmieci poddawano na wyspie recyklingowi i wymyślano im nowe zastosowania, od wanien po klamki do drzwi. Ten sam los spotkał dawne magiczne akcesoria złoczyńców, które straciły moc. Jeden ze sklepów reklamował: „UŻYWANE MIOTŁY, KTÓRE JUŻ NIE LATAJĄ, ALE CAŁKIEM NIEŹLE ZAMIATAJĄ". Kryształowe kule w tych nieszczęsnych czasach mogły służyć wyłącznie jako akwaria dla złotych rybek.

Kupcy wykładali właśnie zgniłe owoce i zepsute warzywa pod sfatygowanymi namiotami. Jay zwinął obite jabłko i ugryzł kęs. Kieszenie miał już wypchane ukradzionymi skarbami. Pomachał wesoło na powitanie chórowi haczykonosych wiedźm stojących na krzywym balkonie. Były to wnuczki Madame Mim, które choć czuły ulgę, że są poza zasięgiem jego lepkich palców, i tak na jego widok o mało nie zemdlały z wrażenia.

Zbóje Diaboliny wysapali ledwie zrozumiałe powitanie, mijając go w drodze do pracy. Byli to potężni, podobni do wielkich dzików mężczyźni w zniszczonych skórzanych ubraniach i pilotkach naciągniętych na oczy. Jay zręcznie ściągnął im czapki z głów, czego nie zauważyli, i zatknął je z tyłu za pasek spodni. Planował odsprzedać im je następnego dnia. Robił tak co tydzień. Tym razem jednak oparł się pokusie, żeby podciąć im nogi. Nie wszystko naraz.

Gdy rozglądał się za czymś, czym mógłby spłukać kwaśny smak jabłka, zauważył znajomą twarz. Ładna dziewczyna o włosach w kolorze bzu popijała coś z papierowego kubka z logo Pomyjowni. Uśmiechnął się od ucha do ucha.

„Doskonale!" – pomyślał.

– Co jest, na Lucyfera? – zawołała Mal, gdy kubek zniknął z jej dłoni. Zawahała się, lecz natychmiast zrozumiała, co się stało. – Oddawaj go, Jay! – zwróciła się gniewnie do pustej przestrzeni przed sobą, wsparłszy ręce na biodrach.

– Spróbuj mnie zmusić – zadrwił chłopak i zachichotał. Wkurzanie Mal było świetną zabawą.

– Jay! – prychnęła dziewczyna. – Na co masz ochotę? Siniaki? Krew? Mam sprawić, żebyś błagał o litość? Dzisiaj wybór należy do złodzieja.

– W porządku. Rety – powiedział Jay i wynurzył się z cienia. – Mmm, świeżo parzone, gorące błoto, moje ulubione. – Niechętnie oddał jej kubek.

Mal wypiła łyk i się skrzywiła.

– Właściwie smakuje paskudnie, możesz sobie wypić ten specjał. Wyglądasz na głodnego.

– Naprawdę? – ożywił się chłopak. – Dzięki, Mal. Kiszki grają mi marsza.

– Nie dziękuj mi, dzisiaj kawa jest wyjątkowo okropna. Chyba rano dorzucili do parzenia surowe ropuchy.

– Bonusik! Dodatkowe proteiny. – Nie zważając na niebezpieczeństwo zadławienia się płazami, Jay wypił napój jednym haustem. Otarł usta i się uśmiechnął. – Dzięki, dobra z ciebie kumpela – powiedział zupełnie szczerze, choć on i Mal niezupełnie byli przyjaciółmi. Za to na pewno byli w zmowie.

Tak samo jak on, Mal miała kieszenie dżinsów i kurtki pełne przeróżnych śmieci, ukradzionych ze wszystkich kramów w mieście. Z jednej kieszeni wystawało jakieś szydełko, a w innej tkwiło coś, co przypominało rękojeść miecza.

– Stary miecz za czajnik? – zapytał Jay z nadzieją.

Wszystko, czym handlował jego ojciec, Jay wcześniej skądś ukradł.

– Jasne – odparła Mal i wzięła od niego zardzewiały imbryk. – Patrz, co jeszcze mam. Naszyjnik Urszuli. – Zamachała błyskotką w powietrzu. – Zwinęłam go dziś rano, gdy ta stara wiedźma morska machała komuś na powitanie.

– Super. – Chłopak pokiwał głową. – Ja buchnąłem tylko garść frytek. Szkoda, że ten naszyjnik już niczego nie może uwięzić, nie mówiąc o syrenim głosie.

Mal poczuła się urażona.

– Nadal jest cenny.

– Skoro tak mówisz. – Jay wzruszył ramionami.

Jay i Mal nieustannie rywalizowali o to, kto jest lepszym złodziejem. Trudno byłoby wybrać zdecydowanego zwycięzcę. Można powiedzieć, że połączyła ich miłość do przywłaszczania sobie cudzych rzeczy, lecz oni uważali, że wszelkie więzi są dla słabych.

Mimo to poszli razem do szkoły.

– Słyszałaś nowiny? – zapytał Jay.

– Jakie nowiny? Przecież nie ma żadnych nowych nowin – parsknęła śmiechem Mal.

Chodziło jej o to, że na wyspie nigdy nie zdarzało się nic nowego. Przedpotopowe, śnieżące telewizory na wyspie wyświetlały tylko dwa kanały: Auradońskie Wiadomości, pełne propagandy naprawiania świata, oraz TCL – Telezakupy Ciemny Loch, specjalizujące się w dekoracji wnętrz tajemnych kryjówek.

– Zwolnij albo się nie spóźnimy – dodała Mal.

Zboczyli z głównej drogi w stronę zdewastowanego cmentarza, który służył za trawnik przed Smoczym Dworem. Szacowna placówka rozwoju złej edukacji mieściła się w dawnym mauzoleum, masywnym budynku o zniszczonych arkadach, który wieńczyła dziurawa kopuła. Na froncie widniało wyryte motto szkoły: „ZŁU UFAMY". Na nawiedzonej ziemi zamiast zwykłych nagrobków leżały nagrobne kamienie złego losu z wyrytymi strasznymi sentencjami. Przywódcy Wyspy Potępionych uważali, że każda okazja była dobra, aby przypomnieć obywatelom, że rządzi tu zło.

– Nie ma mowy, słyszałem nowiny. Prawdziwe nowiny – upierał się Jay, tupiąc ciężkimi glanami po zrujnowanym cmentarzu. – Słuchaj… W klasie jest nowa dziewczyna.

– Taa, jasne.

– Mówię zupełnie poważnie – odparł Jay i o mało nie potknął się o nagrobek z napisem: „LEPIEJ NIGDY NIE KOCHAĆ, NIŻ BYĆ KOCHANYM".

– Nowa dziewczyna? A niby skąd? – zapytała Mal i wskazała na otaczający wyspę magiczny klosz, przysłaniający niebo i chmury.

Nic i nikt nie przedostawało się do środka ani na zewnątrz, więc nigdy nie zdarzało się nic całkiem nowego.

– Nowa u nas. Do tej pory miała indywidualny zamkowy tryb nauczania, więc to jej pierwszy raz w lochach – powiedział Jay, gdy zbliżyli się do wrót z kutego żelaza.

Tłoczący się przy wejściu tłum rozstąpił się, żeby ich przepuścić. Na widok złodziejskiego duetu większość kolegów i koleżanek ze szkoły mocniej ścisnęła plecaki.

– Ach, tak. – Mal zatrzymała się raptownie. – Jak to: zamkowy tryb nauczania? – zapytała i podejrzliwie przymrużyła oczy.

– W dodatku to prawdziwa księżniczka. Tak słyszałem. No wiesz, taka całkiem: czekaj-na-buziaka-ukłuj-się-w-palec-olej-fryzjera-wyjdź-za-księcia. Ten poziom. – Na samą myśl aż zakręciło się Jayowi w głowie. – Sądzisz, że mógłbym jakoś skubnąć jej koronę? Chociaż półkoronę...?

Ojciec Jaya zawsze mówił o wielkim łupie, jakimś ogromnym skarbie, który pozwoliłby im wyrwać się z wyspy. Może księżniczka mogłaby ich do niego zaprowadzić.

– Prawdziwa księżniczka? – powątpiewała Mal. – Jakoś ci nie wierzę.

Jay jednak jej nie słuchał.

– Tylko pomyśl, ile będzie miała na sobie rzeczy, które można by zakosić! Na pewno z tonę, co nie? Mam nadzieję, że jest przyjemna dla oka. A jeszcze lepiej, dla kieszeni. Przydałby mi się łatwy cel.

Głos Mal nagle zrobił się kwaśny.

– Mylisz się. Na wyspie nie ma żadnych księżniczek, a już na pewno nikogo, kto ośmieliłby się tu pokazać...

Jay patrzył na koleżankę, ale z tyłu głowy już słyszał dzwony bijące na alarm. Po chwili wróciło do niego mgliste wspomnienie wspaniałej imprezy urodzinowej, która miała coś wspólnego z księżniczką... i z jakąś aferą związaną z Mal i jej matką. Zrobiło mu się przykro, gdy sobie przypomniał, że Mal nie dostała zaproszenia, lecz szybko zdusił to niestosowne, wstrętne uczucie. Nie miał pojęcia, skąd się wzięło. Przecież złoczyńcy mieli delektować się smutkiem innych ludzi, a nie im współczuć!

Poza tym Mal była dla niego jak siostra, jak irytujący szkodnik, który zawsze jest tuż obok, i jak wrzód na... Rozległy się dzwony. Dźwięk niósł się echem po całej wyspie. Rozbrzmiewał ze szczytu wieży, gdzie Claudine Frollo, zawieszona całym swoim ciężarem na grubym sznurze, wprawiała w ruch dzwon, który obwieszczał początek lekcji w Smoczym Dworze.

Jay i Mal wymienili złośliwe uśmieszki. Oficjalnie się spóźnili. Pierwsza rzecz, która poszła jak trzeba tego ranka. Minęli rozpadający się, omszały łuk i wkroczyli do głównego grobowca, gdzie panował gwar i poruszenie. Członkowie Rady Wagarowiczów rozstawiali ogłoszenia o wyprzedaży tygodniowych wypieków. Słychać było też rozdzierające rzępolenie orkiestry młodszych klas, ćwiczącej przed jesiennym koncertem. Wiedźmy morskie pochylały się pilnie nad skrzypcami.

Przerażeni uczniowie pierzchali na boki, kiedy Mal i Jay szli przez wielki hol, obrośnięty uschniętym powojem, w stronę pordzewiałych podwójnych drzwi, wiodących do podziemnych grobowców lekcyjnych. Drobniutki pirat – pierwszoklasista, który biegał z bandą Harriet Hak, zgubił się w zamieszaniu i zastąpił im drogę.

Mal stanęła.

Chłopiec podniósł powoli głowę. Opaska na jego oku wyraźnie drżała.

– Prze-prze-przepraszam, M-m-mal – wyjąkał.

– Zzzzzzmiataj! – krzyknęła Mal wysokim, drwiącym głosem.

Przewróciła oczami i kopnęła podarte podręczniki, które upuścił mały pirat. Chłopiec czmychnął do najbliższych otwartych drzwi. W pośpiechu zgubił sztuczną rękę z hakiem, która potoczyła się na bok.

Jay milczał. Wiedział, że powinien być ostrożny. Podniósł hak i schował go za pazuchę. Nie mógł się jednak oprzeć i wypalił:

– A może by tak urządzić własną imprezę, zamiast stroić fochy?

– O czym ty mówisz? – zapytała Mal. – Co mnie to obchodzi?

Jay nic nie odpowiedział, tylko mocniej splótł ręce na piersi. Żałował, że nie wziął cieplejszej kurtki zamiast bezrękawnika, bo gdy zeszli po zimnych, marmurowych schodach do wilgotnego, piwnicznego mroku kampusu, temperatura spadła jak zwykle o dwadzieścia stopni.

Mal milczała. Jay przypuszczał, że nadal rozmyślała o tym, co się wydarzyło przed dziesięcioma laty. Nagle dziewczyna pstryknęła palcami i zawołała z przebiegłym błyskiem w oku:

– Masz rację, Jay! Jesteś genialny!

– Tak? Chciałem... Jasne, że jestem – odparł chłopak, zbity lekko z tropu. – Czekaj. Niby z czym miałem rację?

– Żeby urządzić własną imprezę. W końcu jest co świętować. Właśnie powiedziałeś, że mamy wśród nas nową księżniczkę. Dlatego urządzę imprezę.

Jay gapił się na nią oczami okrągłymi ze zdziwienia.

– Naprawdę? Ale ja tylko żartowałem. Wszyscy wiedzą, że nie znosisz...

– Imprez – dokończyła Mal i kiwnęła głową. – Ale nie tym razem. Zobaczysz. To będzie niezły ubaw. Zwłaszcza dla tej nowej.

Jay odpowiedział jej słabym uśmiechem. Żałował, że w ogóle o czymkolwiek wspomniał. Kiedy Mal stawała się taka jak teraz, skutki zwykle były straszne. Powiało chłodem. Nie wiedział, dokąd to wszystko zmierza.

# rozdział

# 3

## Piękna księżniczka...

Zamku po Drugiej Stronie mieszkała matka z córką, zupełnie inny duet niż Diabolina i Mal. W odróżnieniu od odrapanych wiktoriańskich wnętrz Zamku Okazji, było tu pełno sadzy i kurzu. Z sufitu zwisały potłuczone żyrandole, a w kątach wisiały pajęczyny. Był to nie tyle zamek, ile jaskinia – kolejna cela więziennej wyspy. Przez dziesięć lat matka i córka spędzały czas tylko we własnym towarzystwie. Przez przymusowe zesłanie na drugą stronę wyspy Zła Królowa trochę zdziwaczała. Evie nie mogła nie zauważyć, że jej matka wciąż mówiła do siebie, jakby rozmawiała z jakimś legendarnym zaczarowanym lustrem.

– Lustereczko w dłoni mej, któż najpiękniejszy na wyspie tej? – pytała Zła Królowa, gdy rankiem Evie szykowała się do wyjścia.

– Mamo, daj spokój, przecież ty nic nie masz w ręce. A poza tym czy to naprawdę pierwsza rzecz, o której myślisz? Nie śniadanie? – zapytała Evie, która już umierała z głodu, więc zajrzała do kosza, który sępy zostawiały codziennie pod ich drzwiami. Dzisiaj znalazła w nim twarde rogaliki i wodnistą kawę.

– Twoja córka ma wdzięk, ale powinna zadbać o cerę, jeśli ma być najpiękniejsza – oświadczyła jej matka poważnym tonem, który nazywała głosem zaczarowanego lustra. Najpiękniejsza, najładniejsza, najbardziej urodziwa. Najgęstsze włosy, najpełniejsze usta, najmniejszy nos. Tylko to obchodziło jej matkę. Zła Królowa o wszystkie swoje kłopoty obwiniała to, że nie była piękniejsza od Śnieżki. Nieważne, jak ładnie Evie się uczesała czy umalowała, nigdy nie była dość piękna dla swojej matki. Czasem ją od tego mdliło. Jaka matka, taka córka – a przynajmniej tak zawsze słyszała. Zatrute jabłko nie pada daleko od jabłoni.

I nawet jeśli Evie podejrzewała, że w życiu może chodzić o coś więcej niż urodę, nie mogłaby tego powiedzieć matce. Ta kobieta myślała tylko o jednym.

– Za mało różu. Jak chcesz zdobyć przystojnego księcia, gdy tak wyglądasz? – ofuknęła ją matka, szczypiąc jej policzki.

– Gdyby tylko był tu jakiś książę – westchnęła Evie, ale posłusznie wyjęła puderniczkę z lusterkiem i nałożyła róż na policzki.

Na wyspie nie było żadnych książąt, ponieważ wszyscy mieszkali teraz w Auradonie. Właśnie tam przebywali wszyscy członkowie królewskiego rodu – i ona też powinna tam żyć. Ale to było niemożliwe. Podobnie jak jej matka, miała na zawsze pozostać uwięziona na Wyspie Potępionych.

Evie zerknęła ostatni raz w lustro na korytarzu i poprawiła na ramionach pelerynę z wyhaftowaną pośrodku koroną. Naszyjnik z zatrutym sercem mrugał czerwienią w niebieskich fałdach. Złachmaniona czarna spódnica z plamami czerwonej, białej i niebieskiej farby dobrze współgrała z czarno-białymi legginsami z leśnym wzorem.

– Twoja fryzura! – zawołała z rozpaczą Zła Królowa, wtykając luźny kosmyk do starannie zaplecionego warkocza córki, przytrzymującego włosy nad czołem. – W porządku, teraz jesteś gotowa.

– Dzięki, mamo – odparła Evie, której jedynym celem było przetrwanie tego dnia. – Jesteś pewna, że mogę bezpiecznie pójść do szkoły?

– Nikt nie może chować urazy przez dziesięć lat! A poza tym skończył nam się krem przeciwzmarszczkowy. Znajdź coś na targu. Jakoś nie wierzę, że sępy przyniosą taki, jak trzeba.

Evie skinęła głową. Miała nadzieję, że matka ma rację. Ale kiedy wyszła za bramę zamku, zamarła. W jej uszach wciąż dźwięczała klątwa Diaboliny. Ponieważ jednak nic się nie wydarzyło, ruszyła dalej. Może, dla odmiany, ta podła, stara wróżka o tym zapomniała.

Kiedy Evie pojawiła się tego ranka w szkole, wszyscy wpatrywali się w nią z zaciekawieniem. Gdy szła korytarzami, czuła się trochę skrępowana. Zastanawiała się, czy kiedykolwiek będzie w stanie się dopasować. Miała się zameldować u dyrektora, doktora F. „Gdzie też może być jego gabinet?" – Evie okręciła się wokół własnej osi.

– Mogę ci jakoś pomóc? – zapytał potężnie zbudowany chłopak. Był całkiem przystojny, choć nieco owłosiony.

– Och... Szukam dyrektora...

– Chodź za mną – powiedział z szerokim uśmiechem uczeń. – Gaston, do usług... A to mój brat, Gaston. – Wskazał na identycznego chłopaka, który posłał jej tak samo promienny, bezczelny uśmiech.

– Dzięki, eee... Gastonowie – odparła Evie.

Chłopcy zaprowadzili ją korytarzem do katakumb szkolnej administracji.

– Doktorze Facilier, ma pan gościa – powiedział Gaston i sięgnął do klamki.

– Ja chcę otworzyć! – Brat odepchnął go łokciem.

Ale pierwszy Gaston uderzył go pięścią w nos, nawet się nie odwróciwszy.

– Księżniczki przodem – zaproponował szarmancko, a jego bliźniak osunął się na ziemię, trzymając się za szczękę.

– Dzięki – powiedziała Evie.

Doktor Facilier podniósł wzrok i przywitał uczniów uśmiechem przywodzącym na myśl minę wydrążonej dyni.

– Słucham? Ach, prawda. Witaj w Smoczym Dworze, Evie. Cudownie cię znów widzieć, drogie dziecko. Minęło za wiele czasu. Dziesięć lat, prawda? Jak się miewa twoja urocza matka?

– W porządku, dziękuję. – Evie uprzejmie skinęła głową i nie zwlekając, przeszła do rzeczy. – Doktorze Facilier, chciałabym tylko zapytać, czy mogłabym zamienić lekcję nikczemności na próżność dla zaawansowanych? Niestety zajęcia są w tym samym czasie.

Upiorny mężczyzna zmarszczył czoło. Evie zatrzepotała rzęsami.

– To dla mnie bardzo ważne. A przy okazji... – wskazała na jego krawat bolo z nieszczęsnym srebrnym łańcuszkiem – superkrawat! – powiedziała, choć miała całkiem przeciwne zdanie.

– Ach, ten? Znalazłem go w Bayou d'Orleans tuż przed tym, jak mnie tu przeniesiono. – Dyrektor westchnął, jego wyraz twarzy złagodniał, a surowy grymas zmienił się w uśmiech. – Przypuszczam, że próżność bardziej pasuje do twojego ogólnego planu. Załatwione.

– Świetnie, ja też chodzę na te zajęcia – powiedzieli chórem Gastonowie. – We wtorki są od razu po obiedzie.

– Obiad! – Evie klepnęła się w czoło.

– Co się stało?

– Zapomniałam zabrać jedzenie! – Przez to całe zamieszanie i niepokój, związany z przekroczeniem progu zamku po tylu latach, zostawiła swój koszyczek w domu.

– Nie martw się – odparli razem bliźniacy. – Podzielimy się z tobą! – dodali i pokazali dwa ogromne kosze z jedzeniem.

Wystawał z nich kawałek wyjątkowo cuchnącego sera, dwa bochenki ciemnego chleba nakrapianego pleśnią oraz kilka grubych plastrów wątrobianki.

Evie się wzruszyła, że Gastonowie chcieli się z nią podzielić, choć wyglądali, jakby mogli we dwóch zjeść konia z kopytami – z pleśnią czy bez.

Poprowadzili ją krętym korytarzem. Kamienne ściany pokrywał taki sam groszkowozielony mech, jaki obrastał zewnętrzne mury, a na betonową podłogę, pokrytą pyłem, ściekała ze sklepienia brązowa ciecz.

Evie poczuła nagle, że jakieś futro ociera się o jej kostki. Spojrzawszy w dół, zobaczyła tłustego, bardzo zadowolonego z siebie czarnego kocura, który przyglądał jej się z zainteresowaniem.

– Cześć, kiciu! – zagruchała i pochyliła się, żeby go pogłaskać.

– To Lucyfer – powiedział jeden z Gastonów. – Nasza maskotka.

Z zardzewiałych szafek, ustawionych w nieporządku wzdłuż ścian, dobiegały krzyki pierwszoklasistów. Ponieważ korytarz oświetlało zaledwie kilka żarówek migoczących pod sufitem, Evie o mało nie weszła w olbrzymią pajęczynę, która przysłaniała ciężkie, stalowe drzwi. Pośrodku siedział pająk wielkości kotła czarownicy. Super.

– Dokąd one prowadzą? – zapytała.

– Ach, te? To drzwi do Ateneum Zła – odparł drugi Gaston.

– Jak to?

– Do Biblioteki Zakazanych Tajemnic – wyjaśnił chłopak. – Nie wolno tam wchodzić. Tylko doktor F. ma klucz.

– Jakie to tajemnice? – spytała zaintrygowana Evie.

– Zakazane, jak się domyślam. – Gaston wzruszył ramionami. – Kogo to obchodzi? To biblioteka. Raczej nie ma tam nic ciekawego.

W końcu dotarli do łukowatych, drewnianych drzwi, prowadzących do ich klasy. Evie weszła do środka i skierowała się do najbliższej wolnej ławki, uśmiechając się do wszystkich, którzy otoczyli ją z zaciekawieniem. Inni uczniowie patrzyli na nią z szacunkiem i podziwem, więc pomyślała, że najwyraźniej zrobiła na nich wrażenie.

Na ławce, którą wybrała, stał niezwykle duży kocioł. Miała stąd również znakomity widok na pulpit profesora. Zajęła miejsce, a zebrani wstrzymali oddech z wrażenia. Nieźle. Łatwo było zadowolić te dzieciaki.

Była już całkiem zadowolona z początku swojego pierwszego dnia w szkole, gdy usłyszała chrząknięcie.

Kiedy podniosła wzrok, ujrzała ładną dziewczynę o fioletowych włosach, która stała przed jej kotłem i wpatrywała się w nią jadowitym spojrzeniem. Lus3tereczko jej matki z pewnością powiedziałoby kilka celnych słów na jej temat. Evie poczuła zimny lęk, gdy niczym fala wróciło wspomnienie pewnej imprezy sprzed lat. Może jeśli uda głupią i będzie przymilna, dziewczyna nie przypomni sobie, co się wtedy zdarzyło. Warto spróbować.

– Mam na imię Evie. A ty? – zapytała niewinnie, choć doskonale wiedziała, kto przed nią stoi. – Świetna kurtka.

Fantastycznie na tobie leży... Podoba mi się ten skórzany patchwork.

– Dziewczyno, to jej kocioł. Lepiej stąd zmiataj! – szepnął głośno uczeń, który, jak dowiedziała się później, miał na imię Yzla.

– Och, to twój? – spytała Evie fioletowowłosą.

Tamta przytaknęła.

– Nie miałam pojęcia, że to twoja ławka, bardzo cię przepraszam! Ma wspaniały widok na pulpit – powiedziała Evie z wyćwiczonym uśmiechem, tak olśniewająco białym, że powinno się do niego dołączać okulary przeciwsłoneczne. W końcu jednak zrozumiała, dlaczego uczniowie się na nią gapili. Czekali na nieuchronną katastrofę.

– Owszem – potwierdziła fioletowowłosa cichym, groźnym głosem. – A jeśli nie ruszysz z niej swojego niebieskiego zadka, daję słowo, że też będziesz miała świetny widok. – Prychnęła, bezceremonialnie odepchnęła Evie i z głośnym pacnięciem wrzuciła plecak do kotła.

Evie zrozumiała, że dziewczyna nie żartuje, więc zabrała swoje rzeczy i poszła do jedynej wolnej ławki z tyłu klasy, za kolumną, skąd nie widziała tablicy.

– Czy to jest ta, co myślę? – zapytała drobnego chłopaka, który siedział w ławce obok.

Uczeń miał czarne włosy o białych końcach. Właściwie wszystko, co miał na sobie, było czarno-białe z niewielką domieszką czerwieni: kurtka z futrzanym kołnierzem, o jednej stronie białej, drugiej czarnej i czerwonych, skórzanych rękawach, czarna koszula zapinana na guziki, która w kilku miejscach miała białe paski, wyglądające tak, jakby były maźnięte farbą, i długie szorty z jedną nogawką białą, a drugą czarno-białą. Wyglądał całkiem fajnie. Jak na przeklętego skunksa.

– Jeśli mówisz o Mal, to masz rację. Na twoim miejscu nie wchodziłbym jej w drogę – uprzedził.

– Mal... – wyszeptała Evie z nerwowym drżeniem w głosie.

– Mhm. Jej mama jest tu szychą wśród czarnych charakterów. No wiesz...

Chłopak przyłożył z boków głowy dwa palce udające rogi. Nie trzeba było długo mieszkać na wyspie, żeby się domyślić, o kim mówił. Nikt nie śmiał wypowiedzieć jej imienia, o ile nie było to absolutnie konieczne.

Evie przełknęła głośno ślinę. Pierwszy dzień w szkole i już zyskała największego wroga. To Diabolina wygnała Evie i jej matkę dziesięć lat wcześniej. I to przez nią Evie dorastała sama w odległym zamku. Jej własna matka mogła się nazywać Złą Królową, lecz wszyscy na Wyspie Potępionych wiedzieli, że to Diabolina nosi tu koronę. Wyglądało na to, że jej córka rządziła w lochach Smoczego Dworu.

„Lustereczko, powiedz przecie, któż jest najgłupszy w świecie?"

# rozdział

## 4

### Sprytny chłopiec...

Carlos de Mon podniósł wzrok znad ustrojstwa, które składał, i posłał nowej dziewczynie nieśmiały uśmiech.

– Będzie dobrze. Mal po prostu nie lubi, kiedy zawraca się jej głowę – powiedział. – Wcale nie jest taka twarda, na jaką wygląda. Tylko udaje. Taka gra.

– Tak? A ty? – zapytała błękitnowłosa księżniczka.

– Ja nie biorę udziału w gierkach. Chyba że uznasz za grę dostawanie lania i bycie popychadłem. W sumie to chyba rzeczywiście jest zabawa, w pewnym sensie. Ale dobrze się bawi tylko ten, kto bije i popycha.

Carlos ponownie skupił się na plątaninie kabli na ławce przed sobą. Był mniejszy i młodszy od innych uczniów w klasie, ale za to o wiele bystrzejszy niż większość z nich. Chodził na zajęcia ze złych skłonności dla zaawansowanych. Był to dobry wybór, ponieważ jego matką była słynna Cruella, która cieszyła się tak złą sławą, że napisano o niej piosenkę. Carlosowi zdarzało się nucić ją pod nosem. (No co? Melodia naprawdę wpadała w ucho!). Czasem robił to tylko po to, żeby doprowadzić swoją matkę do histerii. Z drugiej strony, nie było to wcale trudne. Szamani, u których radziła się Cruella, uważali, że utrzymuje ją przy życiu czysta metaboliczna furia. Prywatnie Carlos nazywał to wściekłą dietą: „Na co komu sałatki, wystarczą wredne gadki, wszak głodu nikt nie czuje, gdy gniew we krwi buzuje, a lepszy od słodkości wieczorny wybuch złości". Jego rozmyślania przerwała przyjazna sąsiadka z ławki obok.

– Mam na imię Evie, a ty? – zapytała.

– Cześć, Evie. Jestem Carlos de Mon – odparł chłopak. – Spotkaliśmy się już kiedyś, na twoich urodzinach. – Poznał ją od razu, gdy weszła. Wyglądała zupełnie tak samo, tylko urosła.

– Och, wybacz. Niewiele pamiętam z tamtej imprezy. Właściwie tylko to, jak się skończyła.

Carlos skinął głową.

– No tak. W każdym razie jestem też twoim sąsiadem. Mieszkam na tej samej ulicy, w Diabelskim Dworze.

– Naprawdę? – Evie otworzyła szeroko oczy ze zdumienia. – Myślałam, że nikt tam nie mieszka, oprócz tej starej wariatki i jej...

– Nie mów tak! – wyrwało mu się.

– Psa? – dokończyła Evie w tym samym czasie.

Carlos się wzdrygnął.

– My... My nie mamy psów – powiedział cicho. Na samą myśl o tych zwierzętach pot spływał mu z czoła. Matka wciąż powtarzała, że psy są wrednymi bestiami, najgroźniejszymi i najbardziej przerażającymi na świecie.

– Ale ciągle słyszę, że nazywa kogoś swoim zwierzaczkiem. Myślałam, że jesteś pse...

– Prosiłem cię, nie mów tego! – ostrzegł ją Carlos. – Gdy słyszę to słowo, puszczają mi nerwy.

Evie podniosła ręce.

– Dobrze już, dobrze. – Mrugnęła do niego. – Ale jak ci się udaje wcisnąć wieczorem do klatki?

Carlos tylko rzucił jej gniewne spojrzenie.

Na pierwszej lekcji mieli podstawy samouwielbienia, nazywane przez uczniów „selfie". Czarownica Gertruda, która prowadziła zajęcia, robiła zdecydowanie za wiele autoportretów swoim starym polaroidem. Zdjęcia zaśmiecały całą klasę: Gertruda robiąca dzióbek, senna Gertruda w pozie „przed chwilą wstałam", Gertruda w pozycji „kobra". Ale samej czarownicy nigdzie nie było widać. Zawsze spóźniała się przynajmniej pół godziny.

Kiedy wreszcie przyszła, zdenerwowała się na widok czekających na nią uczniów.

– Czy nie uczyłam was, że powinniście się stylowo spóźniać na każde spotkanie? – spytała, po czym westchnęła z rozpaczą i opadła na krzesło, teatralnie wachlując się dłonią.

Przez następne pół godziny studiowali portrety zła, porównując podobizny najsłynniejszych złoczyńców w historii, z których wielu żyło teraz na wyspie. Wśród nich byli także rodzice uczniów Smoczego Dworu. Dzisiejsza lekcja była zupełnie przypadkiem poświęcona Cruelli de Mon. Oczywiście. Carlos znał ten portret na pamięć, nawet nie musiał na niego patrzeć. Jego matka. Była tam, w całej swojej krasie, z długimi włosami, w długim, czerwonym samochodzie, z obłąkanym spojrzeniem i futrami powiewającymi na wietrze.

Znów się wzdrygnął i wrócił do majstrowania przy swoim urządzeniu.

Lekcja dobiegła końca, więc uczniowie zaczęli wychodzić z sali. Evie zapytała Carlosa, jaką ma teraz lekcję. Ucieszyła się, gdy się okazało, że oboje mają zajęcia z nikczemnych planów z lady Tremaine.

– To bardzo zaawansowany kurs. Musisz mieć naprawdę wysoki iloraz zła – powiedział Carlos, bo tylko uczniowie, którzy mogli się pochwalić nadzwyczajnym ilorazem zła, mogli brać udział w zajęciach. – Tędy. – Wskazał schody.

Nie zaszli daleko, gdy przez otaczający ich gwar przebił się czyjś lodowaty głos.

– No proszę, czyż to nie Carlos de Mon? – usłyszeli za plecami.

Carlos poznałby ten głos wszędzie. Był to drugi najbardziej przerażający głos na wyspie. Odwrócił się i zobaczył

Mal. Stała tuż za nim, obok Jaya. Carlos odruchowo sprawdził kieszenie, żeby się upewnić, czy nic mu nie zginęło.

– Hej, Mal – powiedział z udawaną nonszalancją. Córka Dioboliny nigdy nie odzywała się do nikogo, chyba że chciała kogoś nastraszyć albo zrobić awanturę, bo któryś z uczniów stał jej na drodze. – Co jest?

– Twoja mama pojechała do spa na weekend, zgadza się? – zapytała Mal i szturchnęła łokciem Jaya, który parsknął śmiechem.

Carlos kiwnął głową. Spa – a tak naprawdę odrobina cieplawej pary, ulatniającej się ze skalnych szczelin w zrujnowanej piwnicy starej rudery, która kiedyś była zapewne porządnym budynkiem – to jedyne pocieszenie Cruelli, przypominające jej o dawnych luksusach. Och, jak nisko upadli de Monowie, podobnie jak reszta mieszkańców wyspy.

– T-tak – zająknął się Carlos, niepewny, czy powinien powiedzieć prawdę.

– Dobra odpowiedź. – Mal poklepała go po głowie. – Nie mogę urządzić imprezy u siebie, bo matka będzie na wszystkich wrzeszczeć, nie mówiąc już o tym cyrku z latającą zastawą.

Carlos westchnął. Podobnie jak inni mieszkańcy wyspy, wiedział, że przyjęcia wyzwalały w Diobolinie wszystko, co najgorsze. Niczego nie nienawidziła bardziej od ludzi, którzy otwarcie dobrze się bawili.

– Nie możemy urządzić imprezy u Jaya, bo jego tata znowu będzie próbował wszystkich zahipnotyzować, żeby mu służyli – ciągnęła Mal.

– Zgadza się – przytaknął Jay.

Carlos znów kiwnął głową, choć nie był pewien, dokąd zmierza ta rozmowa.

– Super. Idealnie. Impreza będzie u ciebie. Dziś wieczorem.

Impreza? U niego? Dobrze usłyszał?

– Zaraz, jak to? Dziś wieczorem? – Zbladł. – Nie mogę urządzić imprezy! Zrozumcie, moja mama nie przepada za gośćmi… No i mam mnóstwo roboty… Muszę wyczesać jej futra, wyprasować bieliznę. To znaczy… – Przełknął ślinę, zawstydzony.

Mal go zignorowała.

– Przekaż wszystkim, żeby wpadli na piekielną balangę do Diabelskiego Dworu. – Ta myśl jakby ją rozgrzała. – Niech wszyscy się dowiedzą. Szczekaj o zmierzchu, jak to wy, szczeniaki, macie w zwyczaju.

– Hau, hau, hauuu! – zaszczekał Jay i się roześmiał.

Carlos rzucił parze prześladowców gniewne spojrzenie.

– Będzie impreza? – zapytała nieśmiało Evie.

Carlos całkiem zapomniał, że stała obok niego, i aż się wzdrygnął, gdy usłyszał jej głos.

– Podsłuchujemy? – warknęła do niej Mal, choć było oczywiste, że Evie nie mogła nic na to poradzić, że słyszy rozmowę, w końcu stała tuż obok.

Zanim Evie zdążyła zaprotestować, Mal westchnęła.

– Jasne, że będzie. Totalny odjazd, nie słyszałaś? – Mal zmierzyła ją wzrokiem od stóp do głów i ze smutkiem pokręciła głową. – Ach, chyba nie słyszałaś. – Kpiąco puściła oko i rzuciła Carlosowi konspiracyjne spojrzenie. – Wszyscy tam będą.

– Tak? – Chłopak wydawał się skołowany. – Przecież dopiero mi powiedziałaś, żebym ją urządził... – Nagle zrozumiał, o co chodziło. – Oczywiście, wszyscy – przytaknął. Evie się uśmiechnęła.

– Brzmi super. Dawno nie byłam na żadnej imprezie.

Mal uniosła brew.

– Och, tak mi przykro. To przyjęcie tylko dla wybranych. Obawiam się, że nie jesteś zaproszona.

Po tych słowach weszła do klasy – oczywiście ona też uczestniczyła w zajęciach z samouwielbienia (jej iloraz zła był legendarny) – i zostawiła ich samych.

– Przepraszam – mruknął Carlos. – Chyba nie miałem racji. Mal nie tylko dużo gada.

– Tak, ja również żałuję. Fajnie byłoby wybrać się na imprezę – powiedziała ze smutkiem Evie.

– Chcesz zobaczyć, co robię? – Carlos spróbował zmienić temat, gdy już zajęli miejsca w ławkach. Wyjął z torby niewielką czarną skrzynkę z mnóstwem kabli i wystającą z boku anteną. Było to urządzenie, przy którym majstrował wcześniej. – Skleciłem to ze starych gratów jakiegoś magika.

– Fajne. – Evie się uśmiechnęła. – Hej, czy to ogniwo mocy? Robisz jakąś baterię, prawda?

Carlos skinął głową. Był pod wrażeniem.

– Tak.

– A do czego ma służyć?

– Nikomu nie powiesz? – spytał szeptem.

Evie przytaknęła.

– Moja mama nie wie o wielu rzeczach.

– Próbuję zrobić dziurę w magicznej barierze.

– Naprawdę? To możliwe? Sądziłam, że ona jest nie do przebicia.

– Pomyślałem, że może dzięki tej antenie uda mi się ściągnąć sygnał. W zasadzie to stara różdżka. Myślę, że gdybym natrafił na odpowiednią częstotliwość, mógłbym sprowadzić część zewnętrznego świata do wnętrza klosza. Wtedy moglibyśmy obejrzeć coś innego niż tylko starą, włochatą bestię w koronie, mówiącą nam, co jest dobre, i ten kanał, na którym sprzedają kajdany.

– W sumie to całkiem lubię auradońską telewizję – powiedziała Evie z rozmarzoną miną. – Zwłaszcza kiedy pokazują Księcia Tygodnia. Oni są tacy przystojni, jak ze snów...

Carlos prychnął.

Evie spojrzała na niego, a potem na urządzenie.

– Częstotliwość? Ale jak?

– Jeszcze dokładnie nie wiem, ale jeśli przebiję się przez klosz, może moglibyśmy złapać fale radiowe Auradonu... No wiesz, przez wi-fi. Nie wiem dokładnie, jaka jest częstotliwość, ale chyba tak przesyłają te kanały i resztę.

Evie znów westchnęła.

– Ile ja bym dała, żeby znaleźć się w Auradonie. Słyszałam, że tam wszystko jest takie piękne.

– No, pewnie tak. Jeśli ktoś lubi takie rzeczy – stwierdził Carlos.

Nie obchodzili go książęta ani zaczarowane jeziora, ćwierkające ptaszki i radosne krasnoludki. Interesowało go za to odkrycie internetowego świata, bezpiecznego wirtualnego azylu, gdzie, jak słyszał, mógł znaleźć nawet ludzi, z którymi można pograć w gry komputerowe – to byłoby super, bo nigdy nie miał z kim grać.

W życiu musiało być coś więcej niż tylko płaszczenie się przed popularnymi dzieciakami, układanie futer matki i chowanie się przed jej wybuchami złości. Na pewno. Choć teraz miał na głowie nie tylko matkę. Jeśli Mal mówiła poważnie, a na to wyglądało, zostało mu tylko parę godzin, żeby zorganizować imprezę roku.

# rozdział

# 5

## ...i przystojny książę, który żył za górami, za lasami

o drugiej stronie Morza Spokoju, oddzielającego Wyspę Potępionych od reszty świata, leżały Zjednoczone Stany Auradonu, kraina pokoju i czarów, dobrobytu i rozkoszy, w której granicach znajdowały się wszystkie dobre królestwa. Na wschodzie widać było kolorowe kopuły siedziby sułtana, gdzie mieszkali Aladyn i Dżasmina. Niedaleko Mulan i Li Shang strzegli pałacu cesarskiego. Na północy znajdował się Baśniowy Zamek, należący do Kopciuszka i jej męża – króla, w pobliżu zaś stała Chatka Miesiąca Miodowego – czterdziestopokojowy pałac Aurory i Filipa. Na południu z kolei migotały lampiony boskiego domostwa Roszpunki i Eugene'a Fitzherberta,

nieopodal miejsca na wybrzeżu, gdzie Arielka i Eric zbudo-
wali swoją podwodno-nadwodną rezydencję królewską Nad
Brzegiem Morza.

W samym środku stał najwspanialszy zamek w całym
Auradonie, o przepysznych wieżach i balkonach. Na jego
najwyższych iglicach powiewał dumnie niebiesko-złoty
sztandar starych, dobrych Zjednoczonych Stanów Auradonu. W tym wspaniałym budynku mieściły się liczne sale
balowe, wielkie komnaty i sale reprezentacyjne, oficjalna ja-
dalnia mogąca pomieścić setki gości, gdzie każdy czuł się
wyjątkowo, oraz cudowna biblioteka, w której znajdowały
się wszystkie książki, jakie kiedykolwiek napisano.

Oczywiście nie mogło być inaczej, ponieważ był to Zamek Bestii, rezydencja króla Bestii i królowej Belli, serce
Auradonu. Dwadzieścia lat wcześniej król Bestia zjednoczył
wszystkie baśniowe krainy pod swoją koroną, a przez ostatnie dwie dekady rządził swymi dobrymi poddanymi jako
silny i sprawiedliwy władca. I tylko czasem dawało o sobie
znać jego dawne usposobienie.

Bella miała kojący wpływ na porywczego Bestię. Była
nie tylko miłością jego życia, lecz także niczym głos rozsądku łagodziła jego humory, gdy zbierała się burza. Była też
matką jego jedynego dziecka.

Klejnotem w koronie był ich jedyny syn, piętnastolet-
ni książę Ben. Na jego chrzciny nie zaproszono żadnych
wróżek, które przyniosłyby mu dary, ponieważ żadnych
nie potrzebował. Ben był równie przystojny, jak jego
ojciec. Miał szerokie czoło i wystające kości policzkowe,

łagodne oczy matki i bystry umysł. Był cudownym dzieckiem o dobrym sercu, pełnym woli zwycięstwa kapitanem drużyny turniejowej i przyjacielem wszystkich ludzi i baśniowych stworzeń. Jego przeznaczeniem było objąć kiedyś rządy nad Auradonem. Krótko mówiąc, był jedną z tych osób, których mieszkańcy Wyspy Potępionych nie znosili.

Podobnie jak na Wyspie Potępionych, magia nie pojawiała się już w codziennym życiu Auradonu. Król Bestia i królowa Bella podkreślali wyższość nauki nad czarami i nakłaniali młodych ludzi do wytężonej pracy, żeby nie polegali na pomocy wróżek czy smoczych przyjaciół. Bestia był potężną osobistością we wszystkich królestwach, kiedy więc zaproponował wprowadzenie nowych zasad, podkreślając korzyści, jakie praca daje w kształtowaniu charakteru, nikt mu się nie sprzeciwił. Dla mieszkańców baśniowych krain nastały zupełnie nowe czasy.

Lecz nawet bez magii życie w Auradonie było bliskie ideału. Słońce zawsze tu świeciło, ptaki zawsze śpiewały, nigdy nie czekało się dłużej niż pięć minut w Denmapie (Departamencie Niegdyś Magicznych Pojazdów), a jeśli nawet nie wszyscy byli szczęśliwi cały czas (w końcu nie było to niebo – ogarnijcie się, ludzie), wszyscy byli zadowoleni.

Poza chwilami, kiedy, oczywiście, nie byli.

Chyba zawsze tak jest?

Rozmaici niscy, puchaci, kudłaci i maleńcy – a czasem zwierzęcy – pomocnicy pracujący w królestwie znów robili problemy. Związkowi Pomocników, jak się nazwali, daleko było do zadowolenia. Byli, jednym słowem, niezadowoleni.

– No cóż, jak możemy wam dziś pomóc? Spójrzmy... – Ben mówił do kartki, a raczej do tysiąca kartek. Patrzył na dokumenty, które miał przed sobą, i stukał w nie piórem.

Ojciec poprosił go, żeby tego ranka poprowadził zebranie rady, w ramach szkolenia na króla, którym miał zostać za kilka miesięcy.

Zgodnie z tradycją pierworodny syn pary królewskiej miał objąć tron Auradonu, gdy ukończy szesnaście lat. Bestia i Bella byli gotowi przejść na emeryturę. Nie mogli się już doczekać długich wakacyjnych rejsów statkiem, wczesnych kolacji, gry w golfa (Bestia), w bingo (Bella) i ogólnego wrzucenia na luz. Poza tym Bella trzymała przy wezgłowiu łóżka tak wysoki stos nieprzeczytanych lektur do poduszki, że któregoś dnia mógł się on przewrócić na zasapaną panią Imbryk, gdy przyjdzie zabrać tacę po śniadaniu.

Skarga pomocników nie była jedyną rzeczą, jaka zaprzątała Benowi głowę. Tej nocy przyśnił mu się koszmar. We śnie chodził po dziwnej wiosce pełnej nieszczęśliwych ludzi w łachmanach, jedzących zgniłe owoce i popijających czarną kawę. Bez śmietanki. Bez cukru. Bez herbatnika, który można by w niej zamoczyć. Horror! A potem wpadł do jakiegoś rowu, ale ktoś pomógł mu z niego wyjść.

Była to piękna dziewczyna o fioletowych włosach, która nie przypominała nikogo z Auradonu...

– Dziękuję – powiedział do niej z wdzięcznością. – Kim jesteś?

Lecz nieznajoma zniknęła, zanim zdążył się dowiedzieć, jak ona ma na imię.

Wrócił do papierów, które trzymał w dłoni, starając się zapomnieć o dziewczynie ze snu.

Studiował skargę Związku Pomocników – pierwszą tego rodzaju. Jego serce zabiło nieco szybciej, gdy pomyślał, że będzie musiał porozmawiać z baśniowymi istotami i przekonać je, że naprawdę nie mają powodu do takiego niezadowolenia.

Westchnął.

Nagle jego rozmyślania przerwał znajomy głos.

– Uważaj na tych pomocników, synu. Prędzej czy później skupiają na sobie całą uwagę.

Ben podniósł wzrok i zdziwił się na widok ojca stojącego w drzwiach. Król Bestia wyglądał tak jak zawsze – był uśmiechnięty, szczęśliwy i zadowolony, zupełnie jak na plakatach. Afisze porozklejane w całym Auradonie głosiły: „Tak dobrze być dobrym! Tylko tak dalej! Ryk poparcia od króla Bestii!".

Ojciec wskazał na stos papierów na biurku Bena i powiedział:

– Wygląda na to, że ciężko pracujesz.

Chłopak przetarł oczy.

– Owszem.

Król ścisnął ramię syna potężną dłonią.

– Zuch. Czego dokładnie chcą?

Ben podrapał się piórem za uchem.

– Chyba się trochę denerwują, bo wykonują różne prace, a nie dostają za to prawie żadnego wynagrodzenia. Jeśli spojrzysz na to z ich perspektywy, to mają rację.

– Hmm. – Król Bestia skinął głową. – W Auradonie wszyscy mają prawo głosu. Chociaż nie można pozwolić, aby zbyt wiele głosów zagłuszyło głos rozsądku, oczywiście. Na tym właśnie polega bycie królem – powiedział, może trochę za mocno, niż to było konieczne.

– Jeśli nadal będziesz podnosić głos, kochanie, cała porcelana popęka, a pani Imbryk nigdy więcej nie przyniesie ci kubka ciepłego mleka ani nie przygotuje gorącej kąpieli. Matka Bena, dobra królowa Bella, weszła do komnaty i wsunęła rękę pod umięśnione ramię męża (kolejna cecha dawnej bestii, którą król wciąż posiadał – siła dzikiego zwierzęcia w ciele zwykłego człowieka). Była równie piękna, jak w dniu, gdy po raz pierwszy trafiła do zamku Bestii. W uroczej żółtej sukni wyglądała olśniewająco. Chociaż wokół oczu miała teraz drobne zmarszczki od śmiechu, nikt ich nie zauważał. Zresztą dzięki nim wyglądała jeszcze bardziej zachwycająco.

Na widok matki Ben się uspokoił. On – nieśmiały i cichy, ona – łagodna i wyrozumiała, Ben i Piękna byli jak dwa groszki w strączku z zamkowego ogrodu. Zawsze woleli siedzieć z nosem w książkach niż zajmować się sprawami państwa.

– Ale połowa zamkowej służby podpisała tę petycję. Spójrz, tu są gryzmoły Płomyka i Trybika – powiedział Ben. Nie mógł znieść myśli o jakiejkolwiek niesprawiedliwości. Dręczyło go, że istoty, które dbały o to, żeby w codziennym życiu rodziny królewskiej wszystko biegło gładko i bezproblemowo, miały powód do skargi.

– Płomyk i Trybik podpiszą wszystko, co każe się im podpisać. W zeszłym tygodniu podpisali petycję, aby każdy dzień ogłosić świętem – odparł jego ojciec z rozbawieniem. Ben nie mógł się powstrzymać i też się roześmiał. Król Bestia miał rację. Wybredny Francuz i radosny Anglik zgodziliby się na wszystko, byleby tylko móc wrócić do pracy. Pewnie do podpisania wniosku nakłonił ich Bryczek, znany z tego, że ciągle łobuzuje w zamku.

– Zdradzę ci, jak to działa. Słuchaj swoich poddanych, ale pamiętaj, że to ty jesteś władcą. Kieruj się łagodnym sercem, ale rządź silną ręką. Na tym właśnie polega bycie królem!

Król Bestia podniósł pięść, a Ben popatrzył na nią z konsternacją. Spojrzał na własną dłoń, która w porównaniu z ręką jego ojca wyglądała jak dziecięca rączka.

Władca przyciągnął syna do siebie i uścisnął jego dłoń.

– Tak. Silna. Potężna. Królewska.

Dłoń króla Bestii była tak ogromna, że Ben nie widział własnej.

– Silna. Potężna. Królewska – powtórzył Ben.

Monarcha warknął, klepnął syna w plecy i o mało nie wepchnął go na stojącą obok ozdobną lampę. Podłoga drżała, gdy król chodził w tę i z powrotem po komnacie, nadal chichocząc.

Królowa Bella odetchnęła z ulgą. Jej mąż potrafił śmiać się z samego siebie – chociaż był o wiele mniej wyrozumiały, kiedy ktoś inny próbował z niego żartować. Mocno przytuliła syna.

– Ben, nie musisz być następnym królem Bestią. Po prostu bądź sobą. To więcej, niż trzeba.

– Ojciec mówi co innego.

Bella się uśmiechnęła. Oboje wiedzieli, że wszelkie próby wytłumaczenia sposobu rozumowania Bestii nie miały sensu, więc nawet nie starali się tego robić.

– Jakkolwiek by było, twój ojciec i ja wierzymy w ciebie. Dlatego chcieliśmy, abyś zaczął się spotykać z radą. Czas, abyś nauczył się rządzić. Będziesz cudownym królem, całkiem po swojemu. Obiecuję.

– Mam nadzieję – powiedział niepewnie Ben.

– Ja to wiem – zapewniła matka, po czym pocałowała syna w policzek.

Gdy lekkie jak puch kroki Belli ucichły, Ben wziął pióro do ręki i wrócił do petycji rozłożonych na biurku. Tym razem jednak widział tylko swoją pięść, z takim samym pierścieniem z głową bestii, jaki nosił jego ojciec.

Silny, potężny, królewski.

Mocniej zacisnął palce.

Poprzysiągł sobie, że ojciec będzie z niego dumy.

# rozdział

## 6

## Wredna dziewczyna

A coś ty taka zadowolona z siebie? – zapytał Jay, gdy Mal rozsiadła się w pierwszym rzędzie i oparła stopy o ławkę obok.

– Mam powody – odparła. – Właśnie dałam tej małej Jagódce lekcję wykluczenia.

– Kiedy powiedziałaś Carlosowi, że ma urządzić dla ciebie imprezę, wyglądał, jakby miał się zaraz rozryczeć.

– Mówisz o tym psie? – roześmiała się Mal, chociaż ten żart robił się już nudny.

Jay szturchnął ją łokciem i puścił oko, po czym bezszelestnie czmychnął do swojej ławki z tyłu klasy.

Mal była w bardzo dobrym humorze. Za chwilę miała się zacząć jej ulubiona lekcja: nikczemne plany i złośliwe sztuczki dla zaawansowanych. Zajęcia te prowadziła lady Tremaine, znana również jako zła macocha. Mal lubiła zwłaszcza wredne psikusy.

– Witajcie, wstrętne bachory – przywitała się lady Tremaine, gdy weszła do klasy z szelestem halek i obrzuciła uczniów znudzonym spojrzeniem. – Dziś rozpoczniemy nasz roczny projekt klasowy, który będzie polegał na stworzeniu doskonałego nikczemnego planu.

Odwróciła się do tablicy i przeraźliwie zgrzytając kredą, napisała: „Historia Kopciuszka. Dawno, dawno temu, pewien szklany pantofelek...".

– Jak dobrze wiecie – zaczęła, stanąwszy znów twarzą do uczniów – to, jak zmanipulowałam Kopciuszka, było moim najwspanialszym złym postępkiem. Przez lata trzymałam ją na strychu i traktowałam jak służącą. Gdyby nie te okropne, wścibskie myszy, królową Baśniowego Zamku byłaby teraz jedna z moich córek, a nie ta niewdzięczna dziewucha. Cóż, celem każdego nauczyciela w Smoczym Dworze jest wykształcenie nowego pokolenia złoczyńców tak, aby ustrzegli się błędów, które my popełniliśmy. Musicie nauczyć się dostosowywać, być szybsi, bardziej przebiegli i niegodziwi niż ktokolwiek przed wami. Przez ten rok będziecie pracować nad wybranym nikczemnym planem. Uczeń, który wymyśli najlepszą złośliwą sztuczkę, otrzyma nagrodę Nikczemnika Roku Smoczego Dworu.

Wszyscy w klasie przytaknęli jednocześnie, a ich głowy wypełniły się przeróżnymi pomysłami na okropne psikusy. Mal podrapała się po nosie końcem śliwkowego wiecznego pióra i zaczęła rozmyślać nad swoim rocznym projektem. Rozejrzała się po sali. Jej koledzy i koleżanki ze zmarszczonymi brwiami gryzmolili coś w zeszytach, a niektórzy cicho rechotali pod nosem. W głowie kłębiły jej się straszne pomysły, jeden gorszy od drugiego. „Zamknąć pierwszaki w lochach?" Już to zrobiła. „Wypuścić tysiące karaluchów na korytarz?" Dziecinna igraszka. „Wpuścić zgraję psotnych goblinów do stołówki z pomyjami?" Jak co wtorek...

Z drugiego końca klasy Mal usłyszała stłumiony śmiech. Zerknęła przez ramię i zobaczyła, że ta denerwująca nowa dziewczyna, Evie, radośnie gawędzi z Carlosem de Monem i oboje bawią się jakąś czarną skrzynką. Ech. Ta dziewucha nie ma się z czego cieszyć. Czyż dopiero co nie powiedziała jej, że nie została zaproszona na piekielną balangę roku?

Mal na moment straciła pewność siebie, lecz wtem zrozumiała: przecież nikczemny roczny plan był tuż przed nią!

Na jej ustach pojawił się krzywy uśmiech. Przez chwilę gryzła wieczne pióro, a potem zapisała całą stronę notatkami.

Jeszcze pokaże tej niebieskowłosej księżniczce.

Oczywiście już powiedziała Evie, że nie może przyjść na przyjęcie, ale to nie wystarczyło. To było zbyt proste, zbyt dosłowne. Mal musiała być przebiegła, tak jak kiedyś lady Tremaine, gdy udawała, że działa w najlepszym interesie Kopciuszka, choć było zupełnie inaczej.

Mal zrozumiała, że od lat czekała na taką okazję, nieważne, czy była tego świadoma, czy nie. Sprawa „zaginionego" zaproszenia – jeśli owo zaproszenie kiedykolwiek istniało (nigdy nie wyjaśniono, co tak naprawdę się stało) – nadal kłuła ją w serce tak ostro jak wtedy, gdy miała sześć lat. Taki dzień zdarza się tylko raz na szesnaście lat. Taki dzień zmienia człowieka.

Taki dzień już nigdy się nie powtórzy.

Nie, jeśli Mal ma tu coś do powiedzenia.

Tak naprawdę Mal chciała zrobić coś więcej, niż tylko zepsuć Evie pierwszy dzień w szkole. Chciała zepsuć jej cały rok szkolny. Po namyśle stwierdziła, że może niezaproszenie Evie było jednak złym posunięciem. Jeśli księżnisia nie przyjdzie, Mal nie będzie miała okazji, żeby ją podręczyć ku swojej uciesze.

Skończyła pisać swój plan w chwili, gdy zadzwonił dzwonek. Podeszła do Jaya, który był cały w skowronkach, a zanim dotarli do drzwi, miał już pełne kieszenie przeróżnych różności.

– Zaczekaj! – powiedziała Mal, kiedy zauważyła Carlosa i Evie, którzy szli w ich stronę.

Evie wyglądała na szczerze przerażoną, a Carlos spojrzał nieufnie na Mal, która zagrodziła im przejście.

– Hej, Evie, słyszałaś o mojej imprezie? – zapytała Mal.

Evie kiwnęła głową.

– Eee... Tak?

– Bo wiesz, wcześniej tylko żartowałam – rzekła Mal z najsłodszym uśmiechem, na jaki mogła się zdobyć. – Oczywiście, że jesteś zaproszona.

– Naprawdę? – pisnęła Evie. – Na pewno chcesz, żebym przyszła?

– O niczym innym nie marzę – odparła wspaniałomyślnie i zgodnie z prawdą Mal. – Tylko nie zapomnij.

– Nie zapomnę – obiecała Evie z nerwowym uśmiechem.

Mal z satysfakcją odprowadziła wzrokiem Evie i Carlosa, którzy pospiesznie starali się zniknąć jej z oczu.

Jay uniósł brew.

– O co tu chodziło? Myślałem, że nie chcesz, żeby ona przyszła – powiedział i zręcznie zwinął zgniłego banana z kubełka na drugie śniadanie jakiegoś pierwszoklasisty.

– Plany się zmieniają.

– Nikczemny plan, co? – Jay zawadiacko uniósł brwi.

– Może – odparła tajemniczo Mal.

Nie chciała niczego zdradzać. Jayowi nie można było ufać. „Złodziejski honor" oznaczał, że żadne z nich honoru nie posiadało.

– No weź. Przecież to ze mną rozmawiasz. Jedyną osobą, którą możesz znieść z całej tej wyspy.

– Nie schlebiaj sobie – odparła Mal z półuśmiechem.

– Przecież nie znosisz imprez! Nie poszłaś na działkę Anthony'ego Tremaine'a w zeszłym tygodniu i przegapiłaś straszną szesnastkę mojej kuzynki Jade. Były wyhaczone, jak powiedziałaby piracka paczka. – Chłopak uśmiechnął się złośliwie.

– To było co innego. W każdym razie musisz się włączyć do przygotowań. Carlos sam nie zorganizuje mi imprezy. – Mal chwyciła kolegę za ramię. – Potrzebujemy dzbanków z korzennym cydrem, stęchłych chipsów ziemniaczanych, musujących pomyj i tak dalej.

Jay obrał banana ze skórki i odgryzł kęs.

– Się robi.

– Aha! I pamiętaj, żeby to był najlepszy towar z nabrzeża, z pierwszych łodzi. Muszę dbać o reputację.

Chłopak zasalutował i wyrzucił skórkę banana na podłogę. Oboje przyglądali się z zadowoleniem, jak jakiś uczeń poślizgnął się na niej i upadł. Takie rzeczy nigdy się nie nudzą.

Mal się uśmiechnęła, a jej zielone oczy rozbłysły jak oczy jej matki, nieco mocniej niż zwykle.

– Chodźmy. Przed imprezą muszę załatwić sporo rzeczy.

„A potem pewną osóbkę" – dodała w myślach.

# rozdział

# 7

## Piekielna balanga

C arlos nigdy się nie uchylał przed podjęciem misji, a jeśli Mal miała ochotę na szaloną imprezę, nie było wyjścia – trzeba było spełnić jej zachciankę. Nie mógł na to nic poradzić, niezależnie od tego, czy zakwalifikował się na kurs złych skłonności dla zaawansowanych, czy nie. Znał swoje miejsce na słupie totemicznym.

Ale wszystko po kolei – impreza nie byłaby imprezą bez gości. Co oznaczało ludzi. Mnóstwo ludzi. Tańczących. Rozmawiających. Pijących. Jedzących. Grających. Musiał nagłośnić sprawę.

Na szczęście nie trzeba było wiele czasu, żeby wszyscy, z którymi spotkał się w szkole, i słudzy wszystkich, z którymi oni się spotkali, roznieśli nowinę. Carlos bowiem nie tyle wystosował zaproszenie, ile wygłosił groźbę.

Dosłownie.

Nie owijał w bawełnę, a z upływem dnia groźby tylko się wyolbrzymiły. Wieści rozprzestrzeniały się z prędkością porywistego, słonego wiatru, który wiał znad wód otaczających wyspę, pełnych aligatorów.

– Przyjdź albo Mal cię znajdzie – syknął Carlos do swojego pękatego, niziutkiego partnera z laboratorium, Le Fou Deux, gdy na lekcji biologii nienaturalnej robili razem sekcję żaby, która już nigdy nie zmieni się w księcia.

– Przyjdźcie albo Mal was znajdzie i nigdy więcej nie wyjdziecie na ulice miasta – szepnął do Gastonów, kiedy podczas WF-u na zmianę wsadzali się w kosze na boisku do diabelskiej koszykówki.

– Przyjdźcie albo Mal was znajdzie i wygna, i sprawi, że wszyscy o was zapomną, i od tego dnia będą was nazywali pomyjami! – powiedział prawie histerycznie do grupy przerażonych pierwszoklasistów, którzy zebrali się na spotkanie Klubu Odludków, planującego doroczny potworny bal w szkole.

Na te słowa wszyscy zbledli i z desperacją w głosie obiecali, że na pewno przyjdą, choć na samą myśl o imprezie drżeli z przerażenia.

Do końca dnia Carlos zdążył zaprosić dziesiątki gości, którzy potwierdzili przyjście. „Cóż, to nie było trudne" – pomyślał, odkładając książki do szafki i wypuszczając uwięzionego w niej pierwszaka.

– Siemka, stary. – Carlos skinął głową.

– Dzięki, strasznie muszę siku – pisnął nieszczęsny uczeń.

– Jasne – powiedział Carlos i zmarszczył nos. – A, jest impreza. U mnie. O północy.

– Słyszałem, przyjdę! Nie mógłbym tego przegapić! – odparł pierwszoklasista i z podekscytowaniem podniósł w górę pięść.

Carlos kiwnął głową, udobruchany. Czuł dumę – w końcu nawet ktoś uwięziony przez cały dzień w szafce słyszał o imprezie. Był urodzonym organizatorem! Może miał to we krwi? Jego matka potrafiła się dobrze bawić, prawda? Cruella zawsze mu powtarzała, jaki jest nudny, bo całymi dniami majstruje przy elektronice. Twierdziła, że marnuje czas i że nie nadaje się do niczego oprócz domowych obowiązków. Może jeśli urządzi dobrą imprezę, udowodni jej, że się myliła. Nie żeby miała okazję to zobaczyć. Pewnie się wścieknie, kiedy się dowie, że w jej Diabelskim Dworze roiło się od nastolatków. Mimo to chciał, żeby pewnego dnia Cruella dostrzegła w nim kogoś więcej niż tylko mieszkającego w jej domu służącego, który przypadkiem był z nią spokrewniony.

W drodze ze szkoły w jego głowie kłębiły się przeróżne myśli. Teraz, gdy miał już gości, musiał tylko przygotować Diabelski Dwór na to błogosławione wydarzenie – a to nie mogło być trudne, prawda?

Kilka godzin później Carlos musiał przyznać, że się mylił.

– Dlaczego w ogóle zgodziłem się urządzić tę imprezę? – zawodził w głos. – Nigdy nie chciałem niczego organizować! – Przeczesał palcami kręcone, nakrapiane włosy, które teraz sterczały sztywno jak u dawnej gwiazdy rocka, trochę jak fryzura Cruelli.

– Masz na myśli dzisiejszy wieczór? – dobiegł jakiś głos zza olbrzymiego, zniszczonego posągu wielkiego rycerza w drugim końcu rozsypującej się sali balowej.

– W ogólności – westchnął Carlos.

To była prawda. Był człowiekiem nauki, nie towarzystwa. Choćby to było złe towarzystwo.

Ale teraz właśnie dekorował Diabelski Dwór, którego świetność przypadała na czasy na długo przed tym, gdy chłopak pojawił się na świecie. Mimo to zrujnowana wiktoriańska posiadłość była jedną z najwspanialszych na wyspie. Pyszniła się porośnięta pnączami dzikiego wina, bardziej pokręconymi niż umysł Cruelli, i otoczona żelaznym ogrodzeniem o szpikulcach ostrzejszych niż codzienne napady histerii aktualnej właścicielki dworu.

Główna sala balowa była teraz ozdobiona białą i czarną krepiną, a także sflaczałymi czarno-białymi balonami, które Carlos wyciągnął ze smutnego stosu zakurzonych pudeł, stojących w piwnicy jego domu. Kilka kufrów z pieczęcią Imperium de Mon było wszystkim, co pozostało z dawnego imperium mody Cruelli – strzępy lepszego życia, które wyblakły już lata temu.

Oczywiście matka się wścieknie, kiedy tylko zobaczy, że Carlos znowu dobierał się do jej pudeł. „Moje skradzione skarby! – wykrzyknie. – Moje zaginione maleństwa!" Carlos jednak miał praktyczne podejście do życia i uwielbiał grzebać w śmieciach.

Dlaczego jego matka w ogóle miała taką obsesję na punkcie czarno-białych szczeniąt dalmatyńczyków – nie miał pojęcia. Te stworzenia go przerażały, lecz ona była gotowa posiadać ich sto jeden.

Było mnóstwo rzeczy, które teraz mógł przetrząsnąć.

Przez lata znalazł nowe zastosowanie dla niejednej pustej klatki – „naukowcy przecież potrzebują półek na książki", porzuconych smyczy – „nylon jest odporny na żywioły", i niepiszczących już piszczących zabawek – „guma izoluje od elektryczności", które poszły w kąt, kiedy udaremniono plany jego matki.

Naukowiec i wynalazca taki jak Carlos, uczestnik kursu złych skłonności dla zaawansowanych, nie mógł sobie pozwolić, żeby być wybrednym. Potrzebował materiału do badań.

– Dlaczego zgodziłeś się na tę imprezę? Proste. Bo Mal ci kazała – powiedział drugi najlepszy przyjaciel Carlosa, Harry, kręcąc głową i machając palcami, posklejanymi taśmą samoprzylepną. – Może następnym razem spróbujesz zbudować coś, co nas wreszcie od niej uwolni.

Trzeci najlepszy kumpel Carlosa, Jace, próbował oderwać taśmę od Harry'ego, ale tylko się do niego przykleił.

– Taa, jasne. A kto by się sprzeciwił Mal? – powiedział Jace. – Już to widzę.

Harry (Harold) i Jace (Jason) byli synami Baryły i Nochala, wiernych sług Cruelli, dwóch niezdarnych złodziei, którzy na jej polecenie próbowali porwać sto jeden szczeniąt dalmatyńczyków i ponieśli żałosną porażkę. Tak samo jak ich ojcowie, Harry i Jace udawali bardziej kompetentnych i mniej nerwowych, niż byli naprawdę.

Ale Carlos dobrze ich znał.

Harry, niski i gruby jak jego ojciec, ledwo sięgał, gdy próbował przywiązać koniec czarnej wstęgi. Jace, wyższy nawet od swego wychudzonego ojca, nie miał tego problemu, ale za to nie radził sobie z podajnikiem do taśmy. Stanowili zgrany duet oferm.

Carlos nie wybrałby ich na swoich kumpli – to matka wybrała ich za niego, podobnie jak wszystko inne.

– Są wszystkim, co mamy – mawiała Cruella. – Nawet gdy nie mamy nic innego, zawsze mamy...

– Przyjaciół? – pytał Carlos.

– Przyjaciół?! – roześmiała się kpiąco Cruella. – Komu są potrzebni przyjaciele, gdy ma sługusów na swoje rozkazy?

Cruella trzymała Nochala i Baryłę na krótkiej smyczy, ale nie można było powiedzieć, żeby Harry i Jace wypełniali rozkazy Carlosa. Wyglądało na to, że kręcą się przy nim, bo zmusili ich do tego ojcowie, zapewne tylko dlatego, że wszyscy bali się Cruelli.

Dlatego też Carlos uważał ich za swojego drugiego i trzeciego najlepszego kumpla. Nie miał tego pierwszego. Nawet nie mając przyjaciół, wiedział jednak o przyjaźni wystarczająco dużo, żeby mieć pewność, że prawdziwy najlepszy przyjaciel zrobiłby więcej, niż tylko chodził za nim krok w krok, potykał się o jego stopy i powtarzał jego żarty, które nie były warte opowiedzenia już za pierwszym razem.

A jednak dobrze było mieć kogoś do pomocy przy organizacji imprezy.

– Jeśli Mal impreza się nie spodoba, będzie po nas. – Harry potrząsnął ze smutkiem głową.

– Po nas – powtórzył jak echo Jace.

Carlos uważnie rozejrzał się po sali. Zniszczone, stare meble były przykryte zakurzonymi lnianymi prześcieradłami. Co metr w ścianie widać było osypującą się dziurę, odsłaniającą deski i tynk pod spodem. Odezwała się w nim ambicja. Zjeżył się. Mógł się lepiej postarać. Musiał! Pobiegł na górę. Wygrzebał zabytkowe mosiężne kandelabry i ustawił je wokół sali. Przy zgaszonym świetle migoczące płomienie świec zdawały się unosić w powietrzu.

Potem postanowił powiesić na żyrandolu huśtawkę – była to obowiązkowa atrakcja każdej porządnej imprezy na wyspie, a przynajmniej tak słyszał. Kazał więc Jace'owi wejść na prowizoryczną drabinę i przywiązać liny do mocowania lampy. Harry zeskoczył z jednej z sof przykrytych płótnem, żeby przetestować huśtawkę, a wtedy w całej sali uniosła się chmura pyłu. Carlos pokiwał głową z aprobatą – wyglądało to trochę jak świeży śnieg.

Podniósł słuchawkę i na tarczy telefonu wykręcił numer do swojego kuzyna Diego de Mona, wokalisty w lokalnym zespole o nazwie Zgniłe Jabłka.

– Chcecie dziś zagrać?

– No ba! Słyszałem, że Mal urządza piekielną balangę przy pełni księżyca!

Członkowie zespołu pojawili się niedługo potem. Ustawili perkusję pod oknem i zaczęli ćwiczyć piosenki. Ich muzyka była głośna i szybka. Diego, wysoki, chudy chłopak z czarno-białym irokezem, strasznie fałszował. Byli fantastyczni. Doskonała muzyka na wieczór.

Potem Carlos przyniósł staromodnego polaroida, którego znalazł na strychu. Zdjął z kanapy płachtę i zatknął ją na grubym pręcie w odosobnionym kącie.

– To automat fotograficzny. Ty robisz gościom zdjęcie – powiedział do Jace'a. – A ty je im podajesz – polecił Harry'emu.

Potem spojrzał z podziwem na ich dzieło.

– Nieźle – pochwalił. – O to właśnie chodzi.

– A będzie jeszcze lepiej, zobaczycie – dodał nieznajomy głos.

Carlos się odwrócił i zobaczył Jaya, który właśnie wszedł. Niósł cztery olbrzymie torby z zakupami, pełne przeróżnych imprezowych przekąsek. Był tam śmierdzący ser, przywiędłe winogrona, diabelnie ostre faszerowane jajka i skrzydełka, również grzesznie pikantne, a także wiele, wiele więcej smakołyków. Jay wyciągnął z kurtki butelkę najlepszego korzennego cydru na wyspie i zaczął przelewać napój do popękanej misy na poncz, stojącej na stoliku do kawy.

– Zaczekaj! Przestań! Nie chcę, żeby sprawy wymknęły się spod kontroli! – zawołał Carlos, próbując przechwycić butelkę i ją zakorkować. – Jak ci się udało skubnąć wszystkie te frykasy?

– Och, i tu się mylisz! – powiedział Jay z szerokim uśmiechem. – Lepiej, żeby spod kontroli wymknęła się impreza niż wybuchowy humor Mal.

Jay rozsiadł się na kanapie i oparł glany na stoliku obok naczynia na poncz. Słudzy wzruszyli ramionami, a Carlos westchnął.

Jay miał trochę racji.

Gdy zegar wybił północ, goście Mal zaczęli tłumnie przybywać. Nigdzie nie było widać żadnych dyniowych powozów ani gryzoniowatych służących. Nic nie zostało w nic zmienione, zwłaszcza w coś, co ktokolwiek uznałby za fajną brykę.

Wszyscy przybyli na własnych nogach, w butach o rozmaitym stopniu tandetności. Może dlatego, że ich stopy były największe, Gastonowie jak zwykle przyszli pierwsi. Nigdy nie ryzykowali spóźnienia, żeby nie przegapić stołów zastawionych jedzeniem. Zawsze opychali się wszystkim do nieprzytomności, pochłaniając potrawy, zanim ktoś inny zdążył ich skosztować.

W niezręcznej ciszy, która nastąpiła, gdy Gastonowie przywitali się z gospodarzem z dyńki i na wyścigi zaczęli wychylać dzbany przemyconego korzennego piwa, cała piracka załoga Harriet Hak wtarabaniła się przez drzwi.

Carlos stał przy wyblakłej tapecie, ściskając w dłoni kubek z aromatycznym ponczem, a dwaj Gastonowie i rozwrzeszczana piracka paczka uganiali się za inną grupą gości po całym domu. Była to rechocząca gromada wnuczek złej macochy, z wystrzępionymi wstążkami i przyklapniętymi lokami, w pełnym pędzie przepychających się łokciami przez tłum.

– Przestańcie nas gonić! – błagały, choć w rzeczywistości pragnęły, żeby ktoś je gonił. – Jesteście okropni! – darły się przeraźliwie. – Przestańcie! – wołały, same nie zamierzając przestać.

Ich kuzyn, Anthony Tremaine, wszedł za nimi do pokoju, przewracając oczami.

Zespół wygrywał skoczną melodię.

Ciemnowłosa Ginny, córka Gertrudy, zjawiła się z koszykiem parszywych jabłek. Natychmiast urządzono zawody, kto wyłowi ustami z wanny to najbardziej robaczywe. Niemal wszyscy chcieli się pohuśtać na żyrandolu, a reszta gości brała udział w poważnym tanecznym starciu. Wyglądało na to, że szykuje się diabelnie dobra zabawa.

Ponad godzinę od oficjalnego rozpoczęcia imprezy rozległo się stanowcze pukanie do drzwi. Nie było jasne, dlaczego to pukanie różniło się od poprzednich, jednak nikt nie miał wątpliwości, że było inne. Carlos zerwał się na nogi jak żołnierz wezwany nagle, żeby stanął na baczność. Jay przerwał taniec z grupą wnuczek złej macochy. Gastonowie podnieśli wzrok znad bufetu. Mały Sammy Smee zamarł z jabłkiem w zębach, rozglądając się niepewnie.

Carlos opanował nerwy i otworzył drzwi.

– Wypad stąd! – wrzasnął tradycyjne powitanie mieszkańców wyspy.

W progu stała Mal. Na tle rozproszonego światła z holu, od stóp do głów odziana w połyskującą, fioletową skórę, wyglądała zupełnie, jakby otaczał ją migoczący blask. Przywodziła na myśl wokalistkę podczas koncertu rockowego – takiego z dymem, kolorowymi reflektorami i bzdurnymi drobinami pyłu lśniącymi w powietrzu.

Carlos niemal się spodziewał, że Mal zaraz dołączy do grającego zespołu. Może powinien się cieszyć, że taka słynna osobistość postanowiła zaszczycić jego imprezę.

Eee, to znaczy swoją.

Tej imprezy nie da się wyłączyć tak łatwo, jak jednego z jego zreperowanych magnetofonów. Nie teraz, kiedy już się zaczęła. Szczególnie jeśli wszystko potoczy się zgodnie z pragnieniem Mal.

– Hej, Carlos – powiedziała przeciągle dziewczyna. – Spóźniłam się?

– Coś ty. Wejdź!

– Cieszysz się, że mnie widzisz? – zapytała z uśmiechem Mal.

Carlos skinął głową. Ale wcale się nie cieszył.

Był przerażony.

Gdzieś głęboko, w najskrytszym zakamarku duszy, chciał do mamy.

rozdział

## Tylko człowiek

rinki z ropuszej krwi! – oznajmiła Mal, gdy wpadła do sali, jakby była zwyczajnym gościem. – Dla wszystkich!

I tak po prostu impreza znów się zaczęła, równie szybko, jak została przerwana. Jakby cała sala naraz odetchnęła z ulgą. „Mal się nie wściekła. Mal nie wygna nas z ulic. Mal nie nazwie nas pomyjami".

„A przynajmniej jeszcze nie teraz".

Mal widziała ulgę na twarzach gości i nie winiła ich za to. Mieli rację. Biorąc pod uwagę to, jak się ostatnio czuła, zdecydowanie mieli powód do świętowania.

Zebrany tłum wiwatował, a ropusza krew rozchodziła się po sali pełnymi kubkami. Mal wspaniałomyślnie wychyliła kubek oślizgłego płynu razem ze wszystkimi.

Krążyła wśród gości. Zwinęła portfel jednemu z Gastonów. Przystanęła, żeby razem z Ginny pośmiać się wrednie z sukienki Harriet Hak. Uchyliła się, gdy jakiś pirat trochę za mocno bujnął się na żyrandolu. Ugryzła kęs czyjegoś diabelskiego hot doga i wrzuciła sobie do ust garść suchego popcornu. Na koniec wyszła do holu, gdzie wpadła na Jaya, zadyszanego po wygranej w ostatnim tanecznym starciu.

– Dobrze się bawisz? – zapytał chłopak.

Mal wzruszyła ramionami.

– Gdzie Carlos?

Jay się roześmiał i wskazał na parę butów wystających spod płachty, która zasłaniała największy regał na książki.

– Chowa się przed własnymi gośćmi. Typowe.

Mal wiedziała, jak Carlos się teraz czuł, chociaż nigdy by tego nie przyznała. Tak naprawdę wolałaby być gdziekolwiek indziej na wyspie niż na tej imprezie. Tak jak jej matka, nie znosiła zgiełku głośnej zabawy. Zabawa sprawiała, że czuła się nieswojo. Śmiech? Dostawała od niego wysypki. Ale zemsta to zemsta, a ona zaplanowała na ten wieczór coś więcej niż tylko rozrywki w stylu wyznania głębokiego, mrocznego sekretu czy wyzwania drwiącego ze śmierci.

– Chodź! – powiedział Jay. – Bawią się w przypinanie ogona sługusowi, a Jace ma już chyba z dziesięć ogonów. Zobaczymy, czy nam uda się dojść do tuzina.

– Może za chwilę. A gdzie księżniczka Jagódka? – zapytała Mal. – Okrążyłam całą imprezę i nigdzie jej nie widziałam.

– Mówisz o Evie? Jeszcze nie przyszła. Chyba nikt nie wie, czy przyjdzie, czy nie. – Jay wzruszył ramionami. – Wiesz, te dzieciaki z zamków. – Musi przyjść. W końcu to o nią tu chodzi. Tylko dla niej w ogóle urządziłam tę głupią imprezę. – Mal nie mogła znieść, gdy jej nikczemne plany nie toczyły się po jej myśli.

Był to pierwszy krok w operacji „Evie ma zniknąć albo wszyscy pożałują" i musiała dopiąć swego. Westchnęła i spojrzała na drzwi. Udawanie, że się dobrze bawi na imprezie, gdy nie znosiło się imprez, było najbardziej męczącą rzeczą na świecie. Musiała w tej sprawie przyznać rację matce.

– Co robicie? – zapytał Anthony Tremaine, szesnastoletni wnuk lady Tremaine.

Był to wysoki, wytworny młodzieniec o ciemnych włosach, zaczesanych do tyłu, i wysokim czole. Miał równie znoszone i obszarpane ubranie, jak wszyscy na wyspie, ale w jakiś sposób zawsze wyglądał, jakby nosił rzeczy prosto od krawca. Jego czarny, skórzany płaszcz był doskonale skrojony, a ciemne dżinsy sprane dokładnie tak, jak trzeba. Może wiązało się to z faktem, że w żyłach Anthony'ego płynęła arystokratyczna krew. Zapewne mieszkałby w Auradonie, gdyby nie to, że jego matka była, no wiecie, zła i wygnana. Kiedyś próbował przekonać wszystkich na wyspie, żeby tytułowano go lordem Tremaine'em, ale dzieciaki złoczyńców go wyśmiały.

– Tylko rozmawiamy – odparła Mal.

– Knujemy nikczemnie – dodał Jay.

Spojrzeli po sobie.

Coś w urodziwej twarzy Anthony'ego przywiodło Mal na myśl innego przystojnego chłopaka – księcia z jej snu. Powiedział, że był jej przyjacielem. Miał życzliwy uśmiech i łagodny głos. Mal wzdrygnęła się z odrazą.

– Chcesz czegoś? – zapytała chłodno.

– Tak. Zatańczyć. – Anthony Tremaine spojrzał na nią wyczekująco.

Mal patrzyła na niego, jakby czegoś nie rozumiała.

– Zaraz... Ze mną?!

Nigdy wcześniej nikt nie poprosił jej do tańca. Ale właściwie nigdy nie była na żadnej imprezie.

– No cóż, nie miałem na myśli jego – odparł Anthony i zerknął na Jaya. – Bez urazy, stary.

– Jasne. – Jay uśmiechnął się od ucha do ucha. Wiedział, jak niezręcznie czuje się teraz Mal. Uznał, że to przezabawne. – No, idźcie się pobawić, dzieciaki. Anthony, koniecznie wybierz wolną piosenkę – dodał, odchodząc. – Na mnie czeka wnuczka macochy.

Mal poczuła, jak jej policzki oblewają się rumieńcem, co było doprawdy żenujące. Przecież niczego się nie bała, a już na pewno nie tańca z tym zarozumialcem Anthonym Tremaine'em.

„To dlaczego się rumienię?" – pomyślała.

– Właściwie to kiepsko tańczę – powiedziała nieprzekonująco.

– Mogę cię nauczyć – odparł Anthony z gładkim uśmiechem.

Mal się zjeżyła.

– Chodzi o to, że z nikim nie tańczę. Nigdy.

– Dlaczego?

„Właśnie, dlaczego?"

Mal zastanowiła się przez chwilę. W jej głowie pojawiły się przebłyski z początku tego wieczoru. Szykowała się na imprezę, próbując wybrać między fiołkowymi dziurawymi dżinsami a fioletowo-różowymi patchworkowymi spodniami, gdy matka stanęła w progu jej pokoju. Zdarzało się to naprawdę rzadko.

– Dokąd na tej strasznej wyspie mogłabyś się wybrać? – zapytała Diabolina.

– Na imprezę – odparła Mal.

Diabolina westchnęła ze zniecierpliwieniem.

– Mal, co ja ci mówiłam o imprezach?

– Nie zamierzam się dobrze bawić, mamo. Idę tam, żeby komuś uprzykrzyć życie. – Chciała od razu podzielić się z nią operacją „Zemsta na Evie", ale po namyśle zrezygnowała. Powie matce, gdy już przeprowadzi plan do końca, żeby znów jej nie zawieść. Diabolina często powtarzała Mal, że czasem nie zachowywała się dość nikczemnie, jak na jej córkę. „Ja w twoim wieku przeklinałam całe królestwa" – słyszała od dzieciństwa Mal.

– Czyli wybierasz się, żeby kogoś unieszczęśliwić? – zagruchała Diabolina.

– Zgnębić! – potwierdziła z entuzjazmem dziewczyna.

Wąskie, czerwone usta Diaboliny powoli ułożyły się w uśmiech. Podeszła do Mal, stanęła przed nią i długim paznokciem przesunęła po jej policzku.

– Moja wredna córeczka – powiedziała.

Mal mogłaby przysiąc, że zauważyła błysk dumy w zimnych, szmaragdowozielonych oczach matki.

Mal wróciła błyskawicznie do rzeczywistości, gdy zespół zakończył ostry punkowy kawałek brzęknięciem talerzy i tremolo.

Anthony Tremaine dalej się w nią wgapiał.

– To dlaczego nie tańczysz?

„Bo nie mam czasu na taniec, kiedy muszę uknuć nikczemny plan – chciała powiedzieć Mal. – Taki, który sprawi, że moja matka w końcu będzie ze mnie dumna".

Zadarła nos.

– Nie potrzebuję powodu.

– Nie. Ale to nie oznacza, że go nie masz.

Chłopak zaskoczył ją, bo miał rację.

Ponieważ miała powód, bardzo dobry powód, żeby trzymać się z daleka od wszystkiego, co przypominało choćby cień romansu albo mogło prowadzić do miłości. Był nim jej zaginiony ojciec. Znany też jako Ten-Którego-Imienia-Nie--Wolno-Wymawiać-W-Obecności-Diaboliny.

A więc Anthony ją przyłapał. Mal musiała mu to przyznać. Ale zamiast tego wbiła w niego nienawistne spojrzenie. A potem zrobiła to jeszcze raz – na wszelki wypadek.

– Może po prostu lubię być sama.

„Bo jestem taka zmęczona tym, że moja matka patrzy na mnie, jakbym była słaba, tylko dlatego, że powstałam z jej własnej chwili słabości".

„Bo może muszę jej pokazać, że jestem dość silna i zła, i udowodnić, że nie jestem taka jak mój słaby, ludzki ojciec". „Że mogę być taka jak ona".

„Może nie chcę tańczyć, bo nie chcę mieć w sobie nic ludzkiego".

– Na pewno nie o to chodzi – rzekł Anthony.

Miał niezwykle głęboki, przyjemny głos, który znów przypomniał Mal przystojnego księcia nad zaczarowanym jeziorem. Tyle że Anthony nie był tak przystojny, jak chłopak z jej snu. Nie żeby myślała, że tamten był przystojny, oczywiście. Nie żeby w ogóle o nim myślała.

– Nikt nie lubi być sam.

– Cóż, ja tak – upierała się Mal.

To akurat była prawda.

– Poza tym która dziewczyna nie chciałaby zatańczyć z lordem? – powiedział zarozumiale młody Tremaine.

– Ja!

– Dobra, jak sobie chcesz – stwierdził Anthony i w końcu odszedł z zadartą głową.

Sekundę później już poprosił do tańca Harriet Hak, a ona zgodziła się z piskiem zachwytu.

Mal wypuściła powietrze. Uff. Chłopaki. Sny. Książęta. Za dużo jak na jeden dzień.

– Mal. Mal! Ziemia do Mal! – Jay pomachał dłonią przed jej twarzą. – Nic ci nie jest?

Mal kiwnęła głową, ale nie odpowiedziała. Znowu na chwilę zatraciła się we wspomnieniu tamtego okropnego snu. Tyle że tym razem wydawał się on nie tyle snem, ile przeczuciem. Czyżby pewnego dnia sama miała się znaleźć w Auradonie? Ale jak to możliwe?

Jay zmarszczył czoło i podał jej kubek z cydrem.

– Proszę. Wyglądasz, jakby ktoś cię wyłączył, czy coś.

Mal zdała sobie sprawę z tego, że nie ruszyła się z holu. Stała tak, idiotycznie nieruchomo, odkąd Anthony ją tam zostawił. To było trzy piosenki temu, a Zatrutc Jabłka grały teraz swój najnowszy hit: „Gdy nie powiem sobie dość".

Nagle się ożywiła. Nie z powodu cydru czy wpadającej w ucho melodii. Kątem oka przez okno we foyer, sięgające od podłogi do sufitu, zauważyła Evie. Dziewczyna jechała nowiutką rikszą. Jej śliczny dobierany warkocz lśnił w świetle księżyca. „Myśli, że jest taka wyjątkowa. Już ja jej pokażę" – uśmiechnęła się do siebie Mal. Rozejrzała się po sali, aż jej wzrok spoczął na znajomo wyglądających drzwiach.

Prowadziły one do garderoby Cruelli de Mon. Mal znała je tylko dlatego, że kiedyś przypadkiem natrafiła na nie z Carlosem, gdy byli w szóstej klasie i pracowali nad skeczem o nikczemnej rodzinie. Kiedy Mal znudziła się tym zadaniem, postanowiła pomyszkować po Diabelskim Dworze. Garderoba Cruelli nie była miejscem odpowiednim dla osób o słabych nerwach.

Nigdy nie zapomni tamtego dnia. Nikt nie miał szans z tą garderobą. Zwłaszcza księżniczka, która właśnie szła po schodach i zaraz miała się tu zjawić.

– Jay – mruknęła Mal i skinęła głową w stronę drzwi. – Daj znać, kiedy przyjdzie Evie.

– Hmm? Jak to? Po co?

– Zobaczysz. – Mal uśmiechnęła się szelmowsko.

– To część nikczemnego planu, co? – zapytał Jay i z radością wykonał jej rozkaz. Zawsze był gotów na dobry wkręt.

Za to Carlos zrobił się blady jak ściana, gdy zobaczył, dokąd zmierza Mal.

– Nie...! – krzyknął. Strząsnął z siebie prześcieradło i o mało się o nie nie potknął, próbując dotrzeć do drzwi, zanim Mal zdąży otworzyć je na oścież.

Zatrzasnęły się. W samą porę.

Mal skrzyżowała ręce. Nie zamierzała zrezygnować z tak doskonałego pomysłu. Znów zerknęła przez okno. Stylowo-Spóźniona-Księżniczka stała już przed drzwiami.

– Nowa zabawa! – zawołała Mal. – Siedem minut w niebie! A nigdy tak naprawdę nie graliście w siedem minut, jeśli nie robiliście tego w garderobie de Monów!

Ledwo wypowiedziała te słowa, a wnuczki złej macochy o mało nie stratowały jej w wyścigu do drzwi. Uwielbiały grę w siedem minut i teraz z entuzjazmem trajkotały, zastanawiając się, z kim wylądują w środku. Niektóre przypudrowały nosy i zalotnie wydęły usta, trzepocząc rzęsami do Jaya, który stał przy drzwiach jak cerber.

– Kto chce wejść pierwszy? – zapytała Mal.

– Ja! Ja! Ja! – skomlały wnuczki złej macochy.

– Ona! – zawołał Jay, chwyciwszy połę charakterystycznej błękitnej peleryny.

– Ja? A co ja właściwie chcę zrobić? – zapytała właścicielka peleryny.

Mal się uśmiechnęła.

Nareszcie przyszła jej ofiara.

– Evie, kochanie! Tak się cieszę, że dotarłaś! – powiedziała Mal i teatralnie objęła dziewczynę w fałszywym uścisku. – Bawimy się w siedem minut w niebie! Chcesz zagrać?

– Hmm, no nie wiem – odparła Evie i nerwowo rozejrzała się po uczestnikach imprezy.

– Będzie obłędnie – zapewniła ją Mal. – Chodź, chyba chcesz być moją kumpelą, co?

Evie wpatrywała się w Mal z niedowierzaniem.

– Chcesz, żebym została twoją kumpelą?

– Jasne, czemu nie? – Mal podprowadziła ją do drzwi garderoby i je otworzyła.

– A czy nie powinien tam ze mną wejść jakiś chłopak? – zapytała Evie, kiedy Mal wepchnęła ją do schowka. Jak na kogoś, kto miał zamkowy tryb nauki, Evie całkiem nieźle znała się na zabawach z pocałunkami.

– Powiedziałam siedem minut w niebie? Nie, pobawisz się w siedem minut w piekle! – zarechotała Mal.

Nie mogła się powstrzymać. Szykowała się fantastyczna zabawa. Zebrany w holu tłum rozpierzchł się w panice, gdy stało się jasne, że Mal wcale nie chce, aby inni dołączyli do gry – czy do Evie – w zamkniętym na klucz pomieszczeniu.

Ale Carlos nadal stał przy drzwiach, z twarzą bielutką jak końce jego włosów.

– Mal, co ty wyprawiasz?

– Taki tam wredny psikus. A jak ci się wydaje, niby co robię?

– Nie możesz jej tam zostawić! Pamiętasz, co nam się przytrafiło? – zapytał chłopak i ze złością wskazał na swoją nogę i dwie wyraźne blizny na łydce.

– Owszem! – odparła wesoło Mal.

Zastanawiała się, dlaczego Carlos tak bardzo przejmował się Evie. Przecież nikt ich nie uczył, żeby troszczyli się o innych ludzi. Ale Carlos jasno dał do zrozumienia, że wcale nie jest altruistą.

– Jeśli nie da rady wyjść sama, to ja będę musiał posprzątać bałagan! Moja matka dostanie szału! Nie możesz jej tam zostawić! – szepnął ostro, a na jego twarzy pojawił się strach przed karą, jaką wymierzy mu Cruella.

– W porządku, idź po nią – rzekła Mal z przebiegłym uśmiechem. Doskonale wiedziała, że chłopak nie odważy się wejść do garderoby.

Carlos zadygotał w swoich schodzonych mokasynach. Mal była pewna, że nie miał ochoty wracać w to koszmarne miejsce. Aż za dobrze pamiętał, co przydarzyło im się w szóstej klasie.

Zza drzwi dobiegł krzyk.

Mal zatarła dłonie.

– Chcesz, żeby wyszła? To idź po nią.

Ona już zrobiła swoje. Nikczemny plan się udał. To miała być naprawdę piekielna balanga.

# rozdział

# 9

## uwolnić futra

Pierwszą myślą Evie, gdy drzwi zamknęły się za nią z głośnym trzaskiem, było to, że na darmo założyła swoją najładniejszą sukienkę. Przez cały dzień nie mogła się doczekać imprezy. Po szkole pobiegła prosto do domu, żeby przejrzeć wszystkie stroje w szafie. Wyciągała suknię za suknią i sprawdzała, w którym odcieniu niebieskiego wygląda najlepiej. Lazurowym? Turkusowym? W może w kolorze barwinka? W końcu zdecydowała się na ciemnobłękitną koronkową minisukienkę i dopasowane do niej buty na obcasach. Potem strasznie się spóźniła na imprezę, bo jej mama się uparła, żeby przez trzy godziny malować ją i czesać.

Nie żeby to miało jakieś znaczenie, bo teraz była zamknięta w garderobie zupełnie sama. Jednak przeczucie jej nie myliło – Mal naprawdę chciała się na niej zemścić za to, że dziesięć lat temu nie dostała zaproszenia na jej przyjęcie urodzinowe. Ale to przecież nie była wina Evie! Ona była wtedy tylko dzieckiem. To jej matka z jakiegoś powodu nie chciała widzieć Mal na przyjęciu. Dziewczyna nie mogła za to winić Evie, prawda? Westchnęła. Jasne, że mogła. Wciąż pamiętała ból i gniew na buzi sześcioletniej Mal, przyglądającej się wszystkiemu z balkonu. Przypuszczała, że pewnie czułaby się tak samo – nie żeby wiedziała, jak się czuła Mal, nic z tych rzeczy. „Empatia jest przereklamowana" – jak mawiała Gertruda.

Zła Królowa pewnie powinna była porzucić urazę do Diaboliny i zaprosić jej córkę na przyjęcie. Niefajnie było gnieździć się w zamku przez dziesięć lat. Evie nie wiedziała nawet, dlaczego jej matka stwierdziła, że akurat teraz można było bezpiecznie z niego wyjść. Na szczęście poza tym, że zamknięto ją w garderobie, jak dotąd nic złego jej się nie przytrafiło. Jeszcze.

Poza tym ciemność w garderobie w ogóle jej nie przeszkadzała. W końcu Evie była córką swojej matki. Przywykła do okropieństw nocy: mrocznych istot o żółtych ślepiach połyskujących w ciemności, wosku świec skapującego na lichtarze z czaszek, furii błyskawic i grzmotów toczących się po niebie. Nie bała się. W ogóle się nie bała.

Ale... Natrafiła stopą na coś twardego i zimnego. Ciszę przerwał głośny szczęk metalu.

Krzyknęła. Co to było?! Kiedy jej oczy przywykły już do półmroku, zobaczyła rozsiane po całej podłodze wnyki, czekające na zwierzę, które ośmieliłoby się tu wejść. Jeden niewłaściwy ruch, a pułapka mogła przeciąć jej nogę na pół! Evie odwróciła się do drzwi i spróbowała je otworzyć, lecz na próżno. Były zamknięte na klucz.

– Pomocy! Pomocy! Wypuśćcie mnie! – wołała.

Ale nikt jej nie odpowiedział. Zespół grał zbyt głośno. Była pewna, że nikt jej nie usłyszy, a tym bardziej nie przejmie się jej losem.

Niepewnie przesuwała się w ciemności, lewą stopą badając ostrożnie podłogę. Ile ich tam było? Dziesięć? Dwadzieścia? Sto? Jak duże było to pomieszczenie?

Natrafiła stopą na coś zimnego i ciężkiego, więc natychmiast się cofnęła. Jak się stąd wydostanie, nie tracąc żadnej kończyny? Może po drugiej stronie były jeszcze jedne drzwi? Wytężyła wzrok. Są. A więc było jakieś wyjście.

Przesuwała się powoli, ostrożnie, a deski podłogi skrzypiały złowieszczo pod jej stopami. Ruszyła w prawo, z nadzieją, że ominie zdradzieckie sidła, lecz musnęła inny potrzask, który podskoczył i zamknął się z trzaskiem, drasnąwszy ją w kolano. Serce łomotało jej w piersi, gdy ostrożnie okrążyła następną pułapkę. Starała się jej nie potrącić, żeby ostre metalowe zęby nie zatrzasnęły się na jej kostce. Jak długo nie nastąpi na środek wnyków, będzie bezpieczna.

Uda się. Musi tylko przesuwać się powoli i z uwagą. Kolejna pułapka została za nią. Była w tym coraz lepsza. Znajdzie drogę na tyły pomieszczenia, gdzie najpewniej jest drugie wejście. Minęła jedne sidła, potem następne, przesuwając stopy z coraz większą wprawą. Szybciej. Trochę szybciej. Drzwi muszą być już niedaleko... Nagle potrąciła potrzask, który poderwał się ze szczękiem. Evie odskoczyła, a zębate kleszcze spadły na podłogę, potrącając następne i następne, i tak po kolei. Zrozumiała, że nie może już przesuwać się powoli. Musi uciekać, i to biegiem!

Chór kłapiących metalowych szczęk rozbrzmiewał w ciemnościach, stalowe ostrza brzęczały groźnie, a Evie z krzykiem biegła do tylnych drzwi garderoby. Wnyki zatrzaskiwały się – BAM! BAM! BAM! – jedne po drugich, o włos muskając jej pończochę, to znów niemalże ocierając się o jej piętę. Wreszcie Evie nacisnęła klamkę, wypadła z pomieszczenia i zamknęła za sobą drzwi.

Jednak gdy już myślała, że jest bezpieczna, zrozumiała, że zderzyła się z czymś ciemnym i włochatym.

Czy to był niedźwiedź? A może jakiś straszny, kudłaty potwór? Czyżby wpadła z deszczu pod rynnę? Evie obracała się to w jedną, to w drugą stronę, ale tylko coraz mocniej owijała się gęstym futrem... z otworami na ręce?

To nie był niedźwiedź... ani żaden potwór. Była uwięziona w futrzanym płaszczu! Próbowała strząsnąć go z siebie, ale bez skutku, na dodatek zaplątała się w tuzin innych. Wszystkie były czarne lub białe, albo biało-czarne, uszyte z najgrubszych i najdroższych skór: był tu cętkowany ocelot i farbowane norki, jedwabiste sobole i lśniące skunksy, wszystko ściśnięte jak sardynki, tak miękkie, tak puszyste, tak gęste. To była szafa ze słynnymi futrami Cruelli de Mon, jej cudowna kolekcja, obsesja, największa słabość.

A te wszystkie pułapki były jej zabezpieczeniem, żeby nikt niepowołany nie zbliżył się do skarbu.

Evie w końcu się uwolniła z plątaniny futer, gdy wtem ktoś chwycił ją za nadgarstek i przeciągnął na drugą stronę.

– Nic ci nie jest? – To był Carlos.

Evie odetchnęła głęboko.

– Nie. Chyba. Wygrałam? – zapytała rzeczowo.

Carlos się roześmiał.

– Mal się wścieknie, że udało ci się przetrwać.

– Gdzie my jesteśmy? – Evie rozejrzała się po pomieszczeniu. Na podłodze obok deski do prasowania i miednicy leżał nierówny materac, a pod ścianą stała toaletka z dziesiątkami czarno-białych peruk.

Widząc zakłopotaną minę Carlosa, zrozumiała, że to jego pokój. Z garderoby z futrami Cruelli przechodziło się do kąta, w którym spał jej syn.

– Och.

Carlos wzruszył ramionami.

– Dom to dom.

Nawet jeśli jej mama czasem ją wkurzała, przynajmniej Zła Królowa miała obsesję na punkcie swojej córki. I choć nie brała pod uwagę tego, że Evie być może nie jest najpiękniejsza na świecie, traktowała ją jak księżniczkę. Pokój Evie był może mroczny i pachniał stęchlizną, ale miała prawdziwe łóżko, z grubym kocem i całkiem miękkimi poduszkami.

– Nie jest tu tak źle, naprawdę! – zapewniła dziewczyna. – Jest bardzo przytulnie i... wiesz... przynajmniej się nie przeziębisz. Zawsze możesz się przykryć jednym z futer, prawda?

W pokoju był straszny przeciąg. Tak jak jej własny dom, Diabelski Dwór nie był ocieplony na zimę.

Carlos pokręcił głową.

– Nie wolno mi ich dotykać – powiedział, próbując doprowadzić futra do porządku. Było ich mnóstwo, a wszystkie tak strasznie ciężkie. – Potem je poprawię. Cruella wraca dopiero w niedzielę.

– To wszystko wina mojej mamy. Gdyby nie próbowała rywalizować z Diaboliną o władzę, kiedy przyjechały na wyspę, do niczego by nie doszło.

– Twoja mama naprawdę rzuciła wyzwanie Diabolinie? – Oczy Carlosa zrobiły się okrągłe ze zdziwienia.

– Cóż, w końcu jest królową – zauważyła Evie. – Była zła, że wszyscy na wyspie postanowili słuchać Diaboliny, a nie jej. – Podeszła do toaletki i zaczęła poprawiać makijaż. Delikatnie przypudrowała nos i nałożyła różowy błyszczyk na pełne, różane usta. – I tak trafiliśmy tutaj.

– Mal jakoś to przełknie – powiedział Carlos z nadzieją.

– Żartujesz? Nigdy mi nie wybaczy. Nie uważałeś na zajęciach z samouwielbienia? A myślałam, że jesteś taki mądry. – Evie uśmiechnęła się cierpko. – No cóż, powinnam po prostu stawić temu czoło. Wrócić do naszego zamku i już z niego nie wychodzić.

– Ale nie zrobisz tego, prawda?

– Nie, pewnie nie. – Evie odłożyła puderniczkę. – Hej – powiedziała łagodnie – mam starą kołdrę, której wcale nie używam... No wiesz, gdybyś zmarzł i nie mógł... Och, nieważne. – Była jedynaczką, więc nie miała pojęcia, jak to jest mieć młodszego brata. Pomyślała, że gdyby Zła Królowa kiedykolwiek przestała wpatrywać się w swoje odbicie w lustrze na tyle, żeby urodzić kolejne dziecko, nawet znośnie byłoby mieć takiego młodszego brata jak Carlos.

Chłopak miał taką minę, jakby nie wiedział, co powiedzieć.

– Zapomnij, że coś mówiłam – rzuciła pospiesznie Evie.

– Nie, nie, przynieś ją. To znaczy... Nigdy nikt się nie troszczył, czy jest mi ciepło, czy nie – tłumaczył Carlos, czerwieniąc się po uszy. – Nie żebyś ty się troszczyła, oczywiście – dorzucił szybko.

– Jasne, że nie! – potwierdziła Evie. Troska była zdecydowanie sprzeczna z zasadami Smoczego Dworu i można było przez nią stać się pośmiewiskiem. – I tak miałyśmy wyrzucić tę kołdrę.

– Doskonale. Mój dom twoim śmietnikiem.

– Eee... Dobra.

– A nie miałybyście poduszki, którą też chciałyście wyrzucić? Nigdy nie miałem poduszki. – Carlos znów się zaczerwienił. – To znaczy, miałem mnóstwo poduszek, oczywiście. Setki! Ciągle musimy je wyrzucać. Dostaję mnóstwo poduszek. Jak można nie mieć w życiu ani jednej poduszki? To absurd.

– Tak, chyba chciałyśmy wyrzucić jakąś poduszkę – powiedziała Evie i zrobiła się równie czerwona, a jej serce wypełniło się ciepłym, słonecznym uczuciem. Zmieniła temat. – Nadal pracujesz nad tą swoją maszyną?

– Tak, chcesz zobaczyć? – zapytał Carlos.

– Jasne – odparła dziewczyna i poszła za kolegą na tyły domu, z dala od dudniącej imprezy.

Carlos pierwszy wymknął się na zewnątrz i przytrzymał ciężkie drzwi.

– Dokąd idziemy?

– Do mojego laboratorium.

Chłopak wyciągnął paczkę zapałek i zapalił świeczkę, po czym poprowadził Evie przez zachwaszczony ogród.

– Co to takiego?

– To laboratorium naukowe. Nie martw się, nie składam ropuch w ofierze ani nic z tych rzeczy.

Dziewczyna roześmiała się niepewnie.

Podeszli do ogromnego, powykręcanego drzewa, z którego zwisała sznurowa drabina. Carlos zaczął się po niej wspinać.

– Muszę wszystko trzymać w domku na drzewie. Boję się, że mama wpadnie na jakiś szalony pomysł i przerobi moje substancje chemiczne na kosmetyki.

Evie wdrapała się po drabince za Carlosem. Domek na drzewie był bardziej wymyślny niż jakikolwiek, który widziała w życiu. Miał miniaturowe wieżyczki i maleńki balkon, z którego rozciągał się widok na ciemny las w dole. Kiedy weszli do środka, Evie rozdziawiła usta. Wzdłuż ścian biegły półki ze szklanymi zlewkami, fiolkami i słojami zawierającymi przeróżne płyny o neonowych barwach.

W kącie stał mały, stary telewizor. Przyczepiono do niego chyba z piętnaście anten.

– Co to za substancja? – zapytała Evie, biorąc do ręki słój z czymś białym i przypominającym śnieg.

– Ach, to z sali chemicznej. Poliakrylan sodu. Chciałem sprawdzić, czy mogę go użyć jako gąbki, gdy zmieszam go z wodą – wyjaśnił Carlos. – Spójrz, to chciałem ci pokazać. – Wyciągnął urządzenie przypominające małą skrzynkę z drutami. – Chyba udało mi się uruchomić baterię.

Pokręcił kilkoma gałkami i nacisnął parę przycisków. Urządzenie prychnęło i włączyło się, po czym znów zamarło. Carlos wyglądał na zasmuconego. Spróbował jeszcze raz. Tym razem z ustrojstwa wydobył się wysoki pisk, ale chwilę potem też zgasło.

Chłopak spojrzał na Evie z zakłopotaniem.

– Przepraszam, myślałem, że mi się udało.

Dziewczyna popatrzyła na czarne pudełko.

– Może spróbuj połączyć ten kabel z tym? – zasugerowała.

Carlos przyjrzał się drutom uważnie.

– Masz rację, są nie tam, gdzie trzeba. – Zamienił kable i nacisnął włącznik.

Z urządzenia wystrzelił potężny strumień energii, a jego siła odrzuciła Carlosa i Evie na ścianę. Osunęli się na podłogę. Promień wypalił dziurę w drewnianym dachu domku na drzewie i sięgnął nieba.

– Diaboliczne! – zaklął Carlos.

– A niech to goblin kopnie! – wykrzyknęła Evie. – Co to było?!

Wygramolili się na balkon i spojrzeli w niebo. Smuga światła sięgała w górę, przez chmury, wysoko, wysoko, aż do klosza!

Promień przebił barierę nad wyspą równie łatwo, jak wypalił dziurę w dachu domku na drzewie.

Błysnęła błyskawica, a ziemia zadrżała od ponaddźwiękowego grzmotu. Przez sekundę widzieli czyste, niezasłonięte niczym nocne niebo.

Czarna skrzynka zaczęła wydawać dziwny, miarowy pisk. Wrócili do środka. Carlos wziął urządzenie do rąk. Nigdy żadne z nich nie słyszało takiego dźwięku.

Na ekranie telewizora, który nagle obudził się do życia, zamigotał jakiś obraz.

– Spójrz! – zawołała Evie.

Zobaczyli tak wiele różnych scen naraz, że zakręciło im się w głowach. Był tam gadający pies (na którego widok Carlos krzyknął). Następnie pojawiła się para bliźniaków, którzy w ogóle nie byli do siebie podobni (jeden był mężny i wysportowany, a drugi przypominał diwę, obaj wyglądali trochę jak Mal, tyle że mieli żółte włosy). Potem pokazali się dwaj nastoletni chłopcy, którzy prowadzili chyba jakiś szpital dla superbohaterów.

– Spójrz na te wszystkie programy! – zawołał Carlos. – Wiedziałem! Wiedziałem, że muszą być też inne!

Evie się roześmiała.

Nagle ekran zamigotał i znów zgasł, a pudełko w dłoniach Carlosa ucichło.

– Co się stało?

– Nie wiem. Ale chyba się udało? Na moment przebiło klosz, prawda?

– Na pewno – potwierdziła Evie. – To jedyne wyjaśnienie.

– Obiecaj, że nikomu nie powiesz, co się stało, zwłaszcza o kloszu. Moglibyśmy mieć straszne kłopoty.

– Obiecuję – powiedziała Evie, krzyżując dwa palce za plecami.

– W porządku. Chcesz wrócić na imprezę?

– A musimy? – Evie nie miała ochoty znów trafić do jakiejś garderoby.

– Nie musimy. A ten program, który lubisz, z Księciem Tygodnia, zaczyna się za pięć minut.

– Super!

Dwoje dzieci złoczyńców nie wiedziało, że gdzieś daleko, daleko, w głębi Zakazanej Twierdzy, ukrytej za gęstą, szarą mgłą po drugiej stronie wyspy, długie, czarne berło zwieńczone klejnotem ożyło i zalśniło zielonkawym, upiornym światłem. Najpotężniejsza broń mroku znów się obudziła.

Kamienny posąg kruka, stojący obok ukrytego berła, zaczął wibrować, a gdy ptak zatrzepotał skrzydłami, z kamienia osypał się pył. Skała przemieniła się w czarnookiego stwora, najwierniejszego sługę złej wróżki. Był to jedyny w swoim rodzaju Diaval – najlepszy przyjaciel Diaboliny.

Kruk zatrzepotał skrzydłami i triumfalnie zakrakał. Zło znów zatriumfuje.

Zło żyje...

# rozdział

# 10

## Rada Pomocników

Później tego ranka Ben nerwowo bawił się sygnetem z głową dzikiej bestii na swoim palcu. Oczekiwał na przybycie członków rady, którzy mieli zasiąść wokół królewskiego stołu konferencyjnego. Słowa ojca wciąż dźwięczały mu w uszach: „Rządź silną ręką. Pokaż im, kto jest królem".

Rozprostował palce i przypomniał sobie potężną pięść ojca. Wprawdzie król nie mówił dosłownie o sile fizycznej, lecz Ben mimo to się martwił. Stwierdził, że po prostu będzie musiał improwizować.

– Gotów jesteś, panie? – zapytał Płomyk.

Chłopak odetchnął głęboko i przybrał możliwie najpoważniejszy ton.

– Tak. Wpuść ich. Dziękuję.

Płomyk się ukłonił. Choć minęło już wiele czasu, od kiedy zdjęto z niego zaklęcie, które przemieniło go w kandelabr, wciąż jakby odrobinę przypominał świecznik. Ben bez trudu mógł wyobrazić sobie dwa płomyczki migoczące na wyciągniętych, otwartych dłoniach służącego.

„Płomyk wie, kim jest – i cieszy się z tego, że jest Płomykiem. Przecież bycie królem nie może być dużo bardziej skomplikowane od bycia kandelabrem?".

Ben znalazł chwilowe pocieszenie w tej myśli. Ale wtedy do sali konferencyjnej weszli członkowie Rady Pomocników i książę stwierdził, że widok królewskich doradców nie był wcale pokrzepiający.

„Właściwie są dość przerażający" – pomyślał.

Nie wiedział, dlaczego miał takie odczucie. Przecież gawędzili sobie całkiem przyjaźnie; omawiali wyniki rozgrywek z poprzedniego wieczoru i to, czyja liga prowadziła w Turnieju Baśniowych Krain. Gdy już wszyscy zajęli miejsca i wymienili się najświeższymi plotkami, podano puchary z korzennym cydrem oraz tace z kruchymi ciasteczkami z zamkowej kuchni.

Pomocników reprezentowało jak zwykle siedmiu krasnoludków, w górniczych ubraniach i czapkach z pomponem. Obok krasnoludków (a raczej na krawędzi okładki leżącego na stole „Kodeksu praw obywatelskich Auradonu", ponieważ wszystkie krzesła były dla nich za duże) siedziały te same myszki, które pomogły Kopciuszkowi zdobyć księcia: cwany Jacek, pękaty Kajtek i urocza Misia. Członkowie mysiej części rady zwykle odzywali się cichymi, piskliwymi głosikami. Ben nie mógłby ich zrozumieć, gdyby nie specjalny komunikator w jego uchu, który tłumaczył wszystko, co zwierzątka mówiły.

Każdy z zebranych przy stole wyposażony był w zmyślny aparat słuchowy, jeden z nielicznych magicznych wynalazków dopuszczonych do użytku w królestwie. Urządzenia tłumaczyły piski myszy, szczek dalmatyńczyków czy bulgotanie Florka. Dzięki nim wszyscy mogli się zrozumieć. Za plecami myszek grupa sióstr Arielki (Ben nigdy nie pamiętał, która jak się nazywa, zwłaszcza że każda miała imię zaczynające się na „A") wraz z Florkiem pluskała się w miedzianej wannie, którą przyciągnął tu na wózku bardzo niezadowolony Trybik. Krzywił się za każdym razem, gdy choć odrobina wody chlapnęła na posadzkę.

– Uważajcie, proszę! Dopiero co wytarłem podłogę. Wiecie, że nie jesteście na plaży, prawda? Otóż to. To jest zebranie rady. Rady krrrrólewskiej – zatrąbił dawny zegar, podkreślając wibrujące „r" z wielką emfazą.

Andrina – a może to była Adella? – tylko się roześmiała i delikatnie trąciła go mokrym ogonem.

Po drugiej stronie stołu zasiadły trzy dobre wróżki: Flora, Hortensja i Niezabudka, rumiane jak jabłuszka i ubrane w kapelusze i pelerynki w zielonym, czerwonym i niebieskim kolorze. Radośnie wymieniały wrażenia z wakacyjnych podróży ze słynnym niebieskim Dżinnem z Agrabahu. Wróżki wolały wypoczywać pośród leśnych łąk, Dżinn zaś wolał rozległe pustynie.

– Chyba powinniśmy zacząć? – odważył się odezwać Ben i odchrząknął.

Ale jakby nikt go nie usłyszał. Myszki turlały się ze śmiechu po okładce auradońskiego kodeksu prawnego. Nawet Pongo i Perdita, z uwolnionej grupy dalmatyńczyków Cruelli de Mon, zawtórowały im żywiołowym szczekaniem. W sumie było to całkiem sympatyczne towarzystwo, a przynajmniej na to wyglądało.

Ben powoli się rozluźnił.

Właściwie dlaczego miałby się spinać? W przeciwieństwie do niesławnych złoczyńców uwięzionych na Wyspie Potępionych, dobrzy obywatele Auradonu wyglądali, jakby nie postarzeli się przez ostatnie dwadzieścia lat. Ben musiał to przyznać: każdy z królewskich doradców wyglądał zupełnie jak na fotografiach, które przeglądał, gdy zgłębiał historię założenia Auradonu. Myszki nadal były małe i słodkie, dalmatyńczyki – smukłe i piękne. Syreny – jakkolwiek się nazywały – pozostały świeże jak lilie wodne, a dobre wróżki promieniały dobrym zdrowiem. Choć Mędrkowi przybyło kilka siwych włosów na brodzie, a Gburek wyglądał niemal radośnie, Gapcio wciąż był jak zawsze milkliwy i uroczy. Za to słynący z szalonych występów Dżinn z Agrabahu stonował nieco swoje zachowanie.

Był tylko jeden drobny problem…

– Jak to? Nie ma ciastek z kremem?! – Gburek wziął do ręki kruchy biszkopcik i spojrzał gniewnie na tacę.

– Przecież to jest narada, a nie przyjęcie – zauważył Mędrek i zakasłał.

– No cóż, w takiej sytuacji z całą pewnością nie jest to przyjęcie – powiedział Gburek, przyglądając się ciasteczku. – Nie ma w nim nawet jagód ani kawałków czekolady! Będziemy dziś omawiać dziurę budżetową, czy co?

– Jak już mówiłem... – przerwał mu Ben i odsunął tacę z ciastkami od krasnoludka. – Witajcie, witajcie, wszyscy. Niniejszym oficjalnie uznaję zebranie rady królewskiej za otwarte. Możemy zacząć? – zapytał.

Wszyscy zebrani przy stole skinęli głowami.

Ben zerknął na kartki z notatkami, które chował pod prawą dłonią. Miał nadzieję, że robi wszystko tak, jak trzeba.

Zakasłał.

– Wspaniale. No dobrze.

– Nie powinniśmy zaczekać na twojego tatę, chłopcze? – spytał Dżinn i oparł stopy na stole.

Teraz, gdy w Auradonie zniechęcano do używania magii, Dżinn przyjął postać fizyczną i nie był już unoszącą się chmurą.

– Właśnie. Gdzie jest król Bestia? – wtrącił Florek.

– Twój ojciec do nas dziś nie dołączy, Ben? – zapytała łagodnie Perdita.

Ben się zarumienił.

– Nie, przykro mi. Mój tato... Chciałem powiedzieć król Bestia... poprosił mnie, abym... sam poprowadził dzisiejsze zebranie.

Wszyscy wlepili oczy w księcia. Myszki usiadły. Gburek upuścił ciastko.

– W każdym razie... – Ben odchrząknął, próbując udawać pewnego siebie. – Przejdźmy do rzeczy.

Utknął. Spojrzał na stos papierów przed sobą. Petycje i listy, aplikacje i wnioski od pomocników ze wszystkich zakątków królestwa...

„Pokaż im, kto jest królem. Tak powiedział ojciec".

Spróbował jeszcze raz.

– Jako przyszły król Auradonu przestudiowałem uważnie wasze wnioski i choć doceniam wszystkie sugestie, obawiam się, że...

– Nasze wnioski? Czy mówisz o Akcie Pomocników? – przerwał mu zirytowany Gburek.

– Ech... Tak, obawiam się, że nie możemy się przychylić do tych postulatów, ponieważ...

– Jacy my? – zapytała Misia.

Gapcio wyglądał, jakby nic z tego nie rozumiał.

– Cóż, właściwie miałem na myśli siebie. Chciałem powiedzieć, że rozumiem wasze propozycje zmian, ale wygląda na to, że nie można ich uznać, bo...

Jedna z syren przekrzywiła głowę.

– Nie można ich uznać? Dlaczego nie?

Ben się zmieszał.

– Cóż, ja...

Mędrek pokręcił głową.

– Wybacz, synu, ale czy choć raz postawiłeś stopę poza murami zamku? Co wiesz o reszcie królestwa? Słyszałeś, że nasi goblińscy kuzyni z Wyspy Potępionych dopraszają się wybaczenia? Już bardzo długo żyją na wygnaniu.

Szmer przy stole narastał. Ben wiedział, że zebranie przyjęło zły obrót, i łamał sobie głowę, rozpaczliwie szukając wyjścia z sytuacji. W notatkach nie było nic o tym, co powinien zrobić w razie buntu członków rady.

„Po pierwsze: co by zrobił tata?"

„Po drugie: co by zrobiła mama?"

„Po trzecie: czy mogę uciec? W czym by to pomogło?"

Nadal rozważał trzecie rozwiązanie, kiedy odezwał się Gburek.

– Jeśli mogę się wtrącić – powiedział z miną wyrażającą coś zupełnie przeciwnego do wyrazu twarzy Śmieszka, który siedział obok niego. – Jak wiesz, my, krasnoludki, od dwudziestu lat pracujemy w kopalniach. Zbieramy kamienie szlachetne i diamenty do królewskich koron i bereł, a także dla niejednego księcia i księżniczki, gdy potrzebują prezentów ślubnych albo stroju koronacyjnego.

Ben zaczerwienił się jeszcze bardziej, gdy zerknął na wypolerowane złote guziki swojej koszuli.

Gburek spojrzał na niego wymownie i ciągnął dalej:

– Ale przez dwadzieścia lat nie dostaliśmy ani grosza za naszą harówkę.

– Panie Gburku, proszę się tak nie denerwować – próbował go uspokoić Ben.

– Po prostu „Gburku" – sapnął gniewnie krasnoludek.

Ben popatrzył na myszki.

– Czy mogę? – spytał.

– Bardzo proszę – powiedział Kajtek i zeskoczył z księgi na stół.

Ben wziął do ręki auradoński kodeks prawny, a kilka gryzoni, które nie zdążyły z niego zejść, sturlało się na stół. Otworzył tomisko blisko końca, na stronie z tabelą.

– W porządku, Gburku. Wygląda na to, że jako obywatelowi Auradonu tobie oraz pozostałym krasnoludkom przysługują dwa miesiące wakacji... dwadzieścia dni świątecznych... i nieograniczone chorobowe. – Książę podniósł wzrok. – Czy to się zgadza?

– Mniej więcej – odparł Mędrek.

Gburek skrzyżował ręce na piersi i znów się zacietrzewił.

Ben z ulgą zamknął księgę.

– A więc nie możecie powiedzieć, że przepracowaliście dokładnie dwadzieścia lat, prawda?

– Arytmetyka nie ma tu nic do rzeczy, młodzieńcze, a może powinienem powiedzieć: młody bestio?! – krzyknął Gburek, odtrącając Mędrka, który z całych sił starał się zakneblować porywczego przyjaciela swoją czapką z pomponem.

– Wystarczy „książę Ben" – powiedział chłopak z nieszczerym uśmiechem.

Nic dziwnego, że krasnoludek nazywał się Gburek. Ben jeszcze nigdy nie spotkał takiego zrzędy!

– Jeśli mogę coś wtrącić... Nie chciałbym nikogo urazić, ale jesteśmy trochę zmęczeni tym, że nie mamy prawa głosu ani stałej umowy – odezwał się Nieśmiałek i zaczerwienił się jak burak.

– Ale przecież siedzicie tutaj, czyż nie? Chyba nie możecie tego nazwać „brakiem głosu", prawda?

Ben znów się uśmiechnął.

„Dwa do dwóch. Ta-dam! Może jednak jestem lepszy w tych królewskich sprawach, niż myślałem".

– A co się stanie z naszymi rodzinami, gdy przejdziemy na emeryturę? – Nieśmiałek nie był przekonany.

– Mój ojciec na pewno ma plan, jak o was wszystkich zadbać – odparł Ben z nadzieją, że to prawda.

Spod stołu odezwał się piskliwy głosik. Książę pochylił się, żeby go wysłuchać.

– Czy ktoś zauważył, że my, pomocnicy, wykonujemy całą pracę w tym królestwie? Odkąd Dobra Wróżka krzywi się na magię, to właśnie myszki szyją wszystkie stroje! – powiedziała z oburzeniem Misia. Potem wspięła się znów na grubą księgę, żeby wszyscy dobrze ją słyszeli. – Przysięgam na wszystkie dziury w serze!

– To bardzo… – zaczął mówić Ben, ale natychmiast mu przerwano.

To nie on przewodził teraz naradzie. Tyle przynajmniej było jasne.

– Nie wspominając o leśnych istotach, które prowadzą całe gospodarstwo domowe Śnieżki – dodał Jacek. – Też się z tego zbytnio nie cieszą.

Misia przytaknęła.

– A poza tym Śnieżka potrzebuje nowej garderoby, ponieważ niedługo poprowadzi relację z koronacji! Twojej koronacji, dodam!

Ben przetrząsał rozpaczliwie leżące przed sobą sterty papierów.

– Każdy obywatel ma prawo złożyć... eee... złożyć...

– Ja nadal zbieram wszystko dla Arielki – zabulgotał Florek. – Jej skarb się powiększa, tylko co ja z tego mam?

Ben spróbował jeszcze raz.

– Masz świadomość, że to, co robisz, jest bardzo doceniane...

Ale Florek nie dał sobie przerwać.

– A syreny przez cały rok oprowadzają podwodne wycieczki i nie biorą za to ani grosza. Nawet w szczycie sezonu!

Siostry Ariel pokiwały głowami z oburzeniem, mieniącymi się ogonami rozchlapując wodę z wanny po całym stole. Trybik zasłonił oczy dłonią, a Płomyk uścisnął jego ramię w geście wsparcia.

Ben skinął głową.

– Cóż, zdecydowanie warto się nad tym zastano...

– Jeśli mogę dodać, życie bez magii dało nam w kość – westchnęła Niezabudka. – Flora nie może szyć, Hortensja nie umie piec, a ja nie potrafię sprzątać. Bez naszych różdżek nic nie możemy zrobić. Znajdziesz naszą petycję na końcu, drogi chłopcze. – Podsunęła pergamin pod sam nos księcia, który siadł, całkiem zaskoczony.

Hortensja też się wtrąciła.

– Doceniamy wszystko, co zrobiła Dobra Wróżka, ale nie rozumiemy, dlaczego nie można skorzystać z odrobiny magii?

– Nie ma czegoś takiego jak odrobina... – zaczął wyjaśniać Ben.

– Nie chciałbym narzekać, ale Perdita i ja jesteśmy trochę zmęczeni opieką nad ponad setką szczeniąt – odezwał się Pongo głębokim, wytwornym głosem.

– Och, gdyby tylko dzień miał sto jeden godzin – ziewnęła Perdita. – Mogłabym przespać choć pięć. Wyobraźcie to sobie.

Myszka Misia skinęła łebkiem ze współczuciem i pogłaskała Perditę po łapie.

Twarz Bena stawała się coraz bardziej sina.

– Coś masz niewyraźną minę, drogi książę. – Dżinn posłał mu kpiącego całusa.

Krasnoludki odpowiedziały gromkimi brawami. Siostry Ariel zachichotały, a woda w wannie wezbrała jak małe tsunami. Trybik sapnął i ze złością opuścił komnatę, a Płomyk dawał księciu znaki, żeby zakończył zebranie.

Gdyby tylko Ben wiedział, jak to zrobić.

W sali zapanował zupełny chaos: krasnoludki przekrzykiwały się nawzajem, dobre wróżki narzekały na katorżniczą pracę, do której zaliczały też zwykłe obowiązki domowe, reszta towarzystwa zaś apelowała, żeby ktoś ulżył im w ich cierpieniu i krzywdzie.

„Od czego mam zacząć? – pomyślał Ben i ciężko opadł na krzesło, starając się powstrzymać atak paniki. – Oddychaj – powtarzał sobie. – Oddychaj i znajdź rozwiązanie".

Ale wśród rabanu, jaki zapanował w sali, nie sposób było się skupić. Syreny narzekały, że turyści wszędzie zostawiają śmieci. Krasnoludki jęczały, że nikt już nie chciał gwizdać przy pracy. Pongo i Perdita szczekały o stresie związanym z pokryciem kosztów nauki stu jeden szczeniąt. Nawet Dżinn miał jakby smutniejszy odcień niebieskiego niż zwykle.

Ben zatkał uszy. To już nie była narada, tylko zwykła rozróba. Musiał ją zakończyć, zanim uczestnicy zebrania zaczną rzucać rzeczami albo, co gorsza, myszami.

„Co zrobiłby mój ojciec? Czego by ode mnie oczekiwał? Jak mógł mnie postawić w takiej sytuacji i liczyć na to, że będę wiedział, co zrobić?" Im więcej o tym rozmyślał, tym bardziej był rozgniewany. W końcu wstał.

Nikt nie zwrócił na to uwagi.

Tego było za wiele. Ojciec powiedział, że ma się zachowywać jak król, a królów się słucha!

– DOŚĆ! – wrzasnął, stanąwszy na stole. – ODRACZAM NARADĘ!

W sali zapanowała cisza. Wszyscy byli zszokowani.

Ben stał bez ruchu i milczał.

– Jak to? Jeszcze nigdy... – mruknęła Perdita. – Co za zuchwałość! Żeby tak się do nas odzywać!

– Niewdzięczny impertynent, ot co! – prychnęła Flora.

– Dość tego! – zawołał Gburek. – Gdzie jest król Bestia? Nie jesteśmy głusi! Gdzie twoje maniery, chłopcze?

– Doprawdy, jeszcze nikt nigdy nas tak źle nie potraktował! – ekscytowała się Niezabudka.

Krasnoludki wraz z resztą pomocników opuściły salę, rzucając Benowi na pożegnanie nieufne spojrzenia. Rozgniewane syreny specjalnie wychlapywały wodę na podłogę, gdy Płomyk wyciągał wannę z sali, kręcąc głową. Myszki zadarły nosy i minęły Bena bez jednego piśnięcia. Dalmatyńczyki wyszły z podniesionymi ogonami i nawet Gapcio rzucił księciu milczące, zranione spojrzenie. Ben zwiesił głowę, zakłopotany własnym zachowaniem. Próbował przewodzić tak jak jego ojciec i poniósł porażkę. Nie potrafił załatwić sprawy wniosku ani zdobyć zaufania członków rady królewskiej. Tylko pogorszył sytuację.

„Dlatego byłbym beznadziejnym królem" – pomyślał, gdy zszedł ze stołu konferencyjnego swego ojca.

Nie udowodnił, że jest cokolwiek wart.

Dowiódł tylko jednego...

Tego, że książę Ben nie nadaje się, żeby nosić królewski sygnet z wizerunkiem bestii, który teraz miał na palcu.

# rozdział

# 11

## zło żyje?

al stała sama w kącie sali z korzennym cydrem w dłoni, gdy zauważyła dwie postacie, które próbowały niepostrzeżenie przemknąć się do stołu po parę puszek przeterminowanych napojów gazowanych. Byli to oczywiście Carlos i księżniczka Jagódka. Strój Evie był nienaruszony. Dziewczyna nie miała ani jednego oczka w pończosze, ani jednego krwawego zadrapania. A przecież zamknęła ją w garderobie Cruelli! Ech. Ten niewdzięczny mały jełop Carlos musiał jej jakoś pomóc.

Mal westchnęła.

Znowu pokrzyżowano jej plany.

Tak jak jej matce, gdy zdjęto jej klątwę.

Czy czekały ją już same rozczarowania?

Impreza była beznadziejna. Zdecydowanie czas się stąd zwinąć. Nawet wnuczki złej macochy wyglądały na zmęczone udawaniem, że nienawidzą być ścigane przez wrzaskliwych piratów. Mal cisnęła pusty kubek po cydrze na podłogę i wyszła, ani razu nie oglądając się za siebie. Przez resztę nocy rozrabiała na zarośniętych trawnikach sąsiadów Evie. Przestawiała ogródkowe skrzaty, skrzynki na listy i meble ogrodowe. Zabawiała się, wprowadzając drobne zmiany w dekoracji: ozdobiła kilka domów papierem toaletowym i obrzuciła jajkami jakieś riksze. Nic nie poprawiało jej humoru tak jak niszczenie cudzej własności. Na trawniku przed każdym z domów napisała sprejem tekst „Zło żyje!", żeby przypomnieć mieszkańcom wyspy, czym byli i z czego powinni być dumni.

W końcu stwierdziła, że to nie był do końca stracony wieczór, i ruszyła do domu. Kiedy wróciła do Zamku Okazji, z szokiem odkryła, że jej matka nie spała i czekała na jej powrót.

– Mamo! – krzyknęła Mal na widok Diaboliny, która siedziała przy witrażowym oknie na swoim ulubionym krześle z wysokim oparciem. Był to jakby jej mroczny tron.

– Witaj, kochanie – powiedziała Diabolina zimnym głosem. – Wiesz, która jest godzina, moja panno?

Dziewczyna nie rozumiała, o co chodzi. Od kiedy to jej matka pilnowała godziny powrotu? Przecież nigdy jej nie obchodziło, kiedy córka wychodzi z domu i o której wraca, prawda? W końcu nie bez powodu zwano ją Diaboliną.

– Druga w nocy? – rzuciła niepewnie Mal.

– Tak właśnie myślałam – rzekła Diabolina.

Podciągnęła fioletowy rękaw i ustawiła zegarek. Potem spojrzała na córkę. Mal czekała, zastanawiając się, dokąd to wszystko zmierza. Od jakiegoś czasu rzadko widywała matkę, a gdy już się spotkały, zawsze ją dziwiło, jaka mała wydawała się ostatnio Diabolina. Jakby wraz z pogarszaniem się jej warunków życiowych Pani Mroku dosłownie się kurczyła. Podczas gdy kiedyś górowała wzrostem nad innymi, teraz była miniaturową wersją dawnej siebie. Kiedy stała, widać było, że córka jest od niej wyższa prawie o głowę.

Nie była mniej groźna – po prostu teraz groza występowała w mniejszym opakowaniu.

– Na czym to ja skończyłam? Ach, tak. Zło żyje! – syknęła Diabolina.

– Zło żyje. Zgadza się, mamo – przytaknęła Mal. – O tym chciałaś ze mną pogadać? O moim graffiti na mieście? Niezłe, co?

– Źle mnie zrozumiałaś, moja droga – powiedziała matka i wtedy dziewczyna zauważyła, że nie były w komnacie same. Diabolina głaskała czarnego kruka, który siedział na podłokietniku jej krzesła.

Kruk zaskrzeczał, sfrunął na ramię Mal i skubnął ją w ucho.

– Auć! – zawołała dziewczyna. – Przestań!

– Cały Diaval. Nie bądź zazdrosny, mój mały przyjacielu. To tylko Mal – rzekła lekceważąco Diabolina.

Nawet jeśli Mal od zawsze wiedziała, że jej matka w ogóle się nią nie interesuje (starała się nie brać tego do siebie, ponieważ Diabolina nie dbała o nikogo), nadal bolało ją, gdy mówiła to tak wprost.

– Diaval? To jest Diaval? – zapytała.

Wiedziała wszystko o Diavalu, pierwszym i jedynym przyjacielu Diaboliny. Matka wiele razy opowiadała jej tę historię: jak to dwadzieścia lat temu walczyła z księciem Filipem, zmieniona w wielkiego, groźnego, czarnego smoka, ale została zdradzona i sprowadzona na ziemię bronią sprawiedliwości i pokoju, którą irytująco dobre wróżki pomogły księciu wycelować prosto w jej serce. Diabolina myślała, że już zginęła i odeszła z tego świata, ale okazało się, że następnego dnia obudziła się samotna i zrujnowana na tej strasznej wyspie.

Jedynym śladem po dawnej walce była blizna od ciosu miecza na jej piersi i fantomowy ból, który tak często czuła. Wiele razy opowiadała o tym, jak po przebudzeniu zrozumiała, że te okropne dobre wróżki zabrały jej wszystko: zamek, dom, nawet ulubionego oswojonego kruka.

– Tak, to ten jeden, jedyny Diaval – zamruczała Diabolina, która choć raz wydawała się szczęśliwa.

– Ale jak to możliwe? Przecież zaklęli go w kamień! – zdziwiła się Mal.

– Tak zrobili. Wstrętne, małe potwory. Ale on wrócił! Wrócił! A zło żyje! – oznajmiła Diabolina i zaśmiała się złowieszczo, jak na prawdziwą wiedźmę przystało.

Nooo… dobrze. Matka zaczynała się troszkę powtarzać.

Dziewczyna przewróciła oczami najlepiej, jak umiała. Dla reszty naiwniaków, sługusów i idiotów mieszkających na wyspie Diabolina była najstraszniejszą dwurożną istotą w okolicy. Mal jednak wielokrotnie widziała, jak matka smaruje grzankę goblińskim dżemem i rozrzuca okruchy po kanapie, jak poleruje rogi pastą do butów czy podszywa wystrzępiony brzeg swojej fioletowej peleryny. Dla niej była ona tylko matką, więc Mal aż tak się jej nie bała. No dobra, trochę się jej bała, ale nie tak jak Carlos bał się Cruelli.

Diabolina podniosła się z krzesła. Jej zielone oczy zalśniły i wbiły się w identyczne oczy córki.

– Moje Smocze Oko! Moje berło mroku...! Diaval mówi, że ktoś je obudził! Zło żyje, a co najlepsze, jest na naszej wyspie!

– Twoje berło? Jesteś pewna? – Mal popatrzyła na nią sceptycznie. – Trudno uwierzyć, żeby król Bestia z Auradonu zostawił tu taką imponującą broń.

– Diaval je widział. Prawda, skarbeczku? – zamruczała Diabolina.

Kruk zakrakał.

– To gdzie ono jest? – zapytała Mal.

– Cóż, przecież nie mówię po kruczemu, prawda? Jest gdzieś na tej przeklętej kupie kamieni! – Diabolina gniewnym ruchem poprawiła pelerynę.

– W porządku. Ale co z tego?

– Co z tego?! Smocze Oko wróciło! Zło żyje! To zaś oznacza, że mogę odzyskać moc!

– Nie możesz, dopóki nad wyspą jest ten klosz.

– To nie ma znaczenia. Myślałam, że te trzy obrzydliwie dobre wróżki zniszczyły berło, ale one je tylko unieruchomiły, tak jak zrobiły to z Diavalem. Ono nadal żyje, jest gdzieś tam. A co najlepsze, ty, moja droga, mi je przyniesiesz! – oznajmiła teatralnie Diabolina.

– Ja?

– Tak. Nie chcesz udowodnić mi swojej wartości? Że jesteś godna być moją córką? – zapytała cicho matka.

Mal nie odpowiedziała.

– Wiesz, ile rozczarowań mi przynosisz? Kiedy ja byłam w twoim wieku, panowałam nad armiami goblinów, a ty... Bazgrzesz po mieście? Musisz osiągnąć WIĘCEJ!

Diaval zatrzepotał skrzydłami i zakrakał na potwierdzenie słów swej pani.

Mal starała się nie okazywać tego, co czuła. Uważała, że jej graffiti było całkiem fajne.

– Dobra, dobra. Przyniosę ci to twoje berło! – zgodziła się, żeby matka przestała się wściekać.

– Cudownie. – Diabolina przyłożyła dłoń do serca, a raczej miejsca na piersi, gdzie powinno być serce. – Kiedy dwadzieścia lat temu miecz przebił moją smoczą skórę i spadłam ze skał, byłam pewna, że zginęłam. Lecz oni mnie ożywili i skazali na los gorszy od śmierci. O wiele gorszy. Ale jeszcze się zemszczę!

Mal skinęła głową. Słyszała ten tekst tak wiele razy, że mogła go wyrecytować przez sen.

Diabolina dała córce znak, żeby podeszła, po czym wyszeptała jej do ucha ostrzeżenie.

– Tak, mamo. – Mal kiwnęła głową, że zrozumiała.

Czarownica uśmiechnęła się szeroko.

– A teraz zmiataj stąd i przynieś mi moje berło, żebyśmy uwolniły się z tego pływającego więzienia raz na zawsze!

Mal powlokła się do swojego pokoju.

Zapomniała opowiedzieć matce, jaki wredny numer wykręciła Evie na imprezie. Ale i tak nie byłby on dość zły dla wielkiej Diaboliny. Nic nie było dla niej dość złe. Po co w ogóle zawracała sobie głowę?

Wyszła przez okno na balkon, skąd rozciągał się widok na całą wyspę i wieże Auradonu, migoczące w oddali.

Kilka minut później usłyszała pobrzękiwanie. To na pewno Jay wpadł, żeby ją podenerwować albo ukraść coś na późną kolację.

– Tu jestem! – zawołała.

– Wyszłaś, zanim zaczęła się prawdziwa zabawa – powiedział chłopak. – Tańczyliśmy pogo w sali balowej i skakaliśmy w tłum. – Wspiął się do niej na balkon z torbą śmierdzących chrupek serowych w dłoni.

Mal wzruszyła ramionami.

– Co to za złośliwe kruczysko? – zapytał Jay, głośno chrupiąc. Jego palce zrobiły się już pomarańczowe.

– To Diaval. No wiesz, stary znajomy mamy. Wrócił.

Jay przerwał jedzenie.

– Co takiego?!

– Wrócił. Ktoś go odczarował. Dlatego teraz mama myśli, że zaklęcie rzucone na wyspę być może też się cofa.

Chłopak zrobił okrągłe oczy.

Mal odwróciła wzrok i ciągnęła dalej:

– To nie wszystko. Diaval przysięga, że Smocze Oko też jest na wyspie. Twierdzi, że widział, jak się świeci. Wiesz, chodzi o berło mojej matki. To jej najpotężniejsza broń, która kontroluje wszystkie moce zła i mroku, i tak dalej. Kazała mi je odnaleźć. Chce użyć berła, żeby złamać klątwę rzuconą na wyspę.

Jay roześmiał się w głos.

– Tym razem naprawdę skoczyła z urwiska na głęboką wodę, żeby popływać z aligatorami ludojadami, co? Przecież to berło zostało ukryte na zawsze i na wieki, i...

– Na zawsze? – Mal uśmiechnęła się złośliwie.

– Właśnie tak.

Mal spojrzała na kolegę.

– Zastanawiałeś się kiedyś, jak tam jest? – zapytała, żeby zmienić temat, i kiwnęła głową w stronę Auradonu.

– Taaa, strasznie. Tylko słońce i szczęście... Jakiś koszmar – zakpił Jay. – Codziennie dziękuję moim pechowym gwiazdom, że mnie tam nie ma.

– Właśnie. Ale, no wiesz, nigdy nie zdarza ci się mieć dosyć tej wyspy? Nie chciałbyś czegoś zmienić?

Chłopak popatrzył na nią pytająco.

– Nieważne.

Mal nie sądziła, że on ją zrozumie. Wpatrywała się w noc, a Jay dalej przeżuwał chrupki i bawił się sztuczną biżuterią, którą dopiero co ukradł.

Nagle do Mal wróciło pewne wspomnienie. Miała pięć lat i była na targu z matką. Jakiś goblin potknął się i upadł, a z jego koszyka wysypały się jabłka. Niewiele myśląc, Mal zaczęła zbierać owoce, żeby mu pomóc. Podnosiła je, wycierała z kurzu o sukienkę i wkładała z powrotem do koszyka. W pewnej chwili podniosła wzrok. Na targu zapadła cisza i wszyscy, łącznie z jej matką, która z wściekłości zrobiła się czerwona, wbili w nią oczy.

– W tej chwili wstań! – syknęła Diabolina i kopnęła koszyk, z którego znów wysypały się owoce.

Mal posłuchała. Po powrocie do domu matka zamknęła ją w pokoju i kazała jej zastanowić się nad tym, co zrobiła.

– Jeśli nie będziesz uważać, córeczko, skończysz tak samo jak on. Tak samo jak twój ojciec! Słaba i bezsilna. I ŻAŁOSNA! – wrzasnęła jeszcze na koniec Diabolina zza drzwi zamkniętych na klucz.

Mała Mal wpatrywała się w zniszczone lustro. Walcząc ze łzami, poprzysięgła, że już nigdy nie zawiedzie matki.

– Musimy je znaleźć – powiedziała teraz do Jaya, gdy lodowaty wiatr wiejący znad morza wyrwał ją ze wspomnień. – Smocze Oko. Gdzieś tu jest.

– Przecież wiesz, że to niemoż…

– Musimy – naciskała Mal.

– Ech. – Chłopak poddał się ze wzruszeniem ramion i odwrócił do okna, żeby wejść do środka. – Zobaczymy.

Mal ostatni raz spojrzała na jasny, mieniący się punkcik na horyzoncie. Poczuła w trzewiach ukłucie bólu, jakby tęsknotę. Ale za czym? Tego nie wiedziała.

„Nieszczęśliwa,
kochanie, jak zwykle,
absolutnie zgnębiona".
— Cruella de Mon,
101 dalmatyńczyków

# rozdział

# 12

## Punkt dla drużyny

Jay wymknął się z Zamku Okazji. Noc zwracała się już w stronę poranka. Był to ten czas, gdy jeszcze jest ciemno, ale już słychać żałosne wołanie sępów krążących nad wyspą w poszukiwaniu padliny. Wzdrygnął się. Wracał do domu tą samą drogą co zwykle, ponurymi tylnymi uliczkami i zaułkami, mijając upiorne nagie drzewa i domy o roztrzaskanych okiennicach. Zrujnowane kamienice wydawały się równie opuszczone i pozbawione nadziei, jak wszyscy, którzy w nich mieszkali.

Przyspieszył kroku. Nie bał się ciemności. Była po jego stronie. Noc sprzyjała przedstawicielom jego fachu. Nigdy jednak nie przywykł do tego, jak zmieniała się wyspa z zapadnięciem zmierzchu. Czuł to zwłaszcza wtedy, gdy inni spali, a on widział świat dookoła wyraźnie, takim jaki naprawdę był. To miasteczko i wyspa, nagie drzewa i połamane okiennice – to było jego prawdziwe życie, nieważne, jakie inne życie znał jego ojciec i poprzednie pokolenia. Nie było tu żadnej chwały. Żadnej magii ani mocy. To było wszystko – wszystko, co kiedykolwiek będą mieli, kim będą czy co będą znali.

„Nieważne, co myśli Mal".

Kopnął kamień po rozsypującym się bruku, a jakiś rozzłoszczony kot miauknął na niego z ciemności.

„Myśli, że jest taka ważna".

Mal nigdy nie przyznałaby się do porażki, zwłaszcza gdy była w takim nastroju jak tej nocy. Potrafiła być szalenie uparta. A teraz w dodatku miała urojenia! W takich chwilach Jay wyraźnie widział skutki dorastania wśród szalonych złoczyńców. Nie winił koleżanki za to, że nie chciała odmówić matce – w końcu nikt nie odmówiłby Diabolinie – ale naprawdę nie było szans, żeby berło czarownicy znajdowało się gdzieś na Wyspie Potępionych. A jeśli nawet było inaczej, Jay i Mal i tak nie mieli szans, żeby je znaleźć.

Potrząsnął głową.

„Smocze Oko? Raczej Oko Desperacji".

Wzruszył ramionami i skręcił w swoją uliczkę. Próbował zapomnieć o sprawie z berłem i spodziewał się (a właściwie miał nadzieję), że Mal zrobi to samo. Jej zachcianki nigdy nie trwały długo. To była jej zaleta. Nakręcała się na coś, a następnego dnia już o niczym nie pamiętała. Dogadywali się, bo Jay się nauczył, jak bezpiecznie przetrwać burzę.

Kiedy w końcu otworzył zamki, łańcuchy i zasuwy (wszystkie je kiedyś ukradł), które broniły dostępu do jego domu (złodzieje mają wyjątkową paranoję, jeśli chodzi o włamywaczy), pchnął spróchniałe drewniane drzwi, które cicho skrzypnęły, i na palcach wszedł do środka.

„Krok za krokiem. Spokojnie przenoś ciężar ciała. Trzymaj się blisko ściany..."

– Jay? To ty?

„A niech to".

Ojciec nie spał. Smażył jajecznicę, a Jago, jego wierna papuga, siedział mu na ramieniu. Czyżby Dżafar się niepokoił, że jego syn o tak późnej porze był poza domem? Czy martwił się, gdzie i z kim był albo dlaczego wraca dopiero teraz?

Nieee. Ojciec myślał tylko o jednym, a Jay doskonale wiedział o czym.

– Jak tam dzisiejszy łup? – zapytał chciwie Dżafar, gdy postawił talerz z jedzeniem na kuchennym stole obok stosu zardzewiałych monet, jakich używano na wyspie. Zajmował się swoim ulubionym hobby: liczeniem pieniędzy. Na stole stała spora piramida monet, ale Jay wiedział, że nie mogła zaspokoić chciwości ojca.

Nic nie mogło jej zaspokoić.

– Fajna piżama – rzucił i uśmiechnął się złośliwie.

W przypadku jego ojca sztuczka polegała na tym, żeby ciągle się ruszać, zachować czujność, a przede wszystkim nie odpowiadać na pytanie, ponieważ żadna z odpowiedzi nigdy nie była właściwa. Jeśli nie mogłeś wygrać, nie powinieneś grać. Po co narażać się na porażkę.

„Cóż, w końcu najlepszym przyjacielem mojego ojca jest papuga".

– Fajna piżama! – skrzeknął Jago. – Fajna piżama!

„Właśnie".

Dżafar miał na sobie sprany szlafrok kąpielowy, narzucony na porozciąganą piżamę z wzorem w lampki. Jeśli dwadzieścia lat bycia zamienionym w kamień mogło sprawić, że kruk ześwirował, dwadzieścia lat życia wśród wygnańców mogło ująć grozy i szyku byłemu wielkiemu wezyrowi Agrabahu (a przynajmniej tak to widział ojciec Jaya). Zniknęły jedwabie i aksamitne marynarki. Zastąpił je uniform ze złachanego welurowego dresu i przepocony podkoszulek, które trochę za mocno pachniały kramem na targu, nieco pechowo stojącym dokładnie naprzeciwko stajni.

Lśniąca, czarna broda wezyra była teraz przerzedzona i posiwiała. Pojawił się też wydatny brzuch. Jago zaczął go nazywać sułtanem, bo Dżafar przypominał tuszą swojego dawnego rywala. Nie należy zapominać, że sam Jago wyglądał, jakby także zdecydowanie przesadzał z krakersami. W odpowiedzi Dżafar zwracał się do swego pierzastego kumpla w sposób tak nieobyczajny, że nawet papugi nie powtórzyłyby jego słów.

Jay nie znosił piżamy ojca. Była dowodem na to, jak nisko upadła ich rodzina, niegdyś związana z królewskim dworem. Flanela była miejscami tak poprzecierana, że widać było zwały tłuszczu pod spodem. Z tego powodu Jay starał się nie przyglądać ojcu, nawet teraz, w porannej szarówce.

Dżafar nie zważał na przytyki dotyczące piżamy. Już je wszystkie słyszał. Ze smakiem spałaszował swoją nocną przekąskę, synowi nie zaproponował ani kęsa.

– No dalej, dalej, pokaż. Co my tam mamy? Popatrzmy. Jay spojrzał tęsknie na dywan zwinięty na końcu pokoju, za stołem, ale wiedział, że nie ma szans, aby ominąć ojca. Niechętnie wyłożył na blat zawartość kieszeni.

– Potłuczony szklany pantofelek, od jednej z wnuczek złej macochy. Trochę kleju i dostaniemy za niego całkiem sporą sumkę.

Popękany pantofelek bez obcasa rozprysnął się w stos szklanych okruchów, gdy tylko dotknął stołu. Dżafar uniósł brew z powątpiewaniem.

– Hmm, kropelka powinna pomóc, nie? – Jay wykładał kolejne łupy. – Obroża Lucyfera, breloczek z pistoletem Ricka Ratcliffe'a i... Spójrz, prawdziwe szklane oko! – Było całe oblepione kłaczkami wełny. – Tylko trochę używane. Zwinąłem jednemu z piratów. – Przyłożył je do swojego oka i spojrzał przez szkło, po czym odsunął się nagle, zmarszczył nos i powachlował dłonią przed twarzą. – Dlaczego ci piraci nigdy się nie myją? Nie słyszeli o prysznicu, czy jak? Przecież i tak już od dawna nie wypływają w morze. – Po tych słowach potoczył sztuczne oko po stole w stronę ojca.

Jago skrzeknął z zaciekawieniem, a Jay czekał na to, co nieuniknione.

Dżafar machnął dłonią lekceważąco.

– Szmelc – westchnął.

– Szmelc! – pisnął Jago. – Szmelc!

– Ale tylko to można znaleźć na tej wyspie – stwierdził Jay i oparł się o kuchenny zlew. – To Wyspa Potępionych, Wyspa Odpadków, pamiętasz? Jego ojciec zmarszczył czoło.

– Byłeś w domu de Monów i nie zwinąłeś żadnego futra? Więc co ty tam robiłeś przez całą noc? Śliniłeś się do córki Diaboliny?

Jay przewrócił oczami.

– Tysiąc razy już mówiłem, że ona mnie nie interesuje. I to nie mnie zamknęli w garderobie. – Powiedziawszy to, zaczął się zastanawiać, dlaczego wcześniej o tym nie pomyślał.

– Musisz się bardziej postarać! A co z księżniczką? Tą, która właśnie wyszła z zamku?

– Ach, tak. Zupełnie o niej zapomniałem. – Jay pogrzebał w kieszeni dżinsów i wyciągnął srebrny łańcuszek z czerwonym zatrutym jabłuszkiem. – Tylko to miała. Mówię ci, nawet zamki w tej okolicy to śmietnik.

Dżafar założył okulary i uważnie obejrzał wisiorek, zmrużywszy najpierw jedno, a potem drugie oko. Wzrok mu się już pogorszył, a plecy bolały go od dodatkowej pracy, jaką było noszenie brzucha obleczonego w dres. Nawet złoczyńcom los nie szczędził przypadłości związanych ze starzeniem.

– Plastik i szkło. Za moich czasów nawet podkuchenna by tego nie założyła, a co dopiero księżniczka. Nie jest to wielki łup, którego szukamy. – Odrzucił błyskotkę na bok, westchnął i się odwrócił, żeby dać papudze kolejnego krakersa.

– Łup! – powtórzył Jago, radośnie plując okruchami. – Wielki łup!

Jay się zgarbił.

„Wielki łup".

To było marzenie jego ojca. Jego jedyny syn miał pewnego dnia znaleźć łup tak wielki, tyle bogactwa, tyle złota, żeby Dżafar już nigdy, przenigdy nie musiał prowadzić sklepu z gratami. Nieważne, że Wyspa Potępionych była pływającą górą śmieci. Z jakiegoś powodu Dżafar wierzył, że wielki łup czeka tuż za rogiem i może przywrócić mu właściwe miejsce na świecie, godne potężnego czarownika w kosztownych, ceremonialnych szatach.

To dopiero urojenia.

Nawet gdyby taki skarb istniał, czy mógł przenieść kogokolwiek z powrotem do lepszych czasów albo uwolnić z dożywotniego więzienia? Czy jakakolwiek ilość złotych monet, jakikolwiek przedmiot bądź klejnot mogły naprawić bałagan, w który ludzie tacy jak Dżafar się wpakowali? Wielki łup. Tak, tej nocy jego ojciec był równie szalony, jak Mal.

Jay pokręcił głową.

A potem po prostu zaczął się cały trząść. Bo o czymś pomyślał.

Chwileczkę...

Co powiedziała Mal? Że berło Diaboliny, Smocze Oko, jest ukryte gdzieś na wyspie? Jeśli Diaval miał rację, a Jay zdołałby je odnaleźć, byłby to łup roku. Łup stulecia! Trzeba to tylko starannie przemyśleć. Czy to w ogóle możliwe? Czy mogło być tak łatwe? Czy jego ojciec mógł mieć rację, że trzymał się wątłej nadziei na lepszą przyszłość, nawet po tylu latach?

„Nieee".

Jay przetarł oczy. To była długa noc. Niemożliwe, żeby berło znajdowało się na Wyspie Potępionych. Nie było tu niczego, co miałoby moc – ani ludzi, ani przedmiotów. A nawet gdyby berło było tu ukryte – jakkolwiek nieprawdopodobnie to brzmiało – klosz przykrywający wyspę nie przepuszczał do środka żadnej magii. Smocze Oko było teraz tylko fantazyjną nazwą dla zwykłej laski.

To bezsensowne przedsięwzięcie. Lepiej by zrobili, gdyby spróbowali ukraść łódź z Nabrzeża Goblinów i popłynęli nią do Auradonu. Nie żeby któreś z nich chciało tam zamieszkać.

„Może Wyspa Potępionych jest miejscem idealnym dla nas, odpadków, wyrzutków, zapomnianych przez świat? Może ta historia właśnie tak ma się toczyć?"

„Tylko kto powie to mojemu tacie?"

Jay patrzył na ojca, który znów układał monety w równe stosy, pogwizdując pod nosem. Liczenie pieniędzy dawało mu spokój w sposób, którego jego syn nie mógł zrozumieć. Dżafar podniósł wzrok, gdy zauważył, że Jay mu się przygląda.

– Pamiętasz złotą zasadę? – zamruczał jak kot, pieszcząc pieniądze w dłoniach.

– Pewnie. Dobranoc, tato. – Jay ruszył na tyły sklepu, gdzie spał pod regałem na zniszczonym dywanie.

„Zasady ustala ten, kto ma najwięcej złota". W to właśnie wierzył jego ojciec i choć Jay nigdy w życiu nie widział żadnego złota, wychowano go tak, żeby i on w to wierzył. Nie był tylko pewny, czy wierzy, że w ogóle można znaleźć jakiekolwiek złoto. Na pewno nie na Wyspie Potępionych. Kiedy jednak zwinął się w kłębek na twardej podłodze, służącej mu za łóżko, próbował sobie wyobrazić, co by poczuł, gdyby je odnalazł.

Wielki łup.

Zasnął. Śnił o swoim ojcu, który pękał z dumy w piżamie uszytej ze szczerego złota.

# rozdział 13

## Wstrząsy wtórne

Cruella zabiłaby go, gdyby się dowiedziała, że urządził imprezę pod jej nieobecność. Mieszkańcy wyspy ciągle mu powtarzali, że z wiekiem złagodniała i była teraz mniej porywcza, ale to nie oni musieli z nią mieszkać. Syn Cruelli de Mon znał swoją matkę lepiej niż ktokolwiek inny.

Gdyby wiedziała, że pozwolił wejść do ich domu tylu ludziom... a co gorsza, że pozwolił komuś choćby zbliżyć się do jej futer, nie mówiąc o wpuszczeniu kogokolwiek do garderoby czy o zamotaniu się w stos długich do kostek najdroższych płaszczy... Cóż, powiedzmy po prostu, że tym razem to nie szczeniaka próbowałaby obedrzeć ze skóry.

Na szczęście nadal była w spa. Nie wróciła niespodziewanie, jak to czasem robiła, żeby utrzymać syna, a także Nochala i Baryłę w ich służalczej gotowości.

Carlos zwlókł się z łóżka i zobaczył kilkoro gości z imprezy snujących się z błędnym wzrokiem po Diabelskim Dworze. Poczuł od nich zapach korzennego cydru, który ostatniej nocy lał się strumieniami.

– Pewnie szukacie łazienki. Tędy. Nie ma za co!

Wypchnął ich przez frontowe drzwi, zanim zdążyli się zorientować, co się dzieje. W tej samej chwili z sali balowej chwiejnym krokiem wytoczyli się Harry i Jace, dwaj młodzi słudzy Cruelli w drugim pokoleniu, którzy wcześniej pomogli mu udekorować dom. We włosach mieli jeszcze strzępy krepiny.

– Dobry! – powiedział Carlos chrapliwym, zaspanym głosem. – Co się tak wystroiliście?

– Mówiłem mu, żeby mnie nie obwiązywał tymi głupimi serpentynami – odparł naburmuszony Harry.

– Ty mi mówiłeś? Przecież to ty przez całą noc bawiłeś się w berka, ściągając przy okazji połowę dekoracji.

– Zabawiałem gości.

– To dlaczego nikt się z tobą nie bawił?

Jak zwykle nie było szans na sensowną rozmowę z żadnym z nich. Carlos się poddał.

Jego kuzyn Diego de Mon, który leżał wyciągnięty na kanapie, wystawił kciuk w górę.

– Świetna impreza. Piekielna balanga.

Pozostali członkowie zespołu właśnie pakowali sprzęt.

– Dzięki, dzięki.

Carlos zmarszczył nos. W ponurym świetle poranka wszystko wydawało się bardziej obskurne. Nawet świece w żyrandolu wypaliły się do ogarków, a częściowo zerwana sznurowa huśtawka kołysała się teraz łagodnie, ocierając się o podłogę.

– Lepiej się stąd zwiniemy, żebyś mógł posprzątać w spokoju. – Diego wyszczerzył zęby w uśmiechu. – Chyba że mama kazała ci to tak zostawić, żeby miała się czym zająć po powrocie? – Roześmiał się.

– Bardzo zabawne. – Carlos zignorował kuzyna i poczłapał do kuchni. Był głodny, bolała go głowa i źle spał. Śnił niespokojnie o tym, że próbuje utrzymać imprezę w tajemnicy przed matką, oraz o oślepiającym świetle, które wystrzeliło z jego urządzenia i na chwilę przebiło klosz.

„Czy to wydarzyło się naprawdę?"

Wydawało mu się, że poczuł coś w powietrzu. Coś dzikiego i elektryzującego, wibrującego energią. Magia? Czy to możliwe?

Zastanawiał się, czy mógłby to powtórzyć.

„Po śniadaniu".

Kuchnia wyglądała jak po wybuchu imprezowej bomby. Blaty i wszystkie inne płaskie powierzchnie były lepkie i zaśmiecone kubkami, miskami, popcornem i chipsami, nieświeżymi faszerowanymi jajkami, niedojedzonymi diabelskimi hot dogami i pustymi butelkami po cydrze. Jego stopy kleiły się przy każdym kroku, z dźwiękiem przypominającym trochę odpinanie rzepa, a trochę mlaskanie.

Jay wziął miotłę i zaczął zamiatać. Sprzątnął tylko na tyle, żeby dostać się do lodówki i półek.

– Hej... eee... czy mógłbyś się trochę przesunąć... – powiedział, spychając chrapiącego Claya Claytona z blatu, bo chciał zrobić sobie śniadanie.

Clay był synem myśliwego, któremu prawie udało się schwytać partyzancki oddział Tarzana („prawie" jest tu kluczowym słowem: tak samo jak łotrowskie projekty wszystkich innych złoczyńców na wyspie, każdy z jego nikczemnych planów ostatecznie zakończył się niepowodzeniem).

Carlos nałożył do miski trochę zgęstniałej, brylastej owsianki i właśnie sięgnął po łyżkę, gdy do kuchni wsadzili głowy Gastonowie.

– Siema, stary! Co tam masz? Śniadanie? W sumie też byśmy coś przekąsili.

Krzepcy bracia przybili z nim piątkę i zwinęli mu spod nosa zimną owsiankę, po czym od razu skierowali się do wyjścia. Jak to Gastonowie: ostatni wychodzili i pierwsi kradli jedzenie, jak zwykle.

– Właściwie i tak nie byłem głodny – powiedział głośno Carlos, ale tylko on sam siebie słuchał. – Trzeba się brać do roboty i posprzątać, zanim mama wróci do domu.

Westchnął i sięgnął po miotłę.

Zdecydowanie było tu za dużo do sprzątania. Lecz w końcu był Carlosem de Monem, młodym geniuszem, prawda? Na pewno wymyśli coś, co ułatwi to zadanie. Tak, na pewno. Musi się tylko zastanowić. Porządkami zajmie się później. Najpierw trzeba iść do szkoły.

• • •

W swoim zamku Evie nie spała lepiej niż Carlos. Może nie prześladowały jej wizje Cruelli de Mon ani pękającego klosza, lecz śniła o ciągnących się w nieskończoność labiryntach ciemnych pomieszczeń pełnych kłapiących pułapek. Obudziła się zlana potem, gdy jedna ze stalowych szczęk miała się już zatrzasnąć na jej nodze.

„Nie mogę wrócić do szkoły. Nie po ostatniej nocy" – myśl o tym, że miałaby znów stanąć twarzą w twarz z Mal, przyprawiała Evie o mdłości.

Poza tym co złego było w siedzeniu w domu? Dom był, no cóż, domem. Prawda? Może nie było tu miło, ale za to bezpiecznie. Względnie. Przytulnie. W niezupełnie tradycyjny sposób.

Albo nie.

No dobra, było zimno i cuchnęło stęchlizną. Właściwie to miejsce przypominało jaskinię. Albo więzienie, jak zwykła o nim myśleć przez lata indywidualnej nauki. A dziś, jak przez większość dni swego życia, Evie znów słyszała, że jej matka mówi do siebie, udając głos magicznego lustra.

Ale przynajmniej w domu nie było żadnych pułapek ani szukających zemsty złych wróżek o fioletowych włosach. Nie było żadnych wrogów udających przyjaciół.

„Nie mam pojęcia, kim ja i Mal dla siebie jesteśmy, ale wiem, że mi się to nie podoba. A myślałam, że gdy pójdę do szkoły, moje życie stanie się o wiele lepsze".

Evie podeszła do biurka, na którym leżało kilka starych podręczników, z których uczyła się w zamku. Wzięła do ręki swój ulubiony, w podniszczonej skórzanej oprawie – osobistą księgę czarów Złej Królowej.

Oczywiście na wyspie księga była bezużyteczna, ale Evie i tak lubiła czytać zaklęcia. Był to jakby pamiątkowy album z lat, kiedy jej matce wiodło się lepiej. Z czasów, zanim zaczęła spędzać długie godziny w pustych komnatach zamku, gadając do siebie jakieś nonsensy. Niekiedy dzięki tej księdze Evie czuła się troszkę lepiej. Przypominała sobie, że nie zawsze było tak jak teraz.

Przewracała pożółkłe strony jak wtedy, gdy była małą dziewczynką. Zaczytywała się w zaklęciach tak, jak w jej wyobraźni księżniczki w Auradonie zaczytywały się głupimi bajkami. Studiowała je uważnie, tak jak inne księżniczki, no cóż, uważnie przyglądały się innym księżniczkom.

Znajdowały się tam zaklęcia prawdy, do których odczynienia potrzeba było świec i wody, miłosne zaklęcia wymagające płatków kwiatów i krwi, zaklęcia uzdrawiające i pomagające się wzbogacić, zaklęcia szczęścia i zagłady. Czarodziejskie psikusy należały do jej ulubionych, zwłaszcza przebranie domokrążcy, którego jej matka użyła, żeby nabrać tę głupią Śnieżkę. To było niezłe.

Klasyka.

– Witaj, kochanie! – rzekła Zła Królowa, wchodząc do pokoju córki. – Jesteś blada! Chodź, nałożę ci trochę różu! – Wzięła duży, okrągły pędzel i musnęła nim policzki Evie. – Różowe jak kwiat jabłoni. Proszę. O wiele lepiej. – Spojrzała na księgę w ręce córki. – Ach, ten staroć? Nigdy tego nie zrozumiem. Po co to znowu wyciągnęłaś?

– Nie wiem. Może dlatego, że trudno mi to sobie wyobrazić. Naprawdę rzuciłaś to zaklęcie? Ty? – Evie nie mogła uwierzyć, że jej matka była niegdyś starą, przerażającą wiedźmą. Jasne, teraz przemieniła się w krągłą panią w średnim wieku i nie przypominała już tej pięknej, wyniosłej kobiety z portretu wiszącego w głównej galerii, ale z pewnością nie była brzydka.

– Ach, tak! To dopiero był numer. Durna Śnieżka tak się dała nabrać! Co za cielę. – Zła Królowa zachichotała. – Każdy głupi by się zorientował. Wiedźma przebrana za domokrążcę sprzedającego jabłka? W środku lasu? No proszę cię. – Westchnęła. – Ach, to były dobre czasy.

Evie potrząsnęła głową.

– Mimo wszystko.

Teraz matka zaczęła poprawiać jej fryzurę.

– Zaraz. A co ty tu robisz? Nie powinnaś być w szkole?

– Nie chcę tam iść – wyznała Evie. – Nie jestem pewna, czy to dobry pomysł. To chodzenie do prawdziwej szkoły. Może powinnam po prostu zostać w zamku.

Zła Królowa wzruszyła ramionami.

– Komu w ogóle potrzebne wykształcenie? Ładne to, co ładne. Pamiętaj o tym, kochanie.

– Nie martw się. Nie pozwolisz mi o tym zapomnieć.

– Chodzi o to, żeby dbać o drobiazgi. Musisz na to zapracować i musisz tego chcieć. Twoje rzęsy same się nie zakręcą, przecież wiesz.

– Nie. Ty mi je podwiniesz, nawet jeśli nie będę tego chciała.

– Zgadza się. A po co? Żebyś pewnego dnia dostała to, co ci się należy, nawet jeśli tkwisz na tej nieszczęsnej wyspie. Należy ci się to z urodzenia. Masz być najpiękniejsza. Na. Świecie. To nie są tylko słowa.

– Właściwie jestem prawie pewna, że są.

– To odpowiedzialność. Nasza. Twoja i moja. Razem z wielką urodą otrzymuje się wielką moc.

Evie milczała. Kiedy matka zachowywała się tak jak teraz, trudno było ją przegadać.

– Nie mogę chcieć tego bardziej od ciebie, Evie. – Zła Królowa westchnęła i pokręciła głową.

– Wiem – odparła Evie, bo to była prawda. – Ale co ja mam zrobić? A jeśli nie wiem, czego chcę? Albo jak to coś zdobyć?

– Musisz się bardziej postarać. Umalować się jeszcze raz. Położyć jeszcze jedną warstwę błyszczyku na matową szminkę. Używać różu i bronzera. I pamiętać, żeby ich nie mylić.

– Bronzer na kości, róż na policzki – powiedziała automatycznie Evie.

– Wiesz, który tusz do rzęs podkreśla kolor tęczówki?

– Niebieski do brązowych oczu. Zielony do piwnych. Fioletowy do niebieskich – wyrecytowała Evie, jakby to była tabliczka mnożenia.

– Otóż to. – Zła Królowa splotła palce z palcami córki we wzruszającym, choć rzadkim u niej matczynym geście. – Nigdy nie zapominaj, kim naprawdę jesteś.

– A kim jestem? – zapytała Evie i uścisnęła dłoń matki.

Czuła się taka zagubiona. Bardziej niż czegokolwiek właśnie tego chciała się dowiedzieć.

– Dziewczyną, która musi używać eliksiru do włosów, żeby się tak bardzo nie puszyły. – Po tych słowach Zła Królowa wyszła z pokoju, podtrzymując ciemne spódnice. – Lustereczko! Magiczne lustereczko!

„Tak – pomyślała Evie – mogłabym tu zostać, czytać książki i oglądać auradońskie wiadomości, jak wcześniej".

A później, jeśli naprawdę by jej się poszczęściło, matka znów ułoży jej kolejną ciekawą fryzurę, mimo że już milion razy powtarzała, że woli dobierany warkocz.

„Tak wygląda moje życie w zamku. Zaplatanie warkoczy, nakładanie różu i bronzera".

Domyśliła się, że właśnie o to chodziło w poznawaniu świata. Kiedy już przekroczyłeś próg domu, gdy opuściłeś mrok jaskini, trudno było wrócić.

Nawet żeby wygładzać włosy i podkreślać kolor oczu.

Im więcej Evie się nad tym zastanawiała, tym bardziej docierało do niej, że nie może zostać w zamku ani sekundy dłużej. Przeczytała już wszystkie książki i obejrzała wszystkie programy. Nie miała tu z kim rozmawiać oprócz matki, której obsesją były najnowsze kosmetyki, przywożone na wyspę barkami pełnymi śmieci: od używanych szminek po otwarte słoiczki z kremem, które księżniczki Auradonu wyrzucały, gdy się im znudziły.

Nawet szkoła musi być od tego lepsza.

Przecież jakoś poradzi sobie z Mal, prawda? Wcale się jej nie bała.

A przynajmniej nie bała jej się aż tak bardzo.

No dobra, może trochę. Jednak bardziej przerażała ją myśl, że miałaby gnić w tej jaskini do końca życia. A była o wiele za młoda na to, żeby ćwiczyć własny głos „lustereczka". Wzdrygnęła się.

Ładne to, co ładne?

„Czy to właśnie powiedziała moja matka? Ale po co być ładną, jeśli nie było nikogo, kto by to docenił?"

Nawet pęknięcie na suficie w jej pokoju przypominało jej Smocze Oko. Mal wpatrywała się w nie jak zahipnotyzowana, leżąc na łóżku. Obudziła się wyjątkowo wcześnie – wcześniej niż Carlos i Evie – i nie mogła już zmrużyć oka. Myślała o misji, na którą tak niespodziewanie wysłała ją matka. Kiedy Diabolina wpadła na jakiś pomysł, nic nie mogło jej powstrzymać. Nieważne, czy chodziło o jej córkę, czy o jednego ze sług – oczekiwała pełnego posłuszeństwa i maksymalnych wyników. Właśnie taka była.

Mal wiedziała, że choć była jej córką, nie przysługuje jej żadna taryfa ulgowa. Nawet pomimo tego, że stała się jednym z najbardziej nikczemnych złoczyńców wszech czasów na Wyspie Potępionych. W końcu nikt nie zostaje numerem jeden dzięki miłosierdziu czy rozsądkowi.

Nie, kiedy należy się do elity zła.

Diabolina chciała odzyskać Smocze Oko, to bardzo fajnie, Mal doskonale ją rozumiała. Ale znaleźć je – to nie będzie prosta sprawa.

Nawet Diaval nie bardzo mógł w czymkolwiek pomóc. Tylko krakał, kiedy Mal go szturchała.

– Gdzie ono jest, co, Di? Jeśli ożywiło ciebie, nie może być daleko, prawda? Tylko gdzie?

Ptaszydło wydziobałoby jej oczy, gdyby pochyliła się wystarczająco blisko. To głupie stworzenie zawsze chciało mieć jej matkę tylko dla siebie. Dla niego Mal była nie tyle zagrożeniem, ile utrapieniem.

Ale teraz nie tylko kruk ją prześladował. Trudno było zapomnieć o groźbach Diaboliny. Jak zwykle matka wiedziała dokładnie, gdzie uderzyć. Znajdowała czułe punkty córki równie łatwo, jak wtedy gdy Mal była niemowlęciem.

„Nie chcesz mi udowodnić, ile jesteś warta? Udowodnij, że jesteś córką godną swojej matki!"

Mal przewracała się niespokojnie z boku na bok na twardym, trzeszczącym łóżku.

Tak, była jej córką. Jednak Diabolina uważała, że skoro Mal jak dotąd uczyniła jedynie odrobinę zła, nie zasługuje w pełni na swoje mroczne dziedzictwo. Co tak naprawdę było absurdalne, gdy się nad tym zastanowić. Mal nie miała przecież do dyspozycji armii zła, jak niegdyś jej matka. Radziła sobie, wykorzystując to, co miała pod ręką: ukradzione puszki z farbą, nieszczęsne dzieciaki ze szkoły, garderobę pełną pułapek oraz starych futer z norek. Jasne, może nie otaczała całych zamków kolczastymi żywopłotami, ale przecież każdy złoczyńca musiał od czegoś zacząć, prawda?

A jeśli odpuściła Evie wtedy na imprezie, to przecież nie była jej wina. W końcu gdy chodziło o takie sprawy, nie można było dokładnie określić czasu. Dobry spisek wymagał planowania.

Znów przekręciła się na drugi bok.

W Zamku Okazji nadal panowała cisza. Diabolina nie wyszła jeszcze na balkon, żeby rzucać gromy i upokarzać poddanych. Gdy Mal w końcu wyślizgnęła się z łóżka, wcisnęła w obcisłe ciuchy (fioletowe, jak zawsze) i na palcach wyszła z pokoju, zauważyła, że drzwi do sypialni jej matki były zamknięte na klucz. Oznaczało to, że Diabolinie pod żadnym pozorem nie można przeszkadzać. Twardo przestrzegała zasady o ośmiu godzinach snu (dla „regeneracji zła") i zdrowej diety nocnych koszmarów (żeby szpony pozostały ostre).

Jak dotąd metoda okazała się skuteczna.

Mal rozmyślała nad ostrzeżeniem matki, gdy zbiegała po rozpadających się schodach.

Diabolina powiedziała, że Smocze Oko jest przeklęte. Każdy, kto go dotknął, miał natychmiast zasnąć na tysiąc lat. To była specjalność jej matki – usypianie ludzi wbrew ich woli. Jasne, w przypadku Śpiącej Królewny cała sprawa zakończyła się fiaskiem, ale to wcale nie oznaczało, że Smocze Oko miało teraz mniejszą moc. Kiedy Mal znajdzie berło, będzie musiała uważać, żeby go nie dotknąć. Musi też wymyślić, jak przynieść je matce, nie budząc klątwy.

„Jeśli nadal działa".

„Jeśli je znajdę".

„Jeśli w ogóle istnieje".

Gdy Mal wzięła do ręki swój plecak, poczuła się jeszcze gorzej. Nawet dorzucenie do niego kolejnej puszki z farbą nie poprawiło jej humoru. Może Jay miał rację. Może ta cała misja była zbyt niedorzeczna, żeby w ogóle o niej myśleć. Nie wiedziała nawet, od czego zacząć. Jak odnaleźć zaginioną broń matki?

Za kogo się uważała? Jak mogła myśleć, że uda się jej odnaleźć artefakt, który zaginął tak dawno temu? Może powinna po prostu o nim zapomnieć i wrócić do graffiti czy drobnych kradzieży w sklepach.

Poza tym cokolwiek by zrobiła, to i tak nie zmieni nastawienia jej matki. Wiedziała, że nawet gdyby udało się jej odnaleźć Smocze Oko, nie mogła nic poradzić na to, kim był jej ojciec. A przecież to właśnie tego Diabolina nie potrafiła jej wybaczyć.

Tej jednej rzeczy Mal nigdy nie naprawi.

„To po co w ogóle zawracać sobie głowę?"

„Po co próbować?"

Może najlepiej się z tym pogodzić i iść dalej. Tego właśnie spodziewała się po niej matka.

Tego, że Mal się nie powiedzie. Że ją rozczaruje. Podda się. Ustąpi.

Tak jak wszyscy mieszkańcy wyspy.

Mal otworzyła ciężkie wrota zamku i poszła do szkoły, starając się o niczym nie myśleć.

# rozdział

# 14

## Nikczemne wzbogacanie

P odobnie jak wielu kujonów przed nim, Carlos lubił szkołę. Nie wstydził się do tego przyznać – powiedziałby to każdemu, kto miałby ochotę zapytać. A ponieważ nikt go nie pytał, rozmyślał nad tym sam.

Podobała mu się struktura szkoły i panujące w niej zasady. Lubił pracę umysłową. Chętnie odpowiadał na pytania, na które istniały odpowiedzi, nie stronił także od takich problemów, na które nikt jeszcze odpowiedzi nie znalazł. Choć niektóre rzeczy były prawdziwą torturą, na przykład bieg na długość katakumb na WF-ie (po co ćwiczyć pieszą ucieczkę, skoro żyli na wyspie?) czy współpraca z narzuconymi mu partnerami (zwykle była to jedna z tych osób, które mu dokuczały, że zawsze dobiega do mety ostatni), pozostałe szkolne zajęcia wynagradzały mu to z nawiązką.

Carlos lubił myśleć, że to właśnie do tych dobrych rzeczy, przy których trzeba było korzystać z siły umysłu, nadawał się lepiej niż przeciętny złoczyńca.

I miał rację.

Bowiem umysł Carlosa de Mona był niemal tak pojemny jak garderoba z futrami Cruelli de Mon.

W każdym razie tak sobie powtarzał Carlos, zwłaszcza gdy ktoś próbował zmusić go do biegu po katakumbach. Pierwszą lekcją tego dnia była dziwaczna nauka, której zwykle nie mógł się doczekać. To właśnie na tych zajęciach, gdy uczyli się o falach radiowych, wpadł na pomysł, żeby skonstruować swoje nowe urządzenie. Carlos nie był jedynym prymusem w klasie – jego partnerem w laboratorium był chuderlawy okularnik Reza, z którym rywalizował najbardziej spośród wszystkich uczniów w szkole.

Reza był synem byłego nadwornego astronoma z Agrabahu, który pomagał Dżafarowi tak układać plany, żeby gwiazdy znajdowały się w odpowiedniej pozycji przy niejednej nikczemnej okazji. Właśnie dlatego jego rodzina znalazła się na Wyspie Potępionych z wszystkimi innymi.

Na zajęciach z dziwacznej nauki Carlos starał się najbardziej. Obecność Rezy, który w laboratorium naukowym był równie ambitny, co on, jeszcze bardziej motywowała go do pracy. I choć wszyscy uważali, że Reza jest irytujący – zawsze używał najdłuższych i najmądrzej brzmiących słów, nieważne, czy poprawnie, czy nie – był też równie bystry.

Bardzo bystry. Carlos cieszył się zawsze, gdy był od niego lepszy. Kiedy tydzień wcześniej pracowali nad specjalnym eliksirem, pierwszy wykombinował, jaki jest sekretny składnik, co doprowadziło Rezę do szału. Tak, Reza był prawie równie bystry, co denerwujący. Nawet teraz już podniósł rękę i machał nią niecierpliwie w przód i w tył.

Ich profesor, potężny czarnoksiężnik Yen Sid, nie zwracał jednak uwagi na chłopca w okularach.

Król Bestia przysłał Sida z Auradonu na Wyspę Potępionych, żeby nauczył dzieci złoczyńców, jak można żyć bez czarów, i żeby zamiast nich poznały magię nauki. Carlos zauważył kiedyś, że rezygnacja z Auradonu musiała być ogromnym poświęceniem, lecz zrzędliwy, stary mag wzruszył tylko ramionami i odparł, że nie miał nic przeciwko temu. Jego obowiązkiem było uczenie wszystkich dzieci, nieważne, dobrych czy złych.

Yen Sid rozpoczął zajęcia swoim ulubionym powiedzeniem: „Wszelka zaawansowana technologia nie różni się od magii" i uśmiechnął się ze swego pulpitu. Jego łysina lśniła w świetle lamp, długa, siwa broda zasłaniała połowę piersi. Teraz, kiedy nie było już popytu na magię, zamienił szaty czarnoksiężnika na biały fartuch laboratoryjny... Zresztą nie było już żadnej magii, o której można by mówić.

Reza znów podniósł rękę, a nauczyciel kolejny raz go zignorował. Carlos uśmiechnął się do siebie z satysfakcją.

– To, że na Wyspie Potępionych nie ma czarów, nie oznacza, że nie możemy tworzyć własnej magii – mówił czarodziej. – Właściwie możemy stworzyć wszystko, czego potrzebujemy do zaklęć, tu, w tej klasie. Odpowiedź na tę sytuację jest tuż przed nami. Od fajerwerków po eksplozje, wszystko można zrobić z pomocą... nauki.

– Ale nauka jest taka nudna – jęknął jeden z Gastonów.

– Ej, a co tu tak śmierdzi? – zarechotał drugi Gaston i klepnął brata po głowie. – Wie pan, profesorze, ktoś tu chyba lubi magiczną fasolę.

– Zamknij się! – syknął Carlos, bo chciał posłuchać nauczyciela.

Ręka Rezy znów wystrzeliła w górę. „Ja, ja, ja".

– Mówię oczywiście o magii nauki – ciągnął Yen Sid, nie zwracając uwagi ani na Gastonów, ani na Rezę.

– Przepraszam. Przepraszam! Profesorze? – Reza nie mógł się już powstrzymać. Praktycznie piszczał ze swojej ławki.

Carlos prychnął.

Yen Sid westchnął z rezygnacją.

– O co chodzi?

Reza wstał.

– Wszelako jednakowoż nieistotne i ze wszech miar nazbyt nadto uproszczone komentarze moich współuczniów nie wnoszą niczego ważkiego do tego dyskursu, ściśle mówiąc.

– Dziękuję, Reza – westchnął mag. Podobnie jak Carlos zrozumiał, co Reza właśnie powiedział: że Gastonowie są głupi. Co dla nikogo nie było nowiną.

Reza odchrząknął.

– Jeżeli nauka istotnie jest magią, *id est*, *per se*, czy można by zatem odpowiednio i adekwatnie przyjąć sugestię, że magia jest zatem, *ergo*, mianowicie, także nauką, *quid pro quo, quod erat demonstrandum?*

Yen Sid przewrócił oczami. W klasie rozległy się stłumione prychnięcia i parsknięcia.

– Tak, Reza. Naukę rzeczywiście można nazwać magią. Z pewnej perspektywy. Ale nie musisz mi wierzyć na słowo. Może zajmij się dzisiejszym eksperymentem, a sam się przekonasz...

Reza ponownie podniósł rękę. Cała klasa wybuchła śmiechem.

– ...tak jak twój kolega Carlos, który zamiast tracić czas na rozmowy, jest już w połowie zadania? – Profesor uniósł brew i spojrzał surowo na Rezę.

Chłopiec się zaczerwienił, a uczniowie roześmiali się jeszcze głośniej.

Tego dnia tematem zajęć była inżynieria. Carlos poczuł ciepło w sercu i postanowił skonstruować automatyczną miotłę, która sama by zamiatała.

Rozwiązałoby to jego problem ze sprzątaniem. Dzięki takiemu wynalazkowi mógłby posprzątać Diabelski Dwór w trymiga. Nazwę już miał gotową: Wymiatacz 2000.

Gastonowie mruknęli coś pod nosem, lecz Carlos niczego nie słyszał. Kiedy pracował, świat przestawał dla niego istnieć. Dokręcił śrubkę silnika miotły.

To dopiero była prawdziwa magia.

• • •

Pod koniec pierwszej lekcji nie tylko Carlos cieszył się z powrotu do szkoły. Evie też była zadowolona, że mimo wszystko postanowiła przyjść. Po pierwsze – i tak nigdzie nie widziała Mal. A po drugie – poczuła nagły przypływ siły i pewności siebie, kiedy tylko weszła na seminarium z samouwielbienia (do którego dopuszczono też kilkoro uczniów z podstaw samouwielbienia). Choć matka nigdy nie była zadowolona z jej urody, na tych zajęciach Evie niewątpliwie była jedną z najbardziej urodziwych dziewcząt. Właściwie sama mogłaby je poprowadzić.

– Wspaniałe! – zachwycała się Gertruda, przeglądając fotografie Evie.

Cała klasa otrzymała zadanie stworzenia serii autoportretów. Przed imprezą u Carlosa Evie spędziła wiele godzin, pracując nad swoim portfolio i robiąc sobie zdjęcia. Jeśli chcesz być piękna, musisz się postarać, prawda? Czy nie to ciągle powtarzała jej matka?

A ponieważ mama nauczyła ją wszystkich najkorzystniejszych póz i każdego triku dotyczącego światła i makijażu, Evie miała najlepsze zdjęcia. (Tak naprawdę ten kurs to była pestka. Mała Evie wiedziała, jak sprawić wrażenie dziesięć razy ładniejszej niż w rzeczywistości, na długo zanim była w stanie utrzymać w rączce szczotkę do włosów!).

„To wszystko iluzja – skrzywiła się na samą myśl. – To dzięki niej jestem najpiękniejsza na świecie".

Próbowała nie zwracać uwagi na inne dziewczyny w klasie, zwłaszcza na wnuczki złej macochy, które rzucały jej nienawistne spojrzenia.

– Jakbyś nie odrywała się od lustra! – zachwycała się Gertruda. – To dopiero szczyt samouwielbienia!

Evie się uśmiechnęła.

– Ach, dziękuję. Bardzo się staram.

– Twoja mama musi być z ciebie bardzo dumna – powiedziała czarownica, oddając jej zdjęcia.

Evie tylko skinęła głową.

Po totalnej porażce na egzaminie z historii powszechnej zła, Jay musiał ukryć się przed wnuczką złej macochy, która machała do niego zalotnie. Przez to wszystko spóźni się na lekcję wzbogacania. Stał schowany w cieniu za posągiem na klatce schodowej.

Do pioruna.

Nie chodziło o to, że nie podobało mu się, gdy tańczył z nią ostatniej nocy. Lubił z nią tańczyć, a skradanie serc dziewczętom było praktycznie jego hobby. Nie było jednak tak zabawne jak kradzież innych rzeczy. Z sercami zawsze wiązało się zbyt wiele kłopotów. A to się zdecydowanie nie opłacało.

Poza tym Jay lubił swoją wolność.

– Jaaay! – odezwał się śpiewny głos na korytarzu. – Och, Jaaay, chyba masz coś, co należy do mojej babci. Muszę to odzyskać. Jestem na ciebie bardzo, bardzo zła, ty niegrzeczny chłopcze! – powiedziała wnuczka złej macochy tonem, w którym nie było ani cienia złości.

Ale Jay nie zamierzał opuścić kryjówki za posągiem Złego Smoka (takiego, w jakiego kiedyś zmieniła się matka

Mal). Kamienny potwór, wyrzeźbiony na zamówienie samej Diaboliny, zajmował ponad połowę przestrzeni między drugim a trzecim poziomem piwnic budynku. Dla Jaya był jedną z najbardziej niezawodnych kryjówek. Wkrótce jego zaborcza partnerka z tańców zrezygnowała z poszukiwań.

– Fiuuu, było blisko. – Wymknął się i dołączył do Carlosa, który tylko zmarszczył czoło i szedł dalej, nie podnosząc wzroku znad książki.

– Bliżej niż zwykle?

– No... Nie. Niezupełnie. – Jay westchnął.

Carlos przewrócił stronę i obaj w milczeniu weszli na lekcję wzbogacania.

Na zajęciach uczono o wzbogacaniu się poprzez branie od innych. Uczniowie studiowali techniki otwierania zamków czy tajniki kradzieży w sklepach (co oznaczało, z oczywistych powodów, że były to ulubione zajęcia Jaya). Tego dnia z gościnnym wykładem odwiedził ich nie kto inny jak sam przyprawiający o gęsią skórkę dyrektor szkoły.

– Istnieje wiele typów złodziei – mówił doktor swoim charakterystycznym jedwabistym szeptem. – Jedni kradną na bazarze, inni włamują się tylko do domów, jeszcze inni kradną riksze. Ale to są, oczywiście, tylko drobne wprawki. Zwykła dziecinna igraszka.

Jay chciał zaprzeczyć. W końcu miał krawat bolo doktora Faciliera w kieszeni, prawda? „Co nazywasz dziecinną igraszką, starcze?"

– Ale prawdziwy złoczyńca ma większe ambicje: ukraść tożsamość, majątek, całe życie! Czy ktoś poda mi przykład

takiej nikczemności? Takiego wielkiego wzbogacenia? –
Doktor rozejrzał się po sali. – Tak, Carlosie?

– Moja matka chciała ukraść sto jeden szczeniaków! –
powiedział Carlos, prawie skomląc. – To była duża sprawa.
– Owszem. I było to wybujałe nikczemne marzenie. –
Facilier uśmiechnął się upiornie, przyprawiając o dreszcze
wszystkich uczniów. – Ktoś jeszcze? Jakieś przykłady?

– Moja matka kradła magię Roszpunki, żeby zachować młodość? – zaproponowała Ginny, córka Gertrudy. –
Roszpunka miała naprawdę wielką... czuprynę?

– Masz rację. Z pewnością to bardzo dobry przykład
wzbogacania się poprzez wykorzystywanie innych – potwierdził doktor Facilier i podszedł do tablicy. – Rozumiem,
że najbardziej zaawansowani uczniowie spośród was mają
przygotować projekt na kurs nikczemnych planów.

Kilka osób przytaknęło, między innymi Jay i Carlos.

– Mój nikczemny plan był szczytem wzbogacenia. Ktoś
coś wie na ten temat?

W klasie zapadła cisza. Dyrektor wyglądał na urażone-
go. Mruknął coś w stylu: „ta dzisiejsza młodzież" i konty-
nuował wykład.

– W moim nikczemnym planie przemieniłem księcia
Naveen w żabę, a z pomocą voodoo sprawiłem, że jego kamerdyner przybrał jego postać. Chciałem, żeby kamerdyner
poślubił Charlottę La Bouff, co umożliwiłoby mi zabicie jej
ojca i przejęcie jego majątku. Gdyby to się udało, ukradłbym
tożsamość jednego człowieka i majątek drugiego. To dopiero szczęśliwe wzbogacenie!

Rozległy się brawa. Rozpromieniony doktor Facilier ukłonił się, sztywno i krótko.

– Tyle że to się panu nie udało – zauważył Carlos, gdy klasa znów ucichła.

– Zgadza się – odparł dyrektor w zamyśleniu, jego mina zrzedła. – To prawda. Poniosłem porażkę. Fatalną, pechową i kompletną. Nie zdobyłem ani księżniczki, ani fortuny. Dlatego założyłem Smoczy Dwór, abyśmy wyciągnęli wnioski z naszych niepowodzeń i wykształcili złoczyńców, którzy osiągną to, czego nam się nie udało.

Harriet Hak podniosła rękę.

– Czyli?

– Przygotowywać się! Zgłębiać wiedzę! Pogłębiać swoje zło! Działać szybciej! Myśleć śmielej! – ponaglał doktor. – Ale przyjdzie czas, gdy klosz runie, a magia do nas wróci. Tak właśnie będzie, moje dzieci, bo takiego zła jak my nie da się powstrzymać. A kiedy to się stanie, będziecie gotowi.

Jay nagryzmolił w zeszycie: „Być bardziej nikczemnym. Myśleć śmielej".

Wielki łup.

Znów przypomniał sobie o Smoczym Oku. Berło należało do Diaboliny, a Mal dostała misję, żeby je odzyskać. To nie była ani jego wyprawa, ani jego problem.

„A jeśli tak?"

„A jeżeli powinno być inaczej?"

Mal poprosiła go o pomoc, a on ją zbył. A gdyby jednak zgodził się jej pomóc? A gdyby znaleźli berło, a on sprzątnąłby je sprzed jej nosa? Jednym ruchem ukradłby jej fortunę i tożsamość jako następczyni Diaboliny. Zupełnie jak doktor Facilier.

A gdyby berło przypadkiem nadal działało?

Jego ojciec dostałby wreszcie swój wielki łup. Jay miałby swój nikczemny plan. Razem znaleźliby sposób ucieczki z Wyspy Potępionych, wyspy wyrzutków i zapomnianych. To już nie byłoby ich miejsce, prawda? Uśmiechnął się. Wzbogaci się, o tak. I zostanie Panem Mroku.

Podczas przerwy obiadowej cała szkoła nadal mówiła o fantastycznej piekielnej balandze w Diabelskim Dworze, lecz Mal to nie obchodziło. Impreza należała do przeszłości, a ona patrzyła już w przyszłość. Teraz miała większe zmartwienia. Mogła myśleć tylko o tym, że Diabolina chciała odzyskać Smocze Oko. I o tym, że dla matki jest tylko córką swego ojca – innymi słowy: żałosną, słabą, ludzką istotą. Musi jej udowodnić, że jest inaczej.

W kółko odtwarzała w myślach rozmowę z matką z ostatniej nocy. Przegapiła pierwsze lekcje, a pozostałe przesiedziała jak we śnie. Na dodatkowe, indywidualne seminarium z lady Tremaine przyszła wciąż pełna niepokoju i zupełnie nie w sosie.

– Dzień dobry, profesor Tremaine, chciała pani ze mną porozmawiać o moim rocznym nikczemnym planie? – spytała, zapukawszy w otwarte drzwi grobowca nauczycielskiego.

Lady Tremaine z nieszczerym uśmiechem podniosła wzrok znad biurka.

– Tak. Wejdź, proszę. I zamknij drzwi.

Na blacie stołu stał termos ze zwarzonym winem, co nie wróżyło dobrze. Lady Tremaine piła kwaśne wino tylko wtedy, gdy była w kwaśnym nastroju. Mal wiedziała już, że ma kłopoty. Zrobiła jednak, co jej kazano, i usiadła naprzeciwko nauczycielki.

– O co chodzi?

Lady Tremaine parsknęła.

– Już ci wyjaśniam, o co chodzi. O tę żałosną wymówkę, jaką jest twój roczny nikczemny plan. Zemsta na jakiejś dziewczynie? Imprezowe sztuczki? Kawały? To poniżej twoich możliwości, Mal. Spodziewałam się po tobie znacznie więcej. Jesteś moją najlepszą uczennicą. – Sięgnęła po wino i wypiła łyk z wyrazem obrzydzenia na twarzy.

„Oczekiwałaś więcej? Jak wszyscy na tej wyspie – pomyślała ponuro Mal. – Ustaw się w kolejce".

– Co jest nie tak z moim nikczemnym planem? – spytała.

– Nie jest dość zły – prychnęła lady Tremaine.

Mal westchnęła.

Kobieta spojrzała na nią gniewnie.

– Chcę, abyś naprawdę włożyła w to całe swoje zepsute serce i mroczną duszę. Wymyśl naprawdę podły plan. Taki, który ściągnie cię w głąb nieprawości i wyniesie na wyżyny nikczemności. Wiem, że jesteś do tego zdolna.

Mal kopnęła biurko i zmarszczyła czoło. Myślała, że jej nikczemny plan był całkiem podły.

– Na przykład? I skąd pani może wiedzieć, do jakiej nikczemności jestem zdolna?

– W końcu jesteś Mal, córką Diaboliny! Kto by nie wiedział? – Lady Tremaine potrząsnęła głową.

„Zdziwiłabyś się" – pomyślała Mal.

Nauczycielka dalej popijała wino.

– Na pewno coś wymyślisz, moja droga. W końcu jesteś nieodrodną córką swojej matki. Oczekuję, że twój nikczemny plan będzie prawdziwie paskudny i legendarny. Przejdzie do historii. – Lady Tremaine oddała Mal jej kartkę. – Masz minutę na zastanowienie, jeśli to ci pomoże.

Mal zerknęła na propozycję projektu, którą wcześniej napisała. Zjeżyła się od krytyki nauczycielki. Nie miała zamiaru przejmować się tą połajanką.

Co było nie tak z tym pomysłem? Przecież był zły, był czystym złem. Pozbycie się księżniczki – nikt by nie powiedział, że to miłe. Zamierzała ostatecznie rozliczyć się z Evie, prawda?

A czy wendeta nie była nikczemnym planem uświęconym tradycją?

Przecież to klasyka wśród czarnych charakterów. Co jest z nią nie tak?

Miała ochotę zmiąć kartkę w dłoni. Nie było czasu na takie bzdury. Miała inne rzeczy na głowie... Po pierwsze, swoją matkę i Smocze Oko, to głupie, przeklęte berło...

„Zaraz, chwileczkę... Co moja matka powiedziała o Smoczym Oku? Ktokolwiek dotknie berła, zostanie przeklęty i zaśnie na tysiąc lat".

Diabolina rzuciła klątwę na królestwo Aurory, żeby zasnęło na sto lat, po tym jak Śpiąca Królewna ukłuje się w palec wrzecionem. Klątwa berła skazywała ofiarę na sen tysiącletni.

To było dziesięć razy bardziej nikczemne, jeśli dobrze wyliczyła. W każdym razie o wiele bardziej nikczemne. Plus minus kilka zer.

Może jednak powinna podjąć tę misję.

A jeśli jakoś, po drodze, Evie dotknie Smoczego Oka... Cóż, to byłby najwredniejszy, najbardziej nikczemny plan, jaki widziała ta wyspa! Dwa w jednym! Nie, nawet trzy... Pozbędzie się księżniczki i zdobędzie szacunek matki. I wygra szkolny konkurs na najbardziej nikczemny plan. Wszystko za jednym zamachem.

Lady Tremaine miała rację. Te wszystkie drobne sztuczki, na które chciała nabrać Evie, były niczym. Co mogło być bardziej podłe od skazania kogoś na tysiącletni sen?

A właściwie kto byłby bardziej podły?

– Mam! – zawołała Mal. Zerwała się z krzesła i uściskała zaskoczoną lady Tremaine, choć intuicja (i woń oddechu nauczycielki) niemalże ją od tego odwiodła. – Coś tak złego, że nikt tego nigdy nie widział i nigdy więcej nie zobaczy!

– Cudownie, dziecko! Jestem taka szczęśliwa, kiedy widzę cię tak nikczemną. – Lady Tremaine pociągnęła nosem i podniosła chustkę do oka. – Daje mi to nadzieję na przyszłość. Tylko pohamuj się z tymi, no wiesz... tymi uściskami.

Mal uśmiechnęła się triumfalnie. Żadna głupia uwaga nie mogła jej teraz dotknąć. Nie mogła się doczekać, kiedy wreszcie zacznie. Zło na nikogo nie czekało.

Zaczęła się intensywnie zastanawiać.

Raczej nie mogła wyruszyć na tę wyprawę sama. Jeśli miała szukać igły w stogu siana, potrzebowała sług, własnych zbirów, którymi by dowodziła, tak jak jej matka. Musi stworzyć drużynę, a poza tym łatwiej będzie przekląć Evie, jeśli będzie częścią grupy.

Ale skąd weźmie sługi? Oczywiście zawsze były dzieciaki zbirów Diaboliny. Jednak ta zgraja przypominająca dziki za bardzo śmierdziała jak na jej gust. A jeśli chodzi o gobliny i szakale, kto poprowadziłby wtedy Pomyjownię? Poza tym, jak już wcześniej zauważyła, nie znała języka goblinów. Co więcej, jej matka wciąż zrzędziła, że w ogóle się nie przydały podczas tej całej akcji ze Śpiącą Królewną.

Nie tędy droga.

Musi stworzyć własną drużynę. Własny zespół asystentów z jedną potakiwaczką.

Od czego zacząć?

Potrzebowała kogoś, kto znał wyspę na wylot.

Kogoś, na kogo będzie mogła liczyć, gdy natkną się na kłopoty, bo sam jest jednym wielkim kłopotem.

Kogoś, kto wie, jak zdobyć to, czego chce.

Musiała go tylko przekonać, żeby do niej dołączył.

Może mogłaby mu obiecać jakąś nagrodę, czy coś.

Było już ciemno, gdy wyszła ze szkoły i skierowała się prosto do Graciarni Dżafara.

# rozdział

# 15

## Jak para złodziei

Mal ciskała w witrynę sklepu kamykami, które odbijały się z grzechotaniem o parapet.

– Jay! Wyjdź! Chcę z tobą pogadać! – zawołała i rzuciła jeszcze kilka razy.

– Kto tak piekielnie hałasuje? Czy już nikt nie potrafi zwyczajnie zadzwonić do drzwi? – zapytał ostro Dżafar. Otworzył okno i wychylił głowę. Już miał rzucić wiązankę przekleństw, gdy zobaczył, kto stoi przed domem. – Och, moja droga Mal – powiedział głosem tak jedwabistym jak wtedy, gdy doradzał sułtanowi. – Jak mogę ci pomóc?

Mal już miała przeprosić, gdy przypomniała sobie, że złe wróżki nigdy nie przepraszają.

– Szukam Jaya! – zawołała, starając się przybrać głos tak władczy jak jej matka.

– Ach, tak, oczywiście – powiedział Dżafar. – Dam mu znać. Wejdź do środka, proszę.

Po chwili ciszy rozległ się grzmiący wrzask:

– JAY! MAL DO CIEBIE PRZYSZŁA!

– CHWILA! – odkrzyknął Jay.

– O co chodzi z tymi łotrami i ptakami? – spytała Mal, kiedy weszła do sklepu i zobaczyła Jagona na ramieniu Dżafara. Pomyślała o Diabolinie, która ciągle obsypywała czułościami Diavala.

– Słucham? – zapytał Dżafar, a Jago zmrużył okrągłe oczka i podejrzliwie popatrzył na dziewczynę.

– Nic, nic.

Po chwili pojawił się Jay.

– Och, Mal, to zabawne, że tu jesteś. Właśnie się do ciebie wybierałem. Powinniśmy dokładniej omówić ten...

– Ten szkolny projekt – dokończyła Mal i posłała mu mordercze spojrzenie. Nikt nie mógł się dowiedzieć o Smoczym Oku.

– No tak. Projekt. Dzięki, tato, już dam sobie radę. – Jay wyraźnie dał ojcu do zrozumienia, że wolałby, aby już sobie poszedł.

Dżafar owinął się szczelniej szlafrokiem, sapnął i wyszedł. Jago ze skrzekiem poleciał za nim.

– Możemy gdzieś porozmawiać? – zapytała Mal, gdy wreszcie zostali sami.

– A dlaczego nie tutaj? – Jay wskazał wnętrze sklepu.

Mal rozejrzała się po zabałaganionym pomieszczeniu. Na jakimś stosie zauważyła kilka swoich rzeczy i bez słowa schowała je do kieszeni. Cóż, pewnie to miejsce było równie dobre, jak każde inne. Co właściwie miała do ukrycia? Przecież nikt inny nie mógł ukraść Smoczego Oka. Kto byłby tak głupi, żeby się tego podjąć...?

Przyjrzała się Jayowi spod przymrużonych powiek. Oglądał zlewkę, którą właśnie wyciągnął z kieszeni. W jego ciemnych oczach błyskały psotne ogniki.

– Skąd to masz? – zapytała. – Co to jest?

– Nie mam pojęcia. Reza miał to w plecaku. Strasznie tego pilnował, więc mu zwinąłem – wyjaśnił Jay z przebiegłym uśmiechem.

Mal machnęła ręką ze zniecierpliwieniem. Nie mogła się doczekać, żeby już zacząć. Nie mogła sobie pozwolić na to, żeby cokolwiek ją rozpraszało.

– Posłuchaj, wiem, że twoim zdaniem nie damy rady, ale muszę wymyślić, jak znaleźć to Smocze Oko. No wiesz, w końcu włada wszystkimi siłami mroku... kiedy działa. A kto wie? Może pewnego dnia magia wróci na wyspę.

Jay uniósł brwi.

– Taa... Właśnie miałem powiedzieć to samo.

– Serio? – Mal się zdziwiła, że tak niewiele potrzebowała, żeby go przekonać. Nabrała lekkich podejrzeń.

Chłopak dmuchnął na swoje paznokcie.

– No tak, jeśli naprawdę tu jest, musimy je dostać w swoje ręce. Ale jesteś pewna, że twoja mama wie, co mówi? No wiesz, trochę świruje pod tymi rogami.

Mal przewróciła oczami.

– Nie zaprzeczysz, że Diaval wrócił. Był zaklęty w kamień, a teraz żyje. Już wyżarł prawie wszystko, co miałyśmy w kredensie.

– Nieźle.

– Prawda?

– Jago jest taki sam. Mam wrażenie, że je więcej niż ja i tata razem wzięci.

Roześmiali się.

– Dobra, super. Mam nadzieję, że rozpoczniemy poszukiwania jak najszybciej. – Mal zignorowała możliwość, że chłopak zgodził się wyłącznie z własnych samolubnych powodów. Jakoś sobie z nim poradzi.

Jay właśnie zamierzał coś powiedzieć, gdy nagle się odwrócił. Zawsze był czujny i miał błyskawiczny refleks.

– Co to za hałas? – zapytał, a w tej samej chwili drzwi na zaplecze runęły z hukiem i do środka wpadł Dżafar.

– Mówiłem, żebyś się nie opierał o drzwi, bo jesteś za gruby! – zaskrzeczał Jago, który usiadł mu na brzuchu.

Dżafar dzielnie próbował zachować resztki godności. Podniósł się, otrzepał z kurzu i wytrząsnął śmieci z włosów.

– Ach, właśnie mieliśmy zapytać... czy macie ochotę na kolację... Prawda, Jago? Ale niechcący, zupełnie niechcący usłyszeliśmy... Wybacz, jeśli się mylimy, ale czy powiedziałaś, że berło Diaboliny, Smocze Oko, jest ukryte gdzieś na tej wyspie? – zapytał z błyszczącymi oczami.

Mal zmrużyła powieki i spojrzała na Jaya, w myślach besztając go za to, że nie znalazł lepszego miejsca, w którym mogliby porozmawiać w spokoju i bez świadków. Ale było jasne, że jest za późno. Stary wezyr już się o wszystkim dowiedział.

Ojciec Jaya spojrzał poważnie na parę nastolatków.

– Chodźcie za mną. Czas na poważną rozmowę.

Poprowadził ich do swojego prywatnego salonu na tyłach sklepu. Była to przytulna jaskinia, pełna zasłon w barwach przeróżnych klejnotów, orientalnych dywanów, pikowanych, satynowych poduszek, mosiężnych lamp i kinkietów, które nadawały pomieszczeniu smętną, egzotyczną atmosferę, przywodzącą na myśl pustynię. Wskazał im, aby usiedli na otomanach, podczas gdy sam zajął jedną z długich, niskich kanap.

– Kiedy uwolniono mnie z lampy Dżinna i sprowadzono na tę przeklętą wyspę, gdy pędziłem ze świstem w powietrzu, ujrzałem coś, co na pierwszy rzut oka wyglądało jak zwyczajny las. Kiedy jednak przyjrzałem się uważniej, zobaczyłem, że tak naprawdę to czarny zamek pokryty kolcami.

– Jeszcze jeden zamek? – spytała Mal. – Pokryty kolcami, mówi pan? Ale to by oznaczało... że to jest...

Prawdziwy zamek jej matki. Zamek Okazji tylko wynajmowały. To nie był ich prawdziwy dom. Zakazana Twierdza. Czy nie tak nazywał się prawdziwy dom Diaboliny? Mal nigdy nie zwracała na to uwagi, ale ten opis zdecydowanie brzmiał znajomo. No i gdzie miałby się znajdować, jeśli nie na Wyspie Potępionych?

Dżafar pociągnął za swoją rzadką brodę.

– Tak. Ale obawiam się, że nie jestem pewien, gdzie dokładnie się znajduje. Ta wyspa jest o wiele większa, niż myślicie. Możecie szukać bez końca i nigdy na niego nie natraficie. Zwłaszcza jeśli jest ukryty w zakazanej strefie. Mieszkańcy wyspy nadali jej nazwę Odludzie.

– Bezludzie! – powtórzył Jago i zatrzepotał piórami.

– To właśnie mówiłem – przytaknął Jay.

– Całkiem zapomniałem o tym, że widziałem tę twierdzę, dopóki nie wspomnieliście o powrocie Diavala i Smoczym Oku – powiedział Dżafar. – A jeśli twierdza jest na wyspie, być może nie tylko ona kryje się we mgle.

– Ale dlaczego berło miałoby tu być? – zapytał Jay. Pochylił się do przodu i uważnie spojrzał ojcu w oczy.

– Takie przedmioty były zbyt niebezpieczne, żeby trzymać je w Auradonie. Gdy klosz uniemożliwił stosowanie magii, stały się nieszkodliwe. Ale gdybyśmy odebrali to, co nam się słusznie należy, może pewnego dnia mielibyśmy szansę pokonać niewidzialną barierę.

– Diaval przysięga, że Smocze Oko błysnęło i obudziło się do życia. A to oznacza, że może tarcza nie jest tak nieprzenikniona, jak sądziliśmy – zauważyła Mal. – Ale utknęliśmy na tym, że nie wiemy dokładnie, gdzie znajduje się berło. Nie ma żadnej mapy wskazującej drogę do Odludzia.

– Możemy spróbować w Ateneum Zła – zasugerował szybko Jay.

– Ante-co?

– W Bibliotece Zakazanych Tajemnic w Smoczym Dworze. Wiesz, za tymi zamkniętymi drzwiami, gdzie nikomu nie wolno wchodzić. Tymi, których pilnuje wielki pająk.

Mal pokręciła głową.

– Naprawdę uważasz, że tam coś jest? Zawsze myślałam, że to tylko sposób, aby trzymać pierwszaki z dala od gabinetu doktora Faciliera.

– Cóż, od czegoś musimy zacząć. Na zajęciach ze wzbogacania doktor F. wspominał, że w bibliotece znajdują się informacje o historii wyspy.

– Od kiedy to uważasz na lekcjach? – zapytała Mal z odrazą.

– Słuchaj, chcesz mojej pomocy czy nie?

Jay miał trochę racji. To był jakiś początek. Tej nocy w sklepie ze starociami dowiedziała się o wyspie więcej niż przez szesnaście lat swojego życia.

– W porządku.

– Pójdziemy jutro, z samego rana – oznajmił radośnie Jay. – A wcześniej spotkamy się na bazarze i zaopatrzymy, w co trzeba, gdy tylko rozstawią kramy.

Mal się skrzywiła. Nie znosiła porannego wstawania.

– A czemu nie dziś?

– Dziś wieczorem orkiestra gra koncert. Za dużo ludzi się tam kręci. Jutro sobota, więc prawie nikogo nie będzie. To nam trochę ułatwi sprawy.

– W porządku. A tak w ogóle dzięki za pomoc, Dżafarze.

– Cała przyjemność po mojej stronie – odparł wezyr z krzywym uśmiechem. – Dobranoc.

Po wyjściu Mal ojciec Jaya podkradł się do niego i wpił palce w jego rękaw.

– O co chodzi? – zapytał Jay, choć znał odpowiedź.

– Smocze Oko – wychrypiał Dżafar.

– Wiem, wiem. – Jay kiwnął głową.

Byłby to największy łup roku.

– To przykre pomyśleć, że zdradzisz przyjaciółkę – rzekł
Dżafar ze smutną miną.

– Nie martw się, tato. Żadne z nas nie ma przyjaciół –
zaśmiał się szyderczo Jay. – A już na pewno nie Mal.

Jay i Mal spotkali się na targu z samego rana, tak jak to
uzgodnili. Mieli zamiar zaopatrzyć się (czytaj: zwinąć)
w prowiant na wyprawę poszukiwawczą. Jay został w tyle
i zgarnął trochę owoców z paru straganów, Mal zaś zatrzymała się przy stoisku wróżbity i wymieniła parę nieco obtłu-
czonych kolczyków na zniszczoną talię kart tarota.

– A to po co? – zapytał Jay.

– Nikomu nie wolno wchodzić do biblioteki, tak? Tam,
gdzie są zamknięte i zapieczętowane wszystkie dokumenty...

– A jedyną osobą, która ma klucz, jest doktor F., który
uwielbia karty tarota.

– Cieszę się, że już nie śpisz – zakpiła Mal.

– Jak bardzo jesteś pewna tego wszystkiego? Trochę?
Bardzo? Czy tylko z nudów szukasz sobie zajęcia? – zapytał
Jay, żonglując kilkoma obitymi brzoskwiniami.

– Nie wiem. Ale muszę przynajmniej spróbować znaleźć
tę twierdzę. Szczególnie jeśli jest tam Smocze Oko. Nie sądzisz, że to dziwne, że nigdy nie opuszczaliśmy miasteczka?
Przecież wyspa jest dość mała, a my nawet nie próbowali-
śmy się rozejrzeć.

– A co tam jest do oglądania? Sama powiedziałaś, że pewnie zmierzamy na Odludzie.

– Ale jeśli w bibliotece jest mapa, dowiemy się dokładnie, gdzie na Odludziu znajduje się twierdza. Za naszym miasteczkiem coś jest. Czuję to.

– No dobra. Powiedzmy, że znajdziemy Smocze Oko. A jeśli nie będzie się do niczego nadawało? – zapytał Jay.

– Diaval przysięga, że błysnęło!

– Ale jak? Przecież na tej wyspie nie ma żadnej magii. Nawet odrobiny.

– No cóż, może w kloszu jest dziura czy coś – zastanawiała się Mal.

– Dziura? – prychnął Jay.

– Już ci mówiłam, że nie wiem. Ale kruk przysięga, że widział, jak berło błysnęło. A moja matka chce, żebym po nie poszła, jakbym była jakąś dziewczyną na posyłki. Jeśli jesteś zbyt wielkim tchórzem, żeby ruszyć ze mną na poszukiwania, wracaj i dalej kradnij rupiecie dla swojego starego i jego rupieciarni – zirytowała się Mal.

– Nie jestem tchórzem!

– Rzeczywiście. Bardziej przypominasz papugę.

Jay westchnął. Tu go miała.

– W porządku – mruknął. – Może masz rację. Może rzeczywiście jest jakaś dziura.

# rozdział

# 16

## (Nie)przyjaciółki na całe życie

Odgłosy sprzeczki Mal i Jaya niosły się po całym targu. Evie nie mogła ich nie usłyszeć. Właśnie wybrała się na swoje pierwsze w życiu zakupy. Ponieważ nie stało się jej nic złego, choć opuściła zamek i poszła do szkoły, Zła Królowa nabrała przekonania, że Diabolina zapomniała o tym, że je wygnała. A może po prostu nie obchodziło jej, że znów się pojawiły. Matka Evie była tak podekscytowana powrotem do miasteczka, że biegała od jednej witryny sklepowej do drugiej, witała się ze wszystkimi i wrzucała do wózka przeróżne eliksiry zapobiegające starzeniu oraz nowe specyfiki upiększające.

Evie przymrużyła powieki i przyjrzała się uważniej twarzom Mal i Jaya. Mal była nadąsana, a Jay wydawał się wnerwiony. Nic nowego. Czy tylko jej się zdawało, czy naprawdę usłyszała, że rozmawiali o dziurze w magicznej barierze? Od razu przypomniała sobie promień światła, który wystrzelił z wynalazku Carlosa w noc imprezy.

– Mówicie o dziurze w kloszu? – zapytała, gdy do nich podeszła.

Mal spojrzała na nią podejrzliwie, ale nagle jej głos stał się słodki jak miód.

– Ach, Evie! Właśnie cię szukałam.

– Naprawdę? – zdziwił się Jay.

– Tak, oczywiście – potwierdziła zdecydowanie dziewczyna. – Co mówiłaś o kloszu?

Evie zastanawiała się, czy powinna zdradzić, co się wydarzyło. Wiedziała, że nie może ufać Mal, i czuła, że to Jay stał za zniknięciem jej naszyjnika z zatrutym jabłuszkiem w kształcie serca. Nie widziała go od czasu imprezy i podejrzewała, że chłopak go zwinął, kiedy pomagał jej zdjąć pelerynę.

– Nic – rzuciła szybko.

– Powiedz nam – ponaglił ją Jay, krzyżując ręce na piersi.

– Niby dlaczego miałabym to zrobić? – prychnęła Evie. Przecież Mal uwięziła ją w szafie! A ten złodziejaszek Jay tak naprawdę wcale nie był lepszy.

– Bo jeśli... – zaczął Jay i na tym skończyły mu się pomysły. – Hmm... Bo jeśli tego nie zrobisz, Mal cię przeklnie? – dodał, choć sam nie wyglądał na przekonanego.

– Nie wiem, czy zauważyłeś, ale na wyspie nie ma żadnej magii. – Evie wcale się nie przejęła jego groźbą.

– Jeszcze nie – podkreśliła Mal. – Ale pewnego dnia może wrócić. – Chwyciła Evie za rękę i szepnęła: – Posłuchaj, wiem, że nie najlepiej zaczęłyśmy znajomość, ale chyba możemy o tym zapomnieć? To mała wyspa i nie powinnyśmy być wrogami.

– Naprawdę?

– No jasne, że tak – zapewniła ją Mal z najsłodszym uśmiechem, na jaki było ją stać.

Evie wiedziała, że Mal nie jest szczera, ale była wystarczająco zaintrygowana, żeby przystać na tę grę. Już miała powiedzieć, co wiedziała o kloszu, gdy nagle ze sklepu Wszystko za Trzy Grosze wypadła Zła Królowa w czarnym welurowym dresie. Na jej pośladkach widniał lekko przetarty napis „Królowa".

– Evie! Mam dla ciebie nowy cień do powiek! Och! – urwała, gdy zauważyła, że jej córka nie jest sama. – Ach, czyż to nie Mal we własnej osobie! – dodała nerwowo. – Jak się miewasz, kochanie? Co u mamy? Jest tutaj? Nadal jest na mnie wściekła?

– Eee… – Mal zamrugała kilkukrotnie.

Evie marzyła, żeby jej matka zamilkła, ale oczywiście to było daremne życzenie. Zła Królowa nerwowo trajkotała dalej:

– Powiedz mamie, żeby kiedyś do mnie wpadła. Z radością pokażę jej parę odmładzających trików makijażowych! Widziałam jej zdjęcia w gazecie. Troszkę ostatnio zzieleniała. Potrzebny jej bardziej kryjący podkład – radziła.

– Eee… przekażę jej – wybąkała Mal.

– Zrób to, skarbie! Wiesz, twoje fioletowe włosy są olśniewające! Ta fryzura fantastycznie podkreśla kości policzkowe! – rozpływała się Zła Królowa.

– Ujdzie... Dzięki... – odparła Mal z wyraźnie zakłopotaną miną.

Jay się roześmiał.

– Przyjmij komplement, Mal. Wybacz, Zła Królowo, ale ona nie przywykła do komplementów. Diaboliny nie obchodzi uroda, chyba że może ją wykorzystać, żeby manipulować innymi.

– Ach, tak. Chodźmy już, Evie – powiedziała zdumiona Zła Królowa.

– A czy Evie nie mogłaby zostać z nami? – spytała Mal z przesłodzonym uśmiechem. – Właśnie mieliśmy zjeść coś niezdrowego w Pomyjowni.

Evie czuła się rozdarta. Z jednej strony wiedziała, że dla własnego dobra powinna trzymać się z daleka od Mal, ale z drugiej – nigdy jeszcze nie spędzała czasu z dzieciakami w swoim wieku.

Zła Królowa skinęła głową.

– Pewnie! Zobaczymy się w domu, skarbie. – Na odchodne szepnęła jeszcze do córki: – Nałóż błyszczyk!

Gdy jej matka zniknęła w tłumie, Evie wróciła do przerwanej rozmowy.

– Chcecie się czegoś dowiedzieć o tej dziurze w kloszu, czy tak?

Mal i Jay spojrzeli po sobie.

– Jasne, że tak! – odparli chórem.

Evie wzruszyła ramionami.

– Cóż, w noc imprezy wydarzyło się coś, co może mieć z tym jakiś związek.

– Czyżby? – Mal uniosła wysoko brwi.

– Musicie pogadać z Carlosem – odpowiedziała Evie. – On wie, co się stało.

Zadrżała na samo wspomnienie jasnego światła, które wystrzeliło z niewielkiego urządzenia. Wtedy na sekundę się zmartwiła, że jakoś zepsuli wszechświat. Wciąż pamiętała mocne napięcie elektryczne wibrujące w powietrzu. Jakby to była... magia.

– Z Carlosem? Po co? Co on ma z tym wspólnego? – spytała ostro Mal, gdy mijali namiot z kolorowymi szalami.

Jay ćwiczył parkour, wspinając się na mury i skacząc z dachu na dach.

– Bo to on to zrobił – wyjaśniła Evie.

– Ale co?

– Przebił dziurę w kloszu.

Jay wybuchnął śmiechem i zeskoczył na ziemię.

– Taa, jasne. Jakby ten kurdupel mógł cokolwiek przebić. Chodź, Mal. Mamy co robić. – Odwrócił się, gotów odejść.

Evie nie odrywała wzroku od Mal.

Mal patrzyła na Evie.

– Nie kłamię – zapewniła Evie.

– Nie myślałam, że kłamiesz. – Oczy Mal lśniły ostrą zielenią.

Evie odpowiedziała jej spokojnym spojrzeniem.

– W porządku – uznała w końcu Mal.

– Naprawdę jej wierzysz? – zdziwił się Jay. Jego głos zabrzmiał zupełnie jak skrzek Jago.

– Chyba musimy to sprawdzić – stwierdziła Mal.

– Ale przecież idziemy do Smoczego Dworu – zauważył.

– Nie. Najpierw pójdziemy do Diabelskiego Dworu. Chcę pogadać z Carlosem – zdecydowała Mal. – A ty pójdziesz z nami, Evie.

Błękitnowłosa księżniczka nie zamierzała się sprzeciwiać. Działo się tu coś ważnego. Coś się zaczęło tamtej nocy, kiedy Carlos włączył swoje urządzenie. I wbrew temu, co podpowiadał jej rozum oraz intuicja, bardzo chciała się dowiedzieć, jak to wszystko się skończy.

Poszli zatem we trójkę do Diabelskiego Dworu.

# rozdział

# 17

## Wierzysz w czary?

Miał jeszcze jeden dzień wolności, zanim jego matka wróci do domu. Carlos uważnie rozejrzał się po posiadłości. Zważywszy, że parę dni temu odbyła się tu odlotowa impreza, wszystko wyglądało całkiem nieźle. Wymiatacz 2000 zdziałał cuda. Z drugiej strony, to miejsce zawsze przypominało ruinę, więc kto by coś zauważył?

Żelazny rycerz, górujący nad szerokimi schodami, był równie poważny, co zawsze, kotary tak samo ciężkie i zakurzone, a wyblakła, łuszcząca się tapeta i dziury w ścianach nadawały komnacie charakter lekkiego zaniedbania, który dekoratorzy wnętrz na wyspie próbowali bezskutecznie naśladować.

Carlos cieszył się rzadką chwilą względnego spokoju, gdy nagle całym domem wstrząsnął dźwięk kołatki frontowych drzwi. Był tak głośny, że grzmiące echo bez wątpienia słyszano na całej wyspie.

Otworzył drzwi, po czym natychmiast je zatrzasnął, gdy zobaczył, kto za nimi stoi.

– Odejdź, Mal! Czy nie dość już zrobiłaś?! – wrzasnął z wnętrza domu.

– Otwórz! To ważne! – zażądał Jay.

– Nie!

– Carlos! – To był głos Evie. – Coś się stało z tą twoją maszyną tamtej nocy. Coś ważnego!

Zaraz... Co takiego? Evie powiedziała im o jego wynalazku? Ale przecież obiecała! Uchylił drzwi odrobinę, tak że widać było tylko jego lewe oko.

– Powiedziałaś im, co się stało? – zapytał oskarżycielskim tonem. – A ja ci zaufałem!

– Otwórz, proszę! – nalegała Evie. – Przyniosłam ci poduszkę!

Carlos otworzył drzwi, lecz po jego minie wyraźnie było widać, że jest zagniewany.

– W porządku. Możecie wejść. Ale niech ci nie przyjdzie do głowy zamykać kogoś w szafie, Mal! – Odwócił się do Evie. – Z gęsiego pierza? – zapytał, podekscytowany. Nie wierzył, że ona naprawdę przyniesie mu poduszkę.

– Pewnie. Sępy, które ją przytargały, powiedziały, że goblin, który ją znalazł, przysięgał, że pochodzi ona z jednego z zamków Auradonu. – Evie podała mu poduszkę w błękitnej, jedwabnej poszewce z królewskimi insygniami, wyhaftowanymi ozdobnym pismem.

Chłopak przyjął podarek i zaprowadził ich do salonu. Zrzucił kilka sflaczałych balonów z kanapy i spojrzał spode łba na swoich gości.

– No? To niby co zrobiła moja maszyna?

Mal uniosła brew, a Carlos natychmiast pożałował swojego tonu.

– Zechcecie mnie oświecić? – zapytał nieco uprzejmiej.

– Evie? – zasugerowała Mal.

Księżniczka wzięła głęboki oddech.

– Dobra. W noc imprezy Carlos włączył urządzenie, nad którym ostatnio pracował. Wygląda jak pudełko. Szuka jakiegoś sygnału, żeby można było obejrzeć inne kanały telewizyjne. Zgadza się, Carlos?

Chłopak skinął głową i dodał:

– I muzykę. I mnóstwo innych rzeczy. Przez fale radiowe.

– I kiedy je włączył, wystrzelił z niego potężny błysk! – ciągnęła Evie jednym tchem. – I wypalił dziurę w dachu domku na drzewie! Widzieliśmy, jak przebija się prosto przez klosz!

Carlos skinął głową na potwierdzenie.

– I wtedy nagle włączył się telewizor, i było tyle kolorów! I mnóstwo nowych programów! Nie tylko jak zwykle „Urządź swój loch" i „Gawędy króla Bestii przy kominku"!

– I to ma być dowód, że coś przebiło klosz? – zapytała sceptycznie Mal, jednak Carlos nie mógł jej winić. Sam ledwo w to wierzył.

– Bo nigdy wcześniej nie widzieliśmy tych programów! A to oznacza, że sygnał nie pochodził ze stacji nadawczej na Wyspie Potępionych. Czyli musiał pochodzić z zakazanej sieci, z Auradonu... – powiedziała Evie.

– A to oznacza... – podsunął Carlos.

– Że błysk przebił klosz. Na chwilę – dokończyła triumfalnie Evie.

Mal zwróciła się teraz do Carlosa.

– Naprawdę uważasz, że twoje urządzenie to zrobiło?

– To możliwe – przyznał chłopak.

– Myślisz, że mogły się tamtędy przedostać nie tylko fale radiowe, lecz także magia?

– Magia? Nie wiem. Dlaczego? O czymś nam nie mówisz, prawda? – Na pewno istniał jakiś powód, dla którego Mal do niego przyszła. Na pewno miała w tym własny interes. Nigdy nie zwracała uwagi na nikogo, chyba że czegoś chciała. Czego więc chciała tym razem?

Carlos widział, że Mal się zastanawia. Czy im powie? Nie znała go zbyt dobrze i ciągle tylko mu dokuczała. Poza tym, jak zdążył zauważyć, nie przepadała za Evie. Delikatnie mówiąc. Jay też na pewno miał z tym coś wspólnego, w przeciwnym razie nie byłoby go tutaj.

– W porządku. Powiem wam – zdecydowała w końcu Mal. – Jay już wie. Ale to musi zostać między nami. Tylko bez żadnych numerów, Evie.

Evie podniosła dłonie w geście poddania.

– Dobra. A więc w noc imprezy ożył kruk mojej matki, Diaval. Dwadzieścia lat temu trzy tak zwane dobre wróżki zamieniły go w kamień. Ptak przysięga, że widział Smocze Oko, zaginione berło mojej matki, które także z błyskiem obudziło się do życia.

Carlos wpatrywał się w nią, oniemiały. Przez dłuższą chwilę nikt się nie odzywał.

– Ale to by oznaczało... – powiedział w końcu chłopak, gwałtownie mrugając, jakby nie mógł uwierzyć w jej słowa.

– Magię! To by znaczyło, że magia na chwilę przebiła klosz! – dokończył podekscytowany Jay.

Dotąd milczał i tylko rozglądał się po Diabelskim Dworze, jakby chciał się upewnić, czy poprzednim razem nie przegapił czegoś, co mógłby gwizdnąć.

Carlos nadal próbował przetrawić to, co powiedziała przed chwilą Mal. Jedną rzeczą była możliwość oglądania nowych programów w telewizji, a całkiem inną powrót magii i odzyskanie zaginionego berła Diaboliny – najmroczniejszej broni na świecie.

– Tak – potwierdziła Mal. – Diaval przysięga, że to prawda. Matka kazała mi odnaleźć Smocze Oko, na wypadek gdyby magia wróciła. Żeby tym razem była gotowa.

Jay zakasłał.

– W takim razie... chyba powinniśmy już ruszać, Mal, zanim będzie za późno – powiedział. – Wiesz, że nie cierpię, gdy omija mnie posiłek.

Carlos doskonale go rozumiał. Porządne posiłki były na wyspie niezwykle rzadkie.

– Zaczekajcie chwilę. Zanim wyruszymy, chcę zobaczyć tę skrzynkę – stwierdziła Mal i kiwnęła głową na Carlosa.

Syn Cruelli już chciał zaprotestować, doszedł jednak do wniosku, że mądrzej będzie spełnić żądanie.

– W porządku – zgodził się. – Już po nią idę. – Wbiegł bezpiecznym przejściem do garderoby matki i po chwili wrócił ze swoim urządzeniem.

Podał je Mal, która uważnie mu się przyjrzała. Potrząsnęła nim, przyłożyła do ucha, aż w końcu wzruszyła ramionami. Uznała, że wygląda jak zwykłe pudełko. Nic specjalnego, a na pewno nie dość potężnego, żeby przebić klosz.

– Możesz to znowu uruchomić?

– Nie próbowałem.

– To spróbuj.

Carlos się zawahał, ale potem pokręcił kilkoma gałkami i z obawą zerknął na sufit.

– Dobra. Zaczynamy. – Nacisnął przycisk.

Nic się nie wydarzyło.

Spróbował jeszcze raz.

Znowu nic.

Pokręcił głową.

– Przykro mi. Może to była jednorazowa akcja.

Mal skrzyżowała ręce na piersi, wyraźnie sfrustrowana.

Carlos znał tę minę. Oznaczała, że córka Diaboliny zaraz wybuchnie. A jeśli myślała, że chcieli ją nabrać? Że wmówili jej to wszystko, podczas gdy przez cały czas tylko sobie z niej żartowali? Musiał szybko coś wykombinować...

– Chcesz zobaczyć dziurę w suficie? – zaproponował.

Jeśli chciała dowodu, mógł jej go dać.

Mal zastanowiła się nad tym przez chwilę.

– Jasne, czemu nie.

Carlos zaprowadził ich do domku na drzewie, gdzie wszyscy czworo przyjrzeli się sufitowi. Zdecydowanie tam była: doskonale okrągła, maleńka, czarna dziura.

– Ale jazda! – zawołał Jay i przybił żółwika z Carlosem.

Carlos wyszczerzył się z dumą. Nadal przytulał swoją nową poduszkę. Nie mógł się doczekać, kiedy ją wypróbuje. Czy choć raz uda mu się przespać noc bez kręcenia się z boku na bok?

Mal patrzyła nadal na sufit.

– No nie wiem. Jakoś trudno mi uwierzyć, że twoje małe pudełko przebiło dziurę w niewidzialnym kloszu. Jay jednak ma rację. Powinniśmy ruszać.

Carlos głęboko westchnął. Nie wiedział, czy powinien czuć ulgę, czy niepokój.

Mal już miała zejść po drabinie, gdy czarne urządzenie, stojące na biurku, nagle zaczęło piszczeć.

Bip. Bip.

Mal się odwróciła i spojrzała na nie pytająco.

– Dlaczego to piszczy?

Carlos podbiegł, żeby sprawdzić.

– Nie wiem. Piszczy co jakiś czas, odkąd przebiło dziurę w dachu i kloszu.

– Może szuka sygnału? – podsunęła podekscytowana Evie. – Mogło coś wyczuć.

– Na przykład co?

Carlos patrzył na swój wynalazek z pewnym podziwem. Nigdy nie sądził, że naprawdę będzie działać. Ale jeśli

Diaval mówił prawdę, to rzeczywiście mogło przebić magiczną barierę. A teraz Evie sugerowała coś więcej? Miał tylko nadzieję, że zobaczy kawałek zewnętrznego świata. Nie śnił nawet, że sprowadzi magię z powrotem na wyspę.

– Właśnie, co miałaś na myśli, Evie? – zapytała Mal.

– Może teraz wyczuło Smocze Oko! Powiedziałeś, że przedtem się tak nie zachowywało. Może dlatego, że nigdy wcześniej nic takiego się nie wydarzyło. Nie miało z czym się komunikować – zauważyła przenikliwie Evie.

– Myślisz, że porozumiewa się ze Smoczym Okiem? – Mal była zaintrygowana.

– Jak kompas. Albo urządzenie samonaprowadzające – zasugerował Jay, który z błyszczącymi oczami chciwie przyglądał się maszynie.

Carlos zasłonił dłonią swój wynalazek. Jay już pewnie kalkulował, ile dostałby za niego w sklepie.

– Możliwe – przyznała Evie.

– Evie może mieć rację – zgodził się Carlos.

– Urządzenie samonaprowadzające – powtórzyła Mal.

– Tylko zgaduję – zastrzegła Evie. – Ja nic nie wiem.

Carlos chciał jej powiedzieć, że nie doceniała własnej wartości, gdy nagle zrozumiał, że przecież ciągle robił to samo.

– Rzeczywiście – rzekła ostro Mal. – Ale i tak pójdziesz z nami.

Evie nagle się cofnęła.

– Z wami? Dokąd? Zgodziłam się przyjść do Carlosa, ale... – Pokręciła głową i ciaśniej otuliła ramiona peleryną. – Nigdzie się nie wybieram.

– Nie ma takiej opcji. Pomożesz nam znaleźć Oko – oświadczyła Mal. – Masz do tego wrodzony talent. Jesteś w tym taka dobra. Potrzebuję pomocy, a ty przecież chcesz mi pomóc, prawda? Nie chcesz się ze mną zaprzyjaźnić? Ja chciałabym się z tobą zaprzyjaźnić, Evie.

– Och, ja… Nie wiem…

– Dość! Wszystko ustalone. Ja to wezmę. – Mal sięgnęła po urządzenie.

– Nie ma mowy! – zaoponował Carlos, gdy próbowała mu je wyrwać.

– Puść, Carlos! – warknęła Mal i pociągnęła pudełko.

Jednak chłopak nie miał zamiaru dać za wygraną. Nie odda tak po prostu swojego urządzenia. W końcu sam je skonstruował!

Mal rzuciła mu nienawistne spojrzenie.

– Mówię poważnie! Puść albo pożałujesz!

Chłopak pokręcił głową. Cały się trząsł.

– W porządku. Wygrałeś. Zatrzymaj sobie to pudełko, ale w takim razie ty też idziesz z nami! – rozkazała Mal.

– Znowu mam gdzieś pójść? Z wami? Dokąd?

Nie ma mowy. Carlos nigdzie się nie wybierał. Zwłaszcza tam, gdzie było niebezpiecznie.

Mal opowiedziała mu o Zakazanej Twierdzy ukrytej na wyspie, o tym, gdzie mogła się ona znajdować i jak to koniecznie musieli ją znaleźć…

– Nie ma mowy! To jest Odludzie! Za żadne skarby tam nie pójdę! Zostaję tutaj! – Carlos założył ręce na piersi.

– Zrobisz to, co ci każę, ty mały… – zagroziła Mal.

Carlos już otworzył usta, żeby zaprotestować, ale po krótkim namyśle zrezygnował. W końcu to Diabolina chciała odzyskać berło. Gdyby Pani Mroku się dowiedziała, że odmówił pomocy w poszukiwaniach, równie dobrze mógł pożegnać się ze swoim życiem.

– W porządku. Ale tylko jeśli Evie pójdzie z nami – powiedział, zrezygnowany.

– Evie? – zapytała Mal. – Idziesz, prawda, ślicznotko?

Evie westchnęła.

– Dobrze – zgodziła się. – W porządku. Chyba pójdę. Lepsze to niż siedzenie przez cały dzień przed lustrem i szukanie wad.

– W takim razie wszyscy jesteśmy zgodni? – upewnił się Jay. – Szukamy we czwórkę Smoczego Oka?

– Na to wygląda. Chciałbym się dowiedzieć, co mój wynalazek naprawdę zrobił – powiedział Carlos. – Czy rzeczywiście wypalił dziurę w kloszu i wpuścił magię na wyspę.

Jakby w odpowiedzi maszyna pisnęła.

Bip!

Mal kiwnęła głową.

– No dobra, idziemy. Musimy się włamać do biblioteki i wykraść mapę.

– Nie tak szybko! – Carlos podniósł dłoń. – Najpierw obowiązki domowe. Nigdzie nie pójdę, dopóki wszystkiego nie skończę. A dzisiaj wypada dzień prania.

# rozdział

# 18

## Dawno temu w pewnym śnie

Jej matka była najsłynniejszą pięknością w krainie słynącej z piękności. Zatem można było się spodziewać, że księżniczka Audrey, córka Aurory, będzie obdarzona melodyjnym głosem, cudownie gęstymi włosami, łabędzią szyją i głębokimi, ciemnymi oczami, w których mógłby utonąć niejeden książę.

Jak kociak, który poczuł kocimiętkę – albo jak skazani na wygnanie byli łotrzy, którzy zwęszyli magię – żaden młody książę nie mógłby się oprzeć jej wdziękom i dołeczkom w policzkach. W rzeczy samej, księżniczka Audrey, jak i jej matka, była księżniczką w każdym calu – aż do ostatniego doskonałego loczka i najmniejszego kryształku przyszytego do jedwabnej sukni.

Dlatego właśnie to do księżniczki Audrey udał się książę Ben następnego dnia, żeby poszukać pocieszenia po fatalnym zebraniu rady królewskiej – właśnie jak zrezygnowany, spragniony kocimiętki kotek.

– Co za bałagan – powiedział, gdy spacerowali po ogrodzie Chatki.

Tak zaczęto nazywać okazałą rezydencję Aurory i Filipa, po tym jak pewnego dnia król Hubert oświadczył, że zamek o czterdziestu komnatach był tylko „skromnym mieszkankiem na początek" dla królewskich nowożeńców.

– Mieszkankiem? – zdziwiła się wtedy Aurora. – Przecież można by tu urządzić przytułek dla bezdomnych olbrzymów!

Król nie był zachwycony, gdy to usłyszał, ale w końcu Aurora była prostą dziewczyną. Pierwszych osiemnaście lat swego życia spędziła w zwykłej leśnej chacie jako Różyczka. Nic zatem dziwnego, że zamek wydawał się jej aż zanadto przestronny dla jednej rodziny. (I jednego czy dwóch olbrzymów, wałęsających się po okolicy).

– Co teraz? – zapytała Audrey, która z kwiatem wpiętym we włosy wyglądała wręcz czarująco. Oczywiście całkiem przypadkiem idealnie pasował do jedwabnego gorsetu jej sukni w kolorze pudrowego różu. – Nawet od księcia nie można przecież oczekiwać, że zrobi wszystko jak trzeba już za pierwszym razem.

„Łatwo ci mówić" – pomyślał Ben.

Na ramieniu Audrey usiadła gołębica i zagruchała słodko. Audrey podniosła jeden bladoróżowy paznokietek, a gołębica przytuliła się do delikatnego opuszka jej palca. Ben odruchowo rozejrzał się za nadwornym portrecistą, który by uwiecznił tę scenkę.

Westchnął.

Nawet widok pięknej dziewczyny nie wystarczał, żeby poprawić mu nastrój.

– Tata mówi, że muszę zwołać kolejną naradę, żeby wszystko naprawić. Oczywiście jest zawiedziony. Musiał wysłać wszystkim uczestnikom zebrania kosze ze swoimi ulubionymi ciastkami z kremem, żeby ich udobruchać. Teraz nie jest w najlepszym humorze. Wiesz, jak bardzo lubi te ciasteczka.

– Z lukrem czy bez? – zapytała Audrey. – Z jagodami czy z czekoladą?

– I te, i te. – Ben znów westchnął. – Ponad tuzin z każdego rodzaju. Mama uważa, że tylko tak można załagodzić sprawę, chociaż tata trochę się wkurzył, że musi oddać tyle ulubionych smakołyków.

– Są całkiem dobre – uśmiechnęła się Audrey. – I wszyscy lubią ciastka.

Ben chciał, żeby Audrey lepiej go rozumiała, ale ona od dziecka żyła jak w bajce. Rodzice ją rozpieszczali, zwłaszcza Aurora, która w dzieciństwie była oddzielona od własnej matki i najważniejsze chwile okresu dorastania przeżyła w rodzinie zastępczej u wróżek, świadoma wiszącej nad nią groźby śmiertelnej klątwy. „Moja córeczka nigdy nie zazna niczego prócz miłości i piękna, pokoju i radości" – oświadczyła przed laty. I mówiła poważnie.

Nic zatem dziwnego, że Audrey nie mogła pojąć, jak Ben mógłby zawieść ojca. Ona nigdy nie przynosiła rozczarowań swoim rodzicom.

„Ona nigdy niczym nie mogłaby ich rozczarować" – pomyślał Ben.

Jak prawie wszystko w Auradonie, Audrey była idealnie urocza, idealnie łagodna, a gdyby Ben miał być szczery, czasem idealnie nudna. Istniały przecież inne kolory prócz różu i bladego turkusu. Inne zwierzęta, które lubiły nie tylko gruchać i się przytulać. Były też może inne tematy niż suknie i ogrody, bale i karety – nieważne, jak dobrze wyglądał nowy lakier na najnowszych powozach.

„Prawda?"

– Nawet nie wiem, przez co ci pomocnicy tak się złoszczą – powiedziała Audrey. – Są tacy uroczy i wszyscy ich uwielbiają. Po co zaprzątają sobie głowę takimi rzeczami, jak pensje i godziny pracy, i – wzdrygnęła się – kredyt? – Pogłaskała gołębicę. – To wcale nie są miłe rzeczy.

Ben spojrzał na księżniczkę.

– Właściwie nie wiem. Nigdy się nad tym nie zastanawiałem, ale teraz nie mogę przestać myśleć o tych sprawach. Nigdy sobie nie wyobrażałem, że ktoś w Auradonie nie żyje dokładnie tak jak my, z naszą służbą. I z naszą jedwabną pościelą, z tacami ze śniadaniem i ogrodami różanymi.

– Uwielbiam rosaria – uśmiechnęła się Audrey. – I krzewy strzyżone w kształt uroczych stworzonek. – Roześmiała się z zachwytem, a gołębica na jej ramieniu zgodnie zagruchała.

– Powiedzieli, że byłem nieuprzejmy – użalał się Ben. –
I mieli rację.

– Najbardziej lubię słonie. Mają takie śliczne trąby.

– Ale nie miałem wyboru. Nie słuchali mnie. Powiedzieli też, że puściły mi nerwy. – Zwiesił głowę, zawstydzony sceną, którą sam wywołał.

– I hipopotamy. Mają takie ładne zęby. Naprawdę trzeba
mieć talent, żeby zrobić hipopotama z żywopłotu. Nie sądzisz?

– Tak. A jeśli chodzi o naradę...

Audrey znów się zaśmiała dźwięcznym i perlistym głosem, podobnym do dzwoneczków wróżek na wietrze. Ben
zrozumiał, że nie usłyszała ani słowa z tego, co powiedział.

„Może to i lepiej. Nie rozumie, przez co przechodzę,
i chyba nigdy nie zrozumie".

Audrey pewnie zauważyła jego chmurne spojrzenie, bo
przerwała i ujęła dłoń Bena w swoje drobne, doskonale wy-
pielęgnowane palce.

– Nie martw się tym. Wszystko będzie dobrze. Jak zawsze. Jesteś księciem, a ja księżniczką. W tej krainie wszyscy żyją długo i szczęśliwie, pamiętasz? Zasługujesz na to,
czego pragnie twoje serce. Urodziłeś się, aby żyć beztrosko.
Jak my wszyscy.

Ben przystanął. Nigdy tak o tym nie myślał. A przecież
te słowa kryły się we wszystkim – zarówno w ich postę-
powaniu, jak i w poświęceniu innych. Lecz gdy usłyszał je
z tych różowych usteczek o doskonale pięknym kształcie...

„Dlaczego właśnie my? Dlaczego to my mamy takie
szczęście w życiu? Gdzie tu sprawiedliwość? Urodzić się do

jakiegoś życia bez prawa wyboru, bez wolności, aby móc być kimś innym?"

Audrey się roześmiała.

– Nie zatrzymuj się teraz, głuptasie. Chcę ci coś pokazać. Coś doskonale doskonałego, jak dzisiejszy dzień.

Pozwolił, żeby pociągnęła go za sobą – jak zrobiłby każdy dobry książę przy boku pięknej księżniczki, lecz myślami błądził gdzieś daleko.

„Czy nie ma nic więcej? Czy właśnie tego chcę od życia?" Okrążyli ogród. Audrey zaprowadziła go na ustronną łąkę pełną polnych kwiatów. Na leśnej polanie przygotowano piękny piknik. Wokół pełno było przeróżnych leśnych zwierząt, radosnych, łaszących się, ćwierkających i skaczących dokoła.

– Czy to nie cudowne? Poleciłam połowie ogrodników i trzem dworskim kucharzom przygotować to dziś rano. – Audrey pochyliła się i oparła głowę o policzek Bena. – Specjalnie dla nas dwojga.

Pociągnęła go za rękę, żeby usiadł na wyszywanej jedwabnej kapie. Widniały na niej wyhaftowane inicjały Audrey, splecione z inicjałami jej rodziców. Złota nić mieniła się w promieniach słońca.

Ben odsunął luźny pukiel z zaróżowionego policzka księżniczki.

– Urocze. Dziękuję ci za to. Ale...

– Wiem – westchnęła. – Nie przyniosłam ciastek z kremem. Tylko o tym myślałam, kiedy o nich wspomniałeś. Bardzo cię przepraszam. Ale możemy skosztować przynajmniej siedemnastu rodzajów ciastek. – Wzięła do ręki ciasteczko w kształcie łabędzia o czekoladowych skrzydłach. – To jest urocze, nie sądzisz?

Gruchała o głupich ciastkach. Ben się odsunął. Pokręcił głową.

– Nie zastanawiasz się nigdy, czy w życiu nie ma czegoś więcej?

– Czy może być coś więcej niż to? – zapytała Audrey, marszcząc brwi, co jej się zwykle nie zdarzało. Odłożyła łabędzia. – Co jeszcze jest?

– Nie wiem, ale czy nie chciałabyś się dowiedzieć? Trochę pozwiedzać? Wybrać się gdzieś sama i zobaczyć świat? A przynajmniej nasze królestwo?

Księżniczka zlizała czekoladę z palca i nawet to było rozpraszająco urocze. Ben był ciekaw, czy o tym wiedziała. Podejrzewał, że tak.

Potem Audrey westchnęła.

– Nie mówisz o tej okropnej wyspie, prawda?

Książę wzruszył ramionami.

– Może. Ty nigdy o niej nie myślisz? O tym, jak dziwnie byłoby żyć uwięzionym w jednym miejscu? Pod kloszem?

Ben po raz pierwszy zobaczył, jak jego księżniczka nastroszyła swe piórka, zawsze tak doskonale ułożone. Nawet nie wydymała ust. Była praktycznie prawie niemalże lekko zirytowana.

– Być może, kochanie, to oni powinni byli się nad tym zastanowić, zanim zaczęli wieść życie pełne występku i zła. Przecież to prowadzi tylko do kary na wieczność.

Teraz Ben był zaintrygowany. Nigdy wcześniej jej takiej nie widział i pomyślał, czy nie wolałby, żeby była właśnie taka. Teraz przynajmniej naprawdę rozmawiali.

– Musisz przyznać, że wieczność to dość długi czas. – Pokręcił głową. – Są więźniami, Audrey. Tu, w Auradonie, możemy pojechać, dokądkolwiek chcemy. A oni nie mogą. Audrey uśmiechnęła się promiennie.

– Tak. A to mi o czymś przypomina. Powiedziałam Azizowi i Lonnie, że wpadniemy dziś do nich z wizytą. Powóz przyjedzie po nas za godzinę. – Pochyliła się i dotknęła koniuszkiem palca podbródka Bena. – Czas na nowy temat. Niemalże cały nowy świat, można powiedzieć.

Ale Ben miał w sobie upór, który nie pozwalał mu się poddać.

– Nie próbuj zmieniać tematu, Audrey. Powiedz. W ogóle o nich nie myślisz?

– O łotrach?

– Tak.

Audrey wyprostowała się i pokręciła głową.

– Nie. Dobrze, że się ich pozbyli. Mama mówi, że jeden z nich próbował ją uśpić na sto lat! Po tym jak spędziła całe dzieciństwo w rodzinie zastępczej, uwięziona dla ochrony przed klątwą! Moja własna matka! A potem ta sama okropna kobieta zmieniła się w smoka, który próbował zabić tatusia! – Zadrżała.

Ben domyślił się, że pewnie słyszała tę historię więcej razy, niż była gotowa przyznać, ale nigdy wcześniej mu o niej nie wspomniała.

Nie winił Audrey, że nie chciała o tym mówić. Wziął ją za rękę.

– Ma na imię Diabolina – powiedział łagodnie. Uważał na lekcjach baśniowej historii. Jego matka czytała mu stare opowieści, zanim sam nauczył się składać litery. – Była Panią Mroku, najbardziej nikczemną wróżką, jaka kiedykolwiek żyła.

Audrey skrzywiła się jeszcze bardziej.

– Nie wypowiadaj tu tego imienia – szepnęła. Była tak zdenerwowana, że zabrzmiało to bardziej jak syk. – Jeszcze cię usłyszy i przeklnie! Zabiera wszystko, co jest drogie mojej rodzinie, i wszystkich, których kochamy.

Teraz to Ben się uśmiechnął.

– Nie ma szans. Ten klosz nigdy ich nie wypuści. – Pochylił się do niej. – A kogo dokładnie kocha twoja rodzina?

Audrey uśmiechnęła się w odpowiedzi. Jedno mrugnięcie i burza w jej oczach zniknęła.

– Moja rodzina kocha wszystkich, którzy są dobrzy, życzliwi i zasługują na naszą miłość, Wasza Wysokość. – Podniosła delikatną dłoń, a książę posłusznie ją pocałował.

„Nie powinienem jej tak dręczyć – pomyślał. – Nie po tym wszystkim, co przeszła jej rodzina".

– Zatańcz ze mną, słodki książę – poprosiła Audrey.

Ben wstał i się ukłonił.

– To dla mnie zaszczyt, moja pani.

Wiedział, że taniec w lesie był jej ulubionym zajęciem. Trzymał ją w ramionach. Była piękna. Doskonała. Ta księżniczka go kochała. A on kochał ją... prawda?

Audrey śpiewała cicho:

– Pamiętam cię, spacerowałam z tobą dawno, dawno temu, we śnie…

To była ich piosenka, ale zdziwił się, kiedy ją usłyszał.

Nagle zdał sobie sprawę z tego, że wcale nie znał Audrey. Nie tak naprawdę. Nie znał jej duszy ani marzeń, a ona nie znała jego. Tak naprawdę nic o sobie nie wiedzieli.

A co gorsza, nigdy o niej nie śnił. Ani razu.

Dla Audrey ta piosenka mogła być o nim. Ale dla Bena na pewno nie była o niej.

Nie.

Nie o Audrey.

Śnił o innej dziewczynie.

Tej o fioletowych włosach i zielonych oczach, migoczących w ciemności, o psotnym uśmiechu na ustach.

Kim ona była? Gdzie była? Czy kiedyś ją spotka?

Zamknął oczy i próbował skupić się na melodii i dziewczynie tuż przy sobie, lecz choć bardzo się starał, nie mógł zapomnieć o tej ze snu.

# rozdział
# 19

## Sto jeden sposobów na znalezienie mapy

**P**rzez kolejne kilka godzin Mal, Jay i Evie pomagali Carlosowi w męczącym zadaniu prania rzeczy jego matki. Czy też, mówiąc ściślej, Jay i Evie mu pomagali, a Mal nadzorowała.

Jak na kobietę, która mieszkała na prawie bezludnej wyspie, zamieszkanej tylko przez byłych łotrów, Cruella miała doprawdy wyszukaną garderobę. Były tam szale z frędzlami i jedwabne, czarne rękawiczki, pończochy kabaretki i obcisłe, czarne sukienki, wielkie, grube szale i lekkie jak puch swetry, obszerne płaszcze i gorsety z falbankami. Cruella de Mon mogła żyć na wygnaniu, ale to nie oznaczało, że jej ubrania miały być mniej zachwycające.

Mal spojrzała na Evie, która nuciła pod nosem jakąś melodię, składając czarno-białe ręczniki. Błękitnowłosą księżniczkę było względnie łatwo przekonać, co dobrze wróżyło na przyszłość, gdyby rzeczywiście znaleźli berło. Mal miała zamiar się upewnić, że Evie pierwsza go dotknie, przejmie na siebie klątwę i zaśnie na tysiąc lat. Był to nikczemny plan nad planami i już nie mogła się doczekać słodkiej zemsty, jak również samych „Z" na semestr.

Tymczasem Jay miał ręce po łokcie zanurzone w mydlinach. Prał jakieś czarno-białe bluzy.

– Sporo roboty, co? – zapytała Mal, wyczerpana samym patrzeniem na nich wszystkich.

Carlos skinął głową, bo usta miał pełne agrafek.

– I ty to wszystko zawsze robisz sam? – zapytała dziewczyna z niedowierzaniem.

Jej matka ją ignorowała, okazywała jej niechęć i ciągle beształa, ale przynajmniej Mal nie była jej niewolnicą.

Carlos znów kiwnął głową. Wyciągnął agrafki z ust i wyjaśnił, że przypinał gorset do wieszaka, dokładnie tak, jak zrobiono by to w ulubionej pralni chemicznej Cruelli w Londynie.

– Tak. Ale w sumie można się przyzwyczaić. Nie martw się, już prawie skończyliśmy.

– Dzięki niech będą goblinom – powiedziała Mal i oparła stopy o otomanę.

Ledwo skończyli prać i rozwieszać ostatnie czarno-białe ubrania, z zewnątrz dobiegł ryk silnika. Przed Diabelskim Dworem z piskiem opon zatrzymał się samochód.

Carlos zaczął się trząść.

– To ona... Mama... Wróciła... Miała wrócić dopiero jutro. Pewnie spa wyschło.

Mal nie była pewna, dlaczego Carlos był taki nerwowy. Przecież nikt nie był równie straszny, jak jej własna matka – czego, u licha, on się tak bał?

Usłyszeli trzaśnięcie drzwi samochodu.

– Carlos! Carlos! Moje maleństwo! – zawołała Cruella, a jej gardłowy głos, ochrypły od dymu i wrzasku, rozbrzmiał w całym domu.

Mal spojrzała na Carlosa. „Moje maleństwo"? To nie brzmiało tak źle, prawda?

– Moje maleństwo musi się wykąpać!

– Stamtąd widzi, że jesteś brudny? – zapytała zdumiona Evie.

Carlos znów się zaczerwienił.

– Nie chodzi jej o mnie – odpowiedział chrapliwym szeptem. – Chodzi jej o samochód. Chce, żebym go umył.

Evie odwróciła się od okna, przerażona.

– Ale on jest strasznie brudny! To zajmie parę godzin!

Czerwony samochód był cały ochlapany czarnym, zaschniętym błotem.

– Nie ma mowy, żebyśmy go myli – mruknął Jay, który nie cieszył się na myśl o tym, że miałby jeszcze cokolwiek czyścić.

Wszyscy czworo wymknęli się z pralni do salonu.

Cruella zatrzymała się nagle na widok trojga obcych obdartych nastolatków w jej domu. Miała utapirowaną, czarno-białą fryzurę, a długi, futrzany płaszcz ciągnął się za nią po podłodze. Przyłożyła do ust smukłą, czarną lufkę. Mal spojrzała na Cruellę z dezaprobatą, ale ona wzruszyła ramionami.

– To para wodna. Zwykła para, kochanie.

Mal machnęła ręką, żeby rozgonić „parę".

– Dość już o moim maleństwie. Jak się miewa moja prawdziwa miłość? – zapytała Cruella i wypuściła z ust gęsty obłok.

Troje nastolatków spojrzało pytająco na Carlosa, ale nawet on wydawał się zdumiony, że tak czule go nazwała.

– Twoja prawdziwa miłość? – spytał, prawie się jąkając.

– Tak, moja prawdziwa miłość. Moje futra! – roześmiała się Cruella. – Dbałeś o nie, prawda, kochanie?

– Oczywiście – odparł Carlos i znów się zaczerwienił.

Mal wiedziała, że w duchu łajał samego siebie. Ale jakie to miało znaczenie, czy matka go kochała, czy nie? Przecież uczono ich, że miłość jest dla słabych, głupich i dobrych. Miłość nie była przeznaczona dla nich. Byli łotrami. Złoczyńcami. Jedyną rzeczą, którą kochali, były nikczemne plany.

– Kim są ci klauni? – zapytała ostro Cruella i skinęła ręką w stronę grupy.

– To moi... – zająknął się Carlos.

Mal wiedziała, że nie mógł powiedzieć „przyjaciele", bo tak naprawdę nie byli przyjaciółmi. Zastraszyła go, żeby zgodził się dołączyć do jej wyprawy. Evie się nad nim litowała, a Jay był tu tylko po to, żeby spróbować ukraść pozłacany kandelabr.

Cruella albo tego nie zauważyła, albo jej to wcale nie obchodziło.

– Gdzie Jace i Harry?

Carlos wzruszył ramionami.

– Dzień dobry, pani de Mon, nazywam się… – zaczęła Evie i wyciągnęła rękę.

– Wiem, kim jesteś – odparła lekceważąco Cruella.

Mal pomyślała, żc to ciekawe, że wszyscy wiedzą, kim jest Evie, chociaż przez dekadę siedziała w zamku.

– Dzień dobry – powiedziała.

– Ach, witaj, Mal. Powiedz matce, że przesyłam najserdeczniejsze pozdrowienia, kochanie – skrzeczała Cruella, wymachując lufką. Potem odwróciła się i spojrzała nienawistnie na Jaya. – A ty przekaż ojcu, że ta droga lampa, którą mi sprzedał, nie działa. Rozbój w biały dzień.

– Tak, proszę pani. – Jay zasalutował.

– A po co wy tu tak stoicie? Nie słyszeliście mnie? Moje maleństwo jest brudne, słoneczka! Całkiem zrujnowane! Nie przeżyję ani minuty dłużej, dopóki nie wykąpiecie mojego maleństwa! No już, zmiatajcie!

Evie myślała już, że utkną u Cruelli na całe wieki, ale w końcu samochód był czysty. Teraz mogli udać się do Smoczego Dworu na poszukiwanie mapy, która przy odrobinie szczęścia wskaże im drogę do Zakazanej Twierdzy. Kompas Carlosa mógł się przydać, ale jeśli Dżafar miał rację i wyspa była o wiele większa, niż sądzili, dobrze by było, żeby najpierw poznali chociaż właściwy kierunek.

Evie nadal nie była pewna, dlaczego zgodziła się z nimi pójść. Wiedziała, że Mal jest fałszywa, lecz coś ciągnęło ją do przygody. Po dziesięciu latach niewoli w zamku była ciekawa, jak wygląda reszta wyspy.

Tego sobotniego popołudnia szkoła była równie pusta, co wymarłe miasto. Tylko gobliny przyszły posprzątać korytarze i wykosić trawę wokół nagrobków. Czworo dzieci złoczyńców weszło na ponury teren kampusu. Wewnątrz lochów ściany korytarzy porośnięte były bluszczem, który zdawał się rozrastać z sekundy na sekundę, wijąc się wokół starych portretów nikczemnych łotrów, których imion już nikt nie pamiętał. Evie mogłaby przysiąc, że postacie wodziły za nimi oczami, gdy przebiegli obok.

Zastali doktora Faciliera przy jego biurku. Wpatrywał się w pustą kryształową kulę.

– Ach, czyż to nie moja najmniej lubiana uczennica – powiedział na widok Mal.

– Spokojnie, doktorze F. Tym razem nie zamierzam wrzucać świerszczy do pańskiego cylindra.

– Co za ulga – odparował zimno nauczyciel. – Jak mogę wam pomóc?

– Musimy wejść do zakazanej biblioteki – wyjaśniła Mal. – Ateneum Sekretów.

– Cóż, nie bez powodu mówią na to „zakazana biblioteka". Uczniowie mają wyraźny zakaz wstępu – zauważył surowo doktor.

Evie pomyślała, że Mal się podda, ale ona przysiadła na biurku nauczyciela, równie spokojna jak kot Lucyfer.

– No właśnie… – powiedziała i położyła na biurku talię kart tarota. – Bilecik?

Doktor F. wziął do ręki kilka kart i podniósł je do rozproszonego światła lampki.

– Ciekawe rysunki, takiego kompletu jeszcze nie mam. – Schował talię do kieszeni i przyjrzał się czworgu uczniom. – Czego dokładnie szukacie w bibliotece?

– Mapy wyspy – odparła Mal. – Tylko szybko, nie będę czekać cały dzień.

Olbrzymi pająk strzegący korytarza odsunął się jak łagodny kotek, gdy dyrektor połaskotał go po brzuchu. Drzwi Biblioteki Zakazanych Sekretów otworzyły się ze skrzypnięciem, a doktor F. wprowadził całą czwórkę do środka.

Na wysokich, chwiejnych regałach stały podniszczone, rozmokłe tomy oprawione w skórę, pokryte dwudziestoletnią warstwą kurzu, a także zlewki i fiolki pełne dziwnych płynów i eliksirów. Doktor Facilier pędził obskurnymi korytarzami przed nimi, między rzędami regałów, mamrocząc pod nosem. Widzieli tylko blady blask jego świecy, która rzucała rozchwiane cienie na ściany biblioteki.

– Wiecie, że on ma łajno nietoperza zamiast mózgu, prawda? To wszystko może być na nic – szepnął Jay.

Mal skarciła go wzrokiem.

– Tak tylko mówię. – Jay wzruszył ramionami.

– Warto spróbować – powiedziała idąca z tyłu Evie. Przystanęła na chwilę, żeby się wyplątać z pajęczyny. – Albo będziemy się błąkać w ciemności, tak jak teraz.

– Tak, to nie zaszkodzi – przyznał Carlos, trzymając swoje urządzenie bezpiecznie schowane pod kurtką.

– Jesteśmy na miejscu – oznajmił doktor Facilier, stanąwszy przed rzędem regałów. Z jednej z zakurzonych półek zdjął pożółkły zwój. Wygładził pergamin i położył go na przekrzywionym blacie, a czworo uczniów stanęło wokół.

– Hmm... Tu nic nie ma – zauważyła cicho Evie.

Miała rację. Mapa była pusta.

– Oczywiście. Sporządzono ją niewidzialnym atramentem – odparł doktor Facilier, jakby wszyscy to wiedzieli. – Jak inaczej sekret pozostałby sekretem?

Bez ostrzeżenia, ku zdumieniu wszystkich dokoła, Mal chwyciła dyrektora za kołnierzyk i przycisnęła do jednego z regałów. Kilka fiolek spadło i roztrzaskało się o podłogę.

– Ty mały szczurze! Zapomniałeś, kim jest moja matka? Może sprawić, że ty i wszyscy na tej brudnej wyspie...

– Mal! – Evie była wstrząśnięta. – Nie! – Położyła dłoń na drżącym ramieniu Faciliera. – Pozwól, że ja się tym zajmę.

Mal odwróciła się do niej.

– Na co mam ci pozwolić?!

– Zostaw to mnie. Łatwiej złapać muchę na miód niż ocet. Dalej, no puść, spokojnie, delikatnie.

Mal powoli puściła doktora, pod którym ugięły się kolana, więc upadłby, gdyby Evie go nie podtrzymała.

– A teraz, panie dyrektorze... Na pewno jest jakiś sposób, żeby atrament znów stał się widzialny, prawda?

Doktor Facilier otarł spocone czoło wystrzępioną jedwabną chustką.

– Owszem.

– Dobrze – powiedziała Evie. – Proszę nam zdradzić, co trzeba zrobić.

Dyrektor wskazał drżącą ręką na fiolki, które roztrzaskały się o podłogę.

– Mikstura była tutaj. Ale teraz przepadła.

Evie zerknęła na zszokowaną Mal, która schowała głowę w dłoniach i jęknęła.

– Ej, Mal? – zapytał łagodnie Carlos i ostrożnie poklepał ją po ramieniu.

– Idź sobie, Ciapek – odburknęła dziewczyna.

– Posłuchaj. Wiem, jak zrobić odpowiedni roztwór. Żeby zobaczyć atrament.

Wszyscy spojrzeli na niego, włącznie z doktorem.

– Potrafisz czarować? – zapytała Mal. – Ale jak?

– Nie, nie... To żadna magia, tylko odrobina chemii. Wiesz, dziwna nauka – powiedział Carlos. – Chodźcie. Evie, weź mapę.

Doktora Faciliera zostawili z kartami tarota w gabinecie, a sami poszli za Carlosem do laboratorium chemicznego. Teraz patrzyli, zaciekawieni, jak zdejmuje z półek przeróżne butelki, zlewki i proszki.

– Jesteś pewny, że to nie magia? – spytał sceptycznie Jay.

– Jestem pewny. To nauka. Mogą to zrobić wszyscy zwykli ludzie. – Carlos zmieszał kilka różnych płynów, dorzucił szczyptę proszku... Ale nagle się skrzywił. – Zaczekajcie. Nie mogę znaleźć katalizatora.

– Czego?

– Reza... Pewnie ukradł go z laboratorium w zeszłym tygodniu! Nienawidzi mnie. Ech... – Carlos się zasmucił. – Przykro mi, Mal. Chyba jednak nie dam rady tego zrobić. Nie bez substancji, która łączy składniki ze sobą i wyzwala reakcję chemiczną.

– Reza ukradł fiolkę z laboratorium? – zapytał Jay.

– Pewnie tak – odparł Carlos. – Tu jej nie ma.

– Chodzi może o tę fiolkę? – Jay wyszczerzył się radośnie i wyciągnął małą zakorkowaną próbówkę, pełną mieniącego się płynu, którą wcześniej pokazywał Mal.

– Skąd to masz?!

– Z plecaka Rezy. Trafił swój na swego – odparł Jay.

Carlos wlał kilka kropel do zlewki i wszystko wymieszał. Z naczynia wystrzelił obłok dymu.

– *Voilà*! – zawołał. – Roztwór ujawniający niewidzialny atrament. – Polał mapę miksturą.

I jak za sprawą czarów, przed ich oczami zaczęła formować się Wyspa Potępionych, ze wszystkimi ukrytymi, tajemniczymi obszarami. Pojawiła się także Zakazana Twierdza, groźnie wyglądający zamek ze skręconymi wieżami, otoczony kolczastym murem, ulokowany na skraju wyspy. W samym sercu Odludzia.

# rozdział
# 20

## Nabrzeże Goblinów

M al uśmiechnęła się do siebie. Naprawdę mieli fart, że Jay ukradł tę sekretną fiolkę. Może jednak ich poszukiwania miały sens. Może jej przeznaczeniem było odnalezienie Smoczego Oka Diaboliny.

– Masz kompas? – zapytała Carlosa.

Chłopak przytaknął. Jakby na potwierdzenie, skrzynka nagle zapiszczała.

Zgodnie z mapą mieli pójść daleko za miasteczko, aż do brzegu wyspy, a stamtąd ścieżka zaprowadziłaby ich do twierdzy.

Wyruszyli. Najpierw Carlos, potem Jay i Evie, a na samym końcu Mal. Idąc z tyłu, przyglądała się im uważnie. Wiedziała, że Jay ukradłby Smocze Oko dla siebie przy

pierwszej sposobności. Evie starała się przypodobać i wku-
pić w jej łaski. Carlos z kolei dołączył do nich tylko po to,
żeby zaspokoić swoją ciekawość. Ale to nie miało żadnego znaczenia. Wszystkich jakoś
łączył wspólny cel: znaleźć Smocze Oko. A co lepsze, nie
wybierała się na Odludzie sama. Miała własny gang złodziei. Własne sługi. To był zdecydowanie postęp. Jej nikczemny plan – wredny i paskudny – działał.

Ścieżka wiodąca z miasteczka do brzegu była z początku
równa, lecz wkrótce stała się kamienista. Mal zaczynała
słabnąć. Buty boleśnie obcierały jej stopy, mimo to z ponurą miną maszerowała dalej, kierując się wskazówkami na
mapie. Z tyłu słyszała lekki chód Evie, tupot Jaya i niepew-
ne kroki Carlosa.

– „Hej ho, hej ho, do pracy by się szło!" – podśpiewywał
pod nosem Carlos.

Evie przeszył dreszcz.

– Przestań.

– Co ty masz przeciwko krasno... Ach, jasne... – Nagle
załapał. – Przepraszam.

– Nie szkodzi.

– A więc w Diabelskim Dworze to była twoja mama,
tak? – zapytała Evie.

– Uhm. Jedyna i wyjątkowa Cruella de Mon – odpowiedział Carlos, wymijając trujący bluszcz. Pokazał go

pozostałym, żeby na niego nie wpadli. – Bilet w jedną stronę do świrogrodu, co?

– Nie jest taka zła. – Evie schyliła się pod zwisającą nisko gałęzią koszmarnego dębu. – Przynajmniej nie zachowuje się tak jak moja. Wciąż udaje, że gada z jakimś magicznym lustrem, i mówi, że daleko mi do najpiękniejszej w świecie.

Carlos się zatrzymał. Razem z Jayem popatrzyli na nią, wstrząśnięci. Nawet Mal stanęła w miejscu.

– Naprawdę? Przecież jesteś prześliczna – powiedział Jay. – To znaczy nie jesteś w moim typie, skarbie, ale na pewno wiesz, że jesteś ładna.

– Serio tak uważasz? – zapytała Evie.

– Co ty... Twoja matka ma rację. Jesteś szkaradna – droczył się z nią Jay.

– Kiepsko, że tak robi – mruknął cicho Carlos.

– Nieważne – rzekła nonszalancko Evie. – I tak mnie to nie rusza.

– Naprawdę? – zapytał Carlos.

– Przecież twoja mama nie jest wcale inna, prawda? – zauważyła Evie.

W końcu byli dziećmi najgorszych złoczyńców na świecie. Czego mieli się spodziewać? Miłości, radości, współczucia?

– Chyba nie.

– A twój tata, Jay? Czy nie obchodzi go tylko jego sklep? Jay się zamyślił.

– Pewnie, że tak. Ale co jeszcze miałoby go obchodzić? – zapytał szczerze.

Mal przysłuchiwała się rozmowie i poczuła, że choć raz obecność innych ludzi jest dziwnie kojąca. Wcześniej nigdy tak naprawdę nie przepadała za towarzystwem, ale z drugiej strony to Diabolina zawsze się upierała, żeby żyły z daleka od stada – ponad wszystkimi, same, skupione na zemście. „Samotna – pomyślała Mal. – Byłam samotna. I oni też". Evie z matką mającą obsesję na punkcie urody. Carlos z tą skrzeczącą harpią. Jay, beztroski, bystry złodziej o olśniewającym uśmiechu, który mógł skraść wszystko na świecie, poza sercem swego ojca. Szara mgła otaczająca brzeg była coraz bliżej. Niedługo przez nią przejdą i znajdą się na Odludziu. Czy kiedy tam dotrą, staną się jeszcze większymi odludkami? Mal strzeliła kostkami dłoni. Zaczęły ją już boleć kolana.

Maszerowali z trudem, w milczeniu, gdy nagle powietrze przeszył ostry gwizd. Był to Jay, który szedł przodem jako zwiadowca. Evie zrobiła krok. Gałązki pod jej stopami głośno trzasnęły. Carlos podniósł oczy, przestraszony.

Mal odpowiedziała gwizdnięciem.

Jay podbiegł do miejsca, gdzie stali wszyscy troje, jedno tuż obok drugiego.

– O co chodzi? – syknęła Mal.

– Coś widziałem... Tam, w cieniu. Kryjcie się! – rzucił ostrym szeptem i zniknął za skałą.

Carlos zaskomlił żałośnie. Spróbował wdrapać się na drzewo, lecz tylko zdarł skórę z kolan o szorstką korę. Evie krzyknęła cicho i schowała się za krzakami jeżyn.

Mal zamarła. Z jakiegoś powodu nie mogła się ruszyć. Zresztą złościło ją, że córka Diaboliny miałaby się przed czymkolwiek chować. Ale im bardziej potężny cień się do nich zbliżał, tym bardziej się martwiła, że podjęła złą decyzję.

Cień miał parę wielkich rogów i kolczasty ogon. Czy to był smok? Ale przecież jej matka była jedynym smokiem w tym rejonie, a zdolność przemiany straciła, kiedy nad wyspą umieszczono klosz blokujący magię.

Rozległ się jęk, straszne zawodzenie nieprzypominające niczego, co kiedykolwiek słyszeli.

To musiał być sam ogar z piekieł. Kudłaty stwór z mitów i legend, z wielkimi kłami ociekającymi krwią.

Potwór wydał z siebie dźwięk, który można by nazwać jedynie uroczym pomrukiem.

– Belzebuba! – zawołał Carlos z korony drzewa.

Potwór wyłonił się z półmroku i na ścieżce zobaczyli czarnego kota o szelmowskim uśmiechu. Cień zniekształcił jego uszy, przez co przypominały rogi, a nastroszony ogon wyglądał, jakby miał kolce. Ale był to tylko kot.

– Znasz tę wstrętną bestię? – zapytała pogardliwie Mal, aby ukryć wstyd, że się przestraszyła. Serce wciąż łomotało jej w piersi.

– To tylko moja kotka – wyjaśnił Carlos. – Dostałem ją, kiedy byłem mały. Jedno z kociąt Lucyfera – dodał nieśmiało. – Mój nikczemny pomocnik.

– Och, fajnie! Ja też jednego dostałam. Wiesz, na urodziny – powiedziała Evie. – Mój nazywa się Otello. To mała papużka. Cóż, właściwie już nie jest taka mała. Otello ma wyjątkowo niewyparzony dziób. Nie jestem pewna, gdzie się nauczył tych wszystkich brzydkich wyrazów.

– Super! Dostałaś jedno z piskląt Jagona? Ja dostałem dwie mureny, Lagan i Derelict. Wiesz, z narybku Mura i Eny. Teraz są ogromne. – Jay rozłożył ręce, żeby to zademonstrować. – Ledwo się mieszczą w akwarium.

Carlos pochylił się do kota, który otarł się o jego policzek.

– Zmykaj, Bubciu. Wracaj do domu, nie idź dalej za nami. Nie martw się, niedługo wrócę.

– A jakiego ty masz złego pomocnika? – zwróciła się Evie do Mal.

Mal się zaczerwieniła. Doskonale pamiętała, kiedy każde z nich dostało swojego pomocnika – na tamtej fantastycznej imprezie dawno temu, na którą nikt jej nie zaprosił.

– Nie mam – odparła krótko.

– Och! – Evie odwróciła się, zakłopotana.

„Nie martw się – pomyślała Mal. – Wkrótce mi za to zapłacisz".

W końcu stanęli przed otaczającą wyspę szarą mgłą, wyznaczającą granicę Odludzia. Była tak gęsta, że nie sposób było zobaczyć, co leży po drugiej stronie. Musieli zaryzykować i przejść przez nią na oślep. A przecież całe życie wszyscy czworo słyszeli, że mają się trzymać z daleka od mgły i granicy szarości.

– Kto idzie pierwszy? – zapytał Jay.

– Ja nie – odparła Evie.

– Ja też nie. – Carlos pokręcił stanowczo głową.

– Jasne – prychnęła Mal. – Jakby któreś z was się do tego nadawało.

– Mal? – spytał ponownie Jay. – Ty pierwsza?

Mal zagryzła wargę. W końcu to była jej wyprawa.

– Dobra. Pójdę, tchórze.

Wyprostowała ramiona i napięła mięśnie. Weszła w gęste opary. Czuła się, jakby szła w zimnym deszczu. Zadrżała. Przypomniała sobie, że przecież na wyspie nie ma magii, więc nic nie mogło jej skrzywdzić. Jednak nieprzenikniona szara ciemność była przerażająca i przez chwilę Mal miała ochotę krzyczeć.

A potem znalazła się po drugiej stronie.

Nadal w całości.

Nie rozpadła się.

Nic jej się nie stało.

Odetchnęła.

– Wszystko w porządku! – krzyknęła. – Chodźcie tutaj!

– Skoro tak mówi – mruknął Jay.

Evie ruszyła za nim, a za nią Carlos.

W końcu wszyscy czworo przebyli barierę mgły. Stali na skraju Odludzia.

– Nieźle! – powiedział Carlos.

Spojrzeli w dół. Byli tuż nad wodą. Jeden krok i ze skalistego lądu Wyspy Potępionych wpadliby w spienione fale głębokiego morza. Z pewnością roiło się w nich od aligatorów.

– I co mamy teraz zrobić? – zapytała Mal.

– Nie wiem, ale moje urządzenie nie chce się zamknąć – odpowiedział Carlos.

To była prawda. Pudełko dźwięczało teraz jak opętane, a im bliżej Carlos podchodził do pasa kamienistej plaży, tym szybsze wydawało piski.

– Tam jest. Musi tam być. – Wskazał na morze.

– No cóż, nie wziąłem kąpielówek, a poza tym nie chciałbym zostać zjedzony przez gady, więc wszystko na waszej głowie. – Jay cofnął się od wody na bezpieczną odległość.

– Nie może być w wodzie – stwierdziła Mal i wyciągnęła mapę z kieszeni. Otworzyła usta ze zdumienia. – Ej, patrzcie! – Otoczyli ją. – Spójrzcie, mapa się poszerzyła! Pojawiły się kolejne znaki narysowane atramentem. Teraz mogli zobaczy, że twierdza nie znajdowała się właściwie na Wyspie Potępionych, lecz stała na wystającym z morza skalnym spłachetku, który nosił nazwę Wyspy Straceńców.

– To musi być fajne miejsce. – Carlos się skrzywił.

– A jak właściwie mamy się tam dostać? – zastanawiała się Evie.

Mal obejrzała uważnie mapę i wskazała miejsce o nazwie Nabrzeże Goblinów.

– Zabierzemy się z jednym z naszych przyjaznych goblinów z sąsiedztwa. Dowiezie nas łodzią na miejsce – oznajmiła Mal.

Minęła towarzyszy i ruszyła zamuloną plażą w kierunku doków, gdzie gobliny rozładowywały barki z Auradonu.

– Przyjazne gobliny nie istnieją – westchnął Carlos, ale on też poszedł za Mal.

• • •

Szybko dotarli do gwarnego portu. Głównie dlatego, że gdy aligatory zaczęły kłapać w ich stronę zębatymi paszczami, popędzili z krzykiem w stronę bezpiecznych doków. Na nabrzeżu panował zgiełk i poruszenie. Gobliny przeciskały się w tłumie. Rozładowywały duże statki z Auradonu, które mogły swobodnie wpływać przez magiczną barierę. Układały gnijące towary na rozpadającym się drewnianym pomoście, przeskakując po prowizorycznych tratwach i łodziach. Gwizdały i krzyczały w swoim języku, przerzucając worki z resztkami i odpadkami. Były tam ubrania, jedzenie, kosmetyki i wszystko, czego mieszkańcy Auradonu już nie chcieli albo nie używali. Ładowały towary na chwiejne riksze, którymi przewożono je na targ.

– Będziemy musieli zapłacić – powiedziała Mal. – Nie zabiorą nas tam za darmo.

Wszyscy czworo opróżnili kieszenie i zebrali dość błyskotek i jedzenia, żeby opłacić przejazd na Wyspę Straceńców. Musieli się trochę potargować – głównie to Jay mówił, ponieważ znał nieco gobliński z pracy w sklepie, ale w końcu udało im się zdobyć miejsce na złomołódce. Była to łódź, która zbierała wszystko, co wypadło ze śmietników Auradonu. Jej właściciel, śmieciarz wśród śmieciarzy, miał najniższe stanowisko w pasożytniczej hierarchii.

Jak się okazało, łódź goblina nie była stworzona do tego, żeby utrzymać czworo nastolatków. Pływająca drewniana skrzynia trzeszczała i jęczała, gdy Mal i jej towarzysze weszli na pokład.

– Jeśli zginę – rzucił ponuro Jay – i tak nie dostaniecie moich rzeczy.

– Nic nam się nie stanie – pocieszyła go Evie, choć tak naprawdę chciała przekonać samą siebie.

Goblin zachichotał, uruchomił stary, zardzewiały silnik i wpłynęli w opary unoszące się nad wodą.

Dziwnie było widzieć Wyspę Potępionych od strony morza. „Wygląda prawie... ładnie" – pomyślała Mal. Las wzdłuż brzegów był bujny i zielony, a kamienista plaża odcinała się ostro od falującej powierzchni granatowej wody. W oddali widziała Zamek Okazji. Z daleka zdawał się lśnić w gasnących promieniach słońca.

– Zabawne, jak inaczej rzeczy wyglądają z daleka, co? – zauważyła Evie, podążając za spojrzeniem Mal w stronę Wyspy Potępionych.

– Mhm, jasne – odburknęła Mal, odwracając się do niej plecami.

W trzewiach poczuła znów ten sam ból i wcale jej się to nie podobało. Ani trochę.

Po pewnym czasie warkot silnika ustał, sygnalizując, że przybyli na Wyspę Straceńców. Nadal nie widzieli dalej niż na metr przed sobą. Mal wygramoliła się z łódki na oślep, wprost na kamienistą plażę. Za nią szybko podążyła reszta drużyny. Goblin pospiesznie odpłynął.

Mgła podniosła się lekko, gdy ruszyli przez zarośla. Wkrótce stanęli przed bramą, przysłoniętą najeżonym lasem kolców. Wysoko za nią, na szczycie urwistej góry stał wielki, czarny zamek, odpychająca ruina na tle nocnego nieba.

Ciernie wokół bramy były grube, poskręcane i tak ostre, że podrapałyby albo przebiły każdego, kto ośmieliłby się zbliżyć. Co gorsza, roiły się od jadowitych pająków. Całe miejsce otaczała trująca, złowieszcza aura.

Stali tak, sparaliżowani, nie mogąc i nie chcąc wymyślić, co dalej począć. Czarne pudełko w rękach Carlosa bez przerwy piszczało. Jeśli rzeczywiście komunikowało się ze Smoczym Okiem, było jasne, że berło znajdowało się gdzieś za kolczastą bramą.

Mal skrzywiła się, sfrustrowana.

Ciszę przerwał Jay. Wręczył Mal i Evie po srebrnym sztylecie, a Carlosowi dał sprej na owady. Sam wyciągnął maczetę z czerwoną rękojeścią.

– Nosisz coś takiego w kieszeni? – zdziwił się Carlos.

– Jak chyba wszyscy? – odparł Jay z uśmiechem. – Doświadczenie w złodziejskim fachu nauczyło mnie, że trzeba być przygotowanym na każdą ewentualność.

Mal musiała przyznać, że łupy Jaya były niezwykle przydatne.

Młody złodziejaszek wycinał maczetą ścieżkę, a inni szli tuż za nim. Mal niepewnie ciachnęła srebrnym sztyletem kolczastą gałąź. Evie robiła to samo z drugiej strony. Carlos prysnął sprejem na włochatą tarantulę, która od razu spadła martwa z gałęzi.

Nie będzie lekko, ale już zdążyli się do tego przyzwyczaić. Wchodzili coraz głębiej w ciemny las cierni, kierując się do zamku na górze.

# rozdział
# 21

## Historia stara jak świat

„Po prostu bądź sobą. Nie musisz we wszystkim naśladować ojca, istnieją inne sposoby na pokazanie siły". Słowa matki wciąż dźwięczały w uszach Bena przed jego spotkaniem z Gburkiem, którego Rada Pomocników wydelegowała jako swojego przedstawiciela w rozmowach o ich petycjach.

„Świetnie. Cudownie. Po prostu doskonale. Sam na sam z Gburkiem".

Ben potrząsnął głową. Podejrzewał, że każdy byłby lepszym partnerem do negocjacji od tego starego zrzędy.

Ostatnim razem ten krasnal poczuł się urażony, że dostał zwykłe, kruche ciastko.

Ta rozmowa była z góry skazana na porażkę.

Ben chciał, żeby ludzie przestali mu powtarzać, aby był sobą. Ta rada wydawała się tak prosta – i może taka by była, gdyby miał jakiekolwiek pojęcie, kim tak naprawdę jest. Właśnie, kim był?

Księciem Benem, synem króla Bestii, następcą tronu w wielkim królestwie Auradonu?

Z pewnością ani trochę nie przypominał swego ojca, który potrafił skłonić poddanych do wypełniania swojej woli bez narzucania jej siłą. Ben skrzywił się na wspomnienie o tym, jak stał na stole i wrzeszczał.

Nie taki był naprawdę.

Był księciem Benem, synem króla Bestii i królowej Belli, następcą tronu w wielkim królestwie Auradonu.

Ale jeśli ma objąć tron, zrobi to na własnych warunkach, także jako syn swojej matki, a nie tylko następca ojca.

Ben bowiem tak jak matka był spokojny i łagodny. Nic nie cieszyło go tak jak zatopienie się w lekturze wielkiej, grubej książki. Nie spędził dzieciństwa na polowaniach ani walce na miecze czy rywalizacji na boisku.

Spędził je w bibliotece.

Z matką łączyła go miłość do czytania. Zawsze tak było. Najmilszymi wspomnieniami Bena były te, gdy siedział przy ogromnym kominku we wspaniałej bibliotece Belli i czytał przy jej boku. Zakopywał się w stosie książek ściągniętych z niższych półek, a ona zdejmowała swoje zawsze z najwyższych. To był prawdziwy raj.

Pewnego razu ojciec odkrył, że spędzili cały dzień schowani w bibliotece, zamiast iść na królewski bankiet, za co straszliwie ich zbeształ. Nie rozumiał, jak mogli opuścić wystawne przyjęcie „dla jakichś bajeczek". Matka z pasją stanęła w ich obronie.

– Ależ to wcale nie są jakieś tam bajeczki! – powiedziała. – To całe królestwa. Światy. Perspektywy i opinie, których ty nie możesz zaoferować. Mówią o życiach, których ty nie przeżyłeś. Są cenniejsze niż złoto i ważniejsze niż jakiś oficjalny obiad. Wydaje mi się, że jako król powinieneś to wiedzieć!

W oczach Bestii pojawiły się iskierki. Jednym ruchem uniósł królową Bellę w swych potężnych ramionach.

– A ponieważ jesteś moją królową, powinnaś wiedzieć, że taką cię właśnie kocham!

Zabrali swojego małego synka i wszyscy troje zjedli w ogrodzie późny lunch, na który podano ciastka z kremem. Oczywiście.

Ben uśmiechnął się pod nosem. Dawno nie wspominał tamtego dnia.

Teraz zaś nie mógł przestać o nim myśleć, gdy Płomyk wprowadził leciwego krasnoludka do sali konferencyjnej.

Gburek skinął głową i zajął miejsce naprzeciwko księcia. Siedział teraz na wysokim krześle i machał nogami jak dziecko.

– O co chodzi, młody człowieku? – Zakasłał. – Nie mam nastroju na twoje histerie.

Niespokojnie spojrzał na stół, jakby chłopak właśnie miał na niego wskoczyć. Nawet nie tknął kruchych ciasteczek i kielicha cydru, które przed nim postawiono.

– Dziękuję, że się dziś ze mną spotkałeś – powiedział Ben. – Pomyślałem, że może łatwiej będzie porozmawiać we dwóch. Skoro wcześniej zrobiło się trochę... hmm... głośno.

Gburek chrząknął.

– Zobaczymy. Nie zamierzasz skakać po stołach ani ryczeć jak zwierzę, co?

Ben się zarumienił.

– Przepraszam za moje zachowanie tamtego dnia. Ja... zachowałem się jak... głupek.

– Słucham? – Szczera odpowiedź Bena najwyraźniej zaskoczyła Gburka.

Książę wzruszył ramionami.

– Przyznaję się do tego. Nie wiedziałem, co robię. Wiem, że strasznie nabałaganiłem. Nie dziwię się, możesz nie chcieć potraktować mnie teraz poważnie.

Gburek spojrzał na niego spode łba, ale jakby mile zaskoczony.

– Mów dalej.

Ben się uśmiechnął. „Dobre i to na początek".

– Widzisz, wezwałem cię, ponieważ przeczytałem wszystkie wasze skargi, tysiąc i jedną stronę.

– Naprawdę? Cały tysiąc? – zapytał Gburek. Choć nie chciał przyznać tego sam przed sobą, słowa księcia zrobiły na nim wrażenie.

– I jedną. – Ben znów się uśmiechnął.

Szybko czytał i potrafił uważnie słuchać, a jeśli naprawdę miał być sobą, musiał wykorzystać oba te talenty i rozstrzygnąć tę skargę raz na zawsze.

– Muszę przyznać, że wasze żądania powinny być wzięte pod uwagę. Ty i twoi koledzy powinniście mieć głos w kwestii waszej przyszłości. Należy wam się coś więcej niż tylko miejsce w radzie.

– Nie prosimy o wiele, prawda? – zapytał żywo zainteresowany Gburek.

– Nie, rzeczywiście – przyznał Ben. – I chyba możemy łatwo dojść do porozumienia.

– Co proponujesz?

Książę przetasował papiery. Zastanawiał się, co powinien teraz powiedzieć. Jak ujęła to jego matka? „Perspektywy i opinie, których nie mogę zaoferować. Z żyć, których nie przeżyłem".

Uśmiechnął się.

– Proponuję wysłuchać tych, którzy wiedzą najlepiej.

Gburek uniósł brew.

Ben przejrzał swoje notatki.

– Zacznijmy od syren. Powinny pobierać opłatę w wysokości jednej srebrnej monety za każdą podwodną wycieczkę. Porozmawiam też z Ariel o tym, żeby Florek dostał urlop od zbierania skarbów.

Gburek skinął głową.

– Brzmi rozsądnie. W porządku.

– Założyłem fundusz stypendialny dla stu jeden dalmatyńczyków. Wszystkie będą mogły skorzystać z pomocy w ramach Funduszu dla Szczeniąt.

Ben przesunął po stole segregator w biało-czarne ciapki, w którym znajdowały się wszystkie stosowne formularze.

Krasnoludek go przyjął.

– Pongo to doceni – powiedział. – A co z górnikami?

– Połowa wszystkiego, co wydobywacie, musi nadal trafiać do królewskiego skarbca – odparł Ben. Wiedział, że jego ojciec nie zgodzi się na mniej.

– Połowa? A co z resztą diamentów? – zaniepokoił się Gburek.

– Druga połowa trafi na fundusz emerytalny, który pozwoli zadbać o wasze rodziny i dzieci. Powiedz Nieśmiałkowi, żeby się nie martwił.

– Całkiem uczciwe rozwiązanie. – Gburek przytaknął, wbrew sobie. – A co z ograniczeniem magii? Tak między nami, te trzy wróżki robią mnóstwo hałasu.

– Flora, Hortensja i Niezabudka będą musiały skonsultować swoje skargi z Dobrą Wróżką. Obawiam się, że sam nie mogę im pomóc. Ale umówię je na spotkanie. Tyle mogę zrobić.

– A prośba Dżinna o nieograniczone podróże po królestwie? – Gburek zmarszczył czoło. Wyglądał, jakby bardzo się starał znaleźć coś, na co jeszcze mógłby pogderać.

– Zgoda, o ile wcześniej uzgodni plan podróży z pałacem. Było to trudne ustępstwo. Jego ojciec nie chciał, żeby ten „niebieskoskóry szaleniec ciągle gdzieś wyskakiwał bez zapowiedzi". Na szczęście Ben przekonał króla Bestię, że jeśli tylko poddani zostaną ostrzeżeni o przybyciu Dżinna, wszystko będzie dobrze.

Gburek skrzyżował ręce na piersi.

– A leśne stworzenia? Są urobione po łapy i kopyta.

– Zleciłem zamontowanie zmywarek, pralko-suszarek i centralnych odkurzaczy w każdym domu. Czas, żebyśmy zrozumieli, że żyjemy w dwudziestym pierwszym wieku, nie sądzisz? To dotyczy także lasów.

– E, tam – mruknął krasnal. – Nie przepadam za nowoczesnością, ale myślę, że nasi futerkowi przyjaciele to docenią. Trudno zmywać ręcznie, gdy się nie ma, no wiesz, rąk.

Ben powstrzymał śmiech.

– A jeśli chodzi o Misię i resztę myszy, od tej pory będą otrzymywać rekompensatę w postaci najprzedniejszego sera w królestwie, prosto ze spiżarni samego króla. – Ben odłożył ostatnią kartkę.

– W porządku – zgodził się Gburek.

– Umowa stoi?

Krasnal wyciągnął rękę.

– Stoi.

Ben uścisnął mu dłoń. Poczuł większą ulgę, niż to okazywał. (A przynajmniej miał nadzieję, że nic po nim nie było widać. W tej chwili tak bardzo się pocił, że nie mógł być całkiem pewny).

– Wiesz co, młody człowieku? – sapnął Gburek.

Ben przygotował się na gderliwą uwagę, ale nic takiego nie usłyszał.

– Będziesz dobrym królem – orzekł krasnoludek z uśmiechem. – Przekaż ojcu pozdrowienia i ucałowania dla mamy.

– Tak zrobię – odpowiedział książę, zadowolony ze spotkania.

Odsunął krzesło od zabytkowego stołu. Skończył pracę, przynajmniej na dziś. „Jeśli na tym polega bycie królem, może to wcale nie jest takie trudne, jak myślałem".

Krasnoludek wziął czapkę i zeskoczył z krzesła, po czym skierował się do drzwi.

Nagle przystanął.

– Wiesz, synu, czasem mi ją przypominasz.

Mieszkańcy królestwa bardzo kochali królową Bellę.

Ben się uśmiechnął.

– Wiesz, naprawdę mam nadzieję, że tak jest.

Gburek wzruszył ramionami i otworzył drzwi.

– Ale nie jesteś ani trochę tak ładny jak ona. Tyle ci powiem. A poza tym twoja mama zadbałaby o to, żebyśmy dostali parę ciastek z kremem. I żeby w tych ciasteczkach była chociaż garstka jagód.

Drzwi się zatrzasnęły, a Ben się roześmiał.

## rozdział

# 22

## Most Gargulców

Z każdą chwilą ta ryzykowna przygoda okazywała się odrobinę bardziej ryzykowna, niż Carlos zakładał.

To odkrycie mogłoby być problemem dla przeciętnego naukowca, który nie lubił biegać po katakumbach i wolał raczej siedzieć w laboratorium. Jasne, Carlos czuł lekkie mdłości, gdy płynęli rozkołysaną łódką na Wyspę Straceńców, ale przecież jakoś wytrzymał, prawda?

Jeśli spojrzeć na to od tej strony, zdążył już dowieść, że jest dzielniejszym poszukiwaczem przygód, niż można by się spodziewać.

W każdym razie tak sobie powtarzał.

Potem uznał, że poszło mu lepiej, niż mogłoby pójść komukolwiek z kursu dziwnej nauki. Roześmiał się w głos na myśl o swoim największym klasowym wrogu w tej sytuacji. Jay szturchnął wtedy Carlosa i zapytał go, czy troszkę nie przesadza z pozą szalonego naukowca.

– Nie zwariowałem – zapewnił Carlos współtowarzyszy wyprawy.

Trzeba jednak przyznać, że samo powstrzymywanie się, aby nie zwymiotować do wzburzonego morza, wymagało od niego naprawdę sporej determinacji. Kiedy więc cała czwórka znów stanęła na suchym lądzie, z daleka od lasu cierni – pokonali go bez większych obrażeń, poza kilkoma zadrapaniami i swędzącymi łokciami – Carlos ucieszył się na widok prawdziwej ścieżki wiodącej do ciemnego zamku, znajdującego się na wzgórzu przed nimi.

Zwykła, bezpieczna ziemia i skały jeszcze nigdy nie wyglądały tak dobrze.

Dopóki nie zaczęło padać i ziemia nie zmieniła się w błoto, a skały nie zrobiły się śliskie.

Carlos się pocieszał, że przynajmniej byli teraz na stałym lądzie. Ryzyko, że ktoś utopi się w odrobinie błota, było bliskie zeru.

Poza tym jego wynalazek piszczał teraz regularnie, a lampka czujnika błyskała jaśniej i szybciej z każdym krokiem, który przybliżał ich do twierdzy.

– Smocze Oko na pewno tam jest – powiedział, podekscytowany. Czuł entuzjazm naukowca po udanym eksperymencie. – Jeśli mój sprzęt się nie myli, odbieram jakiś rodzaj potężnej energii elektrycznej. Jeśli w kloszu jest dziura, magia przesącza się właśnie tu, inaczej niż na Wyspie Potępionych.

– Może otwór jest tuż nad nami – zasugerowała Evie.

– Ja też to czuję. – Mal skinęła głową i przyspieszyła tempo. – A wy? – Zatrzymała się i popatrzyła na towarzyszy, osłaniając dłonią oczy przed deszczem.

Carlos spojrzał na nią, zaskoczony.

– Ale co? To? – Podniósł do góry pudełko, które nagle zapiszczało przeraźliwie.

Mal odskoczyła, wystraszona. Jay buchnął śmiechem.

– Ojej – jęknął Carlos. – Rozumiecie, o co mi chodzi? Przypływ energii.

Mal była zakłopotana.

– Nie jestem pewna. Może tylko mi się wydaje, ale czuję, jakby jakiś magnes ciągnął mnie tą ścieżką.

– Brrr, straszne – wzdrygnęła się Evie i przystanęła, żeby brzegiem peleryny otrzeć pot z czoła. – Jakby twoje przeznaczenie dosłownie cię wołało.

– Hmm... Niezupełnie – powiedział Carlos. – Gdyby dosłownie ją wołało, to wiecie, wołałoby.

Jay się roześmiał.

Evie rzuciła Carlosowi gniewne spojrzenie.

– W porządku. Dosłownie przyciąga jak magnes, tylko nie dosłownie, bo przecież to przeznaczenie. Zadowolony?

– Dosłownie? – Carlos uniósł brew.

Jay znów się zaśmiał, a to jakoś poprawiło Carlosowi humor, chociaż nie do końca rozumiał dlaczego.

– Nie czujecie tego? – Mal wydawała się zdenerwowana.

Nikt jej nie odpowiedział, więc westchnęła, zrezygnowana, i znów ruszyła błotnistą ścieżką.

Minęli kolejny zakręt, gdy nagle Mal się potknęła i upadła. Za nią potoczyła się lawina kamieni.

– Ach! – krzyknęła, rozpaczliwie próbując się czegoś chwycić. Kamienie były tak śliskie od deszczu, że nie mogła odzyskać równowagi i znów się poślizgnęła. Evie złapała ją, zanim poleciała w dół kamienistej ścieżki. Obie dziewczyny wpadły na Jaya, który z kolei o mało nic przewrócił idącego za nim Carlosa.

– Trzymam cię – powiedziała Evie i pomogła Mal odzyskać równowagę.

– A ja ciebie – dodał Jay.

– Świetnie dla wszystkich oprócz mnie – sapnął Carlos, jedną ręką z trudem trzymając urządzenie, a drugą odpychając Jaya. – Człowiek blokada.

– Założyłam zdecydowanie niewłaściwe buty na taką wycieczkę – stwierdziła Evie i skrzywiła się, patrząc na swoje stopy.

– Potrzebujemy raczej płetw, nie butów. Przez ten deszcz ścieżka zmieniła się w błotny potok. Może powinniśmy wziąć się za ręce – zasugerował Jay. – Lepiej nam pójdzie, gdy będziemy ze sobą współpracować.

– Serio to powiedziałeś? – syknęła Mal z odrazą, kręcąc głową. – A może pośpiewamy piosenki, żeby się rozweselić? Potem możemy zrobić sobie błotne wianki i przenieść się do Auradonu.

– Daj spokój, Mal. – Carlos z trudem powstrzymał śmiech.

Wiedział, że spośród nich to właśnie Mal miała największy problem ze wszystkim, co nie było do cna mroczne i złe.

– Masz lepszy pomysł? – zapytał Jay, jakby zawstydzony.
– Jeśli chciałeś potrzymać mnie za rękę, to mogłeś po prostu zapytać – droczyła się z nim Evie. Wyciągnęła dłoń i zachęcająco pomachała palcami.
– No wiesz! – Jay puścił do niej oko. – Dopiero teraz mi to mówisz?

Evie parsknęła śmiechem.

– Nie martw się, Jay. Jesteś uroczy, ale złodzieje nie są w moim typie.

– Nie martwiłem się – odparł gładko Jay i mocno chwycił jej dłoń. – Po prostu nie mam dziś ochoty na błotną kąpiel.

– Z punktu widzenia fizyki to ma sens. Jeśli mówimy o drugiej i trzeciej zasadzie Newtona – dodał Carlos, starając się przybrać krzepiący ton. – Wiecie, przyspieszenie, siła i tak dalej.

– Dobrze gada. – Jay skinął głową i wyciągnął drugą rękę do Mal.

Carlos przyglądał się im, zastanawiając się, czy Jay flirtował z Evie i czy to dlatego Mal była wściekła. Nie. Mal i Jay przegadywali się jak rodzeństwo. A Jay i Evie próbowali tylko ukryć to, że się bali. Jay powiedział mu wcześniej, że według niego Evie jest całkiem ładna, ale traktuje ją jak Mal. To oznaczało, że w ogóle o niej nie myślał. Carlos stwierdził, że gdyby dziewczyny były ich siostrami, Mal byłaby tą denerwującą i zrzędliwą, a Evie – ładną intrygantką. A gdyby Jay był jego bratem, to alboby się z niego śmiał, albo go boksował w przerwach między kradzieżami.

Im dłużej się nad tym zastanawiał, tym bardziej utwierdzał się w przekonaniu, że bycie jedynakiem nie było wcale takie złe.

– No dalej, Mal. Po prostu złap mnie za rękę. Nawet Newton się zgadza! – Pomachał do niej Jay, drugą ręką przez cały czas mocno trzymając dłoń Evie.

Mal westchnęła i zrezygnowana wyciągnęła rękę. Drugą podała Carlosowi, który ścisnął ją, jakby od tego zależało jego życie. Cóż, w końcu znał prawa fizyki lepiej niż ktokolwiek z nich.

Powoli i nieco nieporadnie, ciągnąc się nawzajem i popychając, brnęli z chlupotem błotnistą ścieżką, ze spoconymi dłońmi, ubłoconymi kostkami i zmarzniętymi stopami.

Wkrótce ścieżka znów zakręciła, a gęsta, deszczowa chmura, która ją dotąd otaczała, rozstąpiła się po obu stronach czworga poszukiwaczy przygód. Nagle ujrzeli spektakularny widok – długi, wąski, kamienny most, w połowie otulony mgłą, wiszący nad skalną przepaścią na wprost przed nimi.

– Jaki piękny! – zawołała z drżeniem w głosie Evie. – W bardzo przerażający sposób.

– To tylko most – stwierdził Carlos i podniósł swoją skrzynkę. – Ale na pewno musimy przejść na drugą stronę. Spójrzcie! – Światełko migało tak jasno i szybko, że musiał zasłonić czujnik dłonią.

– No raczej – powiedział Jay.

– To nie jest zwykły most – rzekła cicho Mal, wpatrując się w szary kształt przed sobą. – To jej most. Most Diaboliny.

Przyciąga mnie. Muszę po nim przejść. Chce, żebym przeszła na drugą stronę.

– Nie most mnie martwi – powiedział Carlos, spoglądając w dal. – Patrzcie!

Za mostem, na skalnej podstawie pośród mgieł wznosił się czarny zamek. Most był jedyną drogą do czarnej twierdzy, ze wszystkich stron otoczonej przez urwiste ściany. Sam zamek był jednak niezwykle odpychający. Stanowczo nie wyglądał na miejsce, do którego ktoś chciałby się dostać.

– To jest to – szepnęła Mal. – To musi być Zakazana Twierdza. – Najmroczniejsze miejsce na całej mrocznej wyspie. Dawna kryjówka Diaboliny, dom jej przodków.

– Super! – Jay gwizdnął. – Odjechana chata.

Evie przyglądała się zamkowi zza jego pleców. Nadal drżała.

– A ja myślałam, że w naszym zamku jest wietrznie.

– Naprawdę go znaleźliśmy! – Carlos zerkał to na swoje urządzenie, to na zamek. – Nie mogę uwierzyć, że przez ten cały czas był tak blisko naszej wyspy.

Oczy Mal pociemniały, a wyraz jej twarzy był nieodgadniony. Carlos pomyślał, że wyglądała na oszołomioną.

– To by wyjaśniało deszcz. Zakazana Twierdza kryje się pod całunem mgły. To jakby fosa.

Carlos przyjrzał się powietrzu dookoła.

– Jasne. Mechanizm obronny wbudowany w atmosferę.

– Moja matka na pewno go stworzyła, żeby nie dostał się tam nikt niepowołany...

– Czyli właściwie wszyscy – dokończył Jay.

Carlos nie mógł oderwać oczu od czarnej wieży na wzgórzu. Nic dziwnego, że obywatelom Wyspy Potępionych kazano trzymać się z daleka. To był prawdziwy pomnik nikczemności, mocy mroku i niegodziwości.

Mroku Diaboliny.

To nie było przeciętne zło. To, co majaczyło w oddali przed nimi, było najpotężniejszą i najbardziej legendarną ciemnością w królestwie.

Carlos nagle to poczuł – magnetyczne przyciąganie, które wcześniej próbowała opisać Mal. Czuł, jak energia drży w powietrzu, w kamieniach pod jego stopami... Nawet jeśli nie było tu już magii, pozostała moc i historia.

– Czujecie to? – Wyciągnął w powietrze wibrującą dłoń.

– Ja też czuję – powiedziała Evie i podniosła z błota kamień. Drgał w jej palcach. – Przeznaczenie – oznajmiła teatralnie.

Jay wskazał na błyskawicę, która przecięła niebo nad czarnymi wieżami.

– Ja też. Chyba już czas.

Mal nie powiedziała ani słowa. Tylko patrzyła.

– Zaczekajcie. Przecież nigdzie nam się nie spieszy – powiedział Carlos. – Trzeba się do tego zabrać stosownie albo... – Nie dokończył. Tylko wzruszył ramionami.

Pochwycił spojrzenie Mal i wiedział, że czuła to samo.

– Spójrzcie! – zawołał Jay i w jednym miejscu zerwał przerośnięte pnącza, zasłaniające kamienne schody, które wiodły na most. Odrzucił je na bok.

– Co to za straszne, szkaradne stwory? – skrzywiła się Evie. – Nie, dziękuję. Zostaję po tej stronie.

Teraz, gdy winorośle nie zasłaniały im widoku, zobaczyli, że mostu strzegły stare, kamienne gargulce. Skrzydlate gryfy patrzyły na nich nienawistnie ze swoich miejsc po obu stronach przeprawy.

– Urocze – uśmiechnął się Jay.

Carlos przyglądał się bez słowa. Nie tylko Mal dostrzegała dłoń swojej matki w każdym kamieniu wokół nich. Rzeźbione stwory odsłaniały ostre zęby w szyderczym, okrutnym uśmiechu, przywodzącym na myśl uśmiech Diaboliny.

Mal patrzyła na nie, znieruchomiała.

Wtedy Carlos zrozumiał, że sparaliżował ją strach.

– Mal?

Nie odpowiedziała.

„Sama nie da rady tego zrobić – pomyślał Carlos. – Nikt z nas nie da sobie rady sam".

Niczym się to nie różniło od przeciągania się nawzajem przez błoto. To była czysta fizyka, gdy o tym pomyśleć. Nauka.

Próbował się więcej nad tym nie zastanawiać, bo jego serce łomotało tak głośno, że obawiał się, że inni mogą je usłyszeć. Recytował w myślach układ pierwiastków, żeby się uspokoić. Liczby atomowe i masowe zawsze potrafiły go pocieszyć w stresujących chwilach.

A im więcej ich wyrecytował, tym łatwiej mu było stawiać kolejne kroki.

I to właśnie robił.

Stanął na pierwszym stopniu prowadzącym do łukowatego mostu, a wtedy kamienne gargulce przed nimi zaczęły machać skrzydłami.

– Ja cię kręcę! – westchnął głośno Jay.

– Nie ma mowy – powiedziała Evie. – Po prostu nie.

– Jak to możliwe? – dziwił się Jay. – Przecież na wyspie nie ma magii.

– Otwór w kloszu – wyjaśnił Carlos. – Coś musiało obudzić zamek. Coś jak reakcja chemiczna.

To miało sens. Nie tylko Diaval się obudził, ale także cała twierdza.

Carlos wszedł na drugi stopień, potem na następny, aż znalazł się na przęśle mostu. Mal, Evie i Jay szli tuż za nim. Ożywione stwory warknęły. Most drżał. Straszne oczy gryfów zalśniły na zielono, a ich blask rozlał się po mgle dookoła, oświetlając czworo intruzów. Gargulce wyprostowały zgarbione grzbiety. Były teraz prawie dwa razy wyższe niż wcześniej.

Carlos pomyślał, że Evie miała rację. Te istoty wyglądały naprawdę paskudnie, z tymi krzywymi zębami i rozdwojonymi jęzorami. Nie mógł oderwać wzroku od ohydnych pysków pochylających się nad nim.

– To muszą być pozostałości z magicznych lat – powiedział. – Cokolwiek to spowodowało, było pewnie częścią tej samej mocy, która ożywiła Diavala.

– Tej samej mocy? – Mal była urzeczona. – Chodzi ci o moc mojej matki?

– Albo o tę samą falę elektromagnetyczną. – Carlos przypomniał sobie ostatnie zajęcia z dziwnej nauki. – Nie jestem już pewny, jak jest naprawdę.

Jay przełknął ślinę, gdy jeden z gargulców się schylił, jakby miał się zaraz rzucić na Carlosa.

– W tej chwili to chyba nie ma większego znaczenia.

– Kto tu idzie? – huknął gargulec po prawej od Carlosa.

– Nie możecie przejść – zagrzmiał inny, z lewej strony.

– Tak? A kto tak mówi?

Carlos cofnął się, tak jak towarzysze idący za nim. Spojrzeli po sobie nerwowo, niepewni, co powinni zrobić. Nie wiedzieli o gargulcach, nie spodziewali się walki. Zadanie miało być trudniejsze, niż zakładali, może nawet niemożliwe. Ale nic się nie dało na to poradzić. Nawet Carlos wiedział, że teraz nie ma już odwrotu.

– Ruszcie się stąd, paskudy! – krzyknęła zza jego pleców Mal, patrząc gniewnie na gryfy. – Albo was zmuszę!

Gargulce warknęły i skrzywiły się, groźnie machając skrzydłami.

– Jakieś pomysły? – Zdenerwowany Carlos zerknął przez ramię. – Nie mamy broni ani magii. Czym będziemy walczyć? Poza tym jak mamy walczyć z czymś, co jest zrobione z kamienia?

– Musi być jakiś sposób – powiedziała Mal. – Musimy przejść! – krzyknęła znowu. – Przepuśćcie nas!

– Taa. To chyba nie działa – westchnęła Evie.

Gargulce przyglądały się nastolatkom lśniącymi oczami. Groźnie odsłoniły kły, łopocząc potężnymi skrzydłami.

– Nie możecie przejść – powiedziały chórem stwory i w tej samej chwili gęste, szare chmury, otaczające kamienne przęsło, rozproszyły się, odsłaniając piętnastometrową przerwę w moście. W dole ziała bezdenna przepaść.

Most był zniszczony, naprawdę nie do przejścia.

– Świetnie – jęknął Jay. – Czyli to koniec. W porządku. Olać to. Możemy już wracać?

Pozostali tylko patrzyli.

Carlos musiał przyznać, że Jay pewnie miał rację.

Nie było widać żadnej innej drogi, którą mogliby dotrzeć do zamku. Cała ta wyprawa poszła na marne. Nawet gdyby udało im się ominąć gargulce, nie było żadnego sposobu na przejście dziurawym mostem. Beznadziejna sytuacja. Ich wędrówka się skończyła, zanim na dobre się zaczęła.

Carlos cofnął się i zauważył jakieś znaki wykute w kamieniu u stóp mostu. Przykucnął, żeby się im przyjrzeć.

– Co to jest? – zapytała Mal i uklękła obok niego.

Gdy chłopak starł z kamienia pył i mech, ukazało się wykute zdanie: „Intruzi, którzy przez most przejść chcecie, na prawo do przejścia zasłużyć musicie".

– Świetnie. Co to? Jakieś wskazówki? – Mal spojrzała na swoich towarzyszy. – Co to znaczy? Niby jak mamy zasłużyć na przejście?

Evie popatrzyła znów w górę, na gargulce, a potem na zniszczony most i pokręciła głową.

– Nie wiem. Wygląda na to, że na nic nie zasłużyliśmy.

– No a technicznie rzecz biorąc, jesteśmy intruzami – zauważył Jay.

Evie zmarszczyła czoło.

– Myślę, że powinniśmy stąd odejść. Może most został zniszczony. Może tak wygląda od lat. Może teraz nikt nie wchodzi do środka ani stamtąd nie wychodzi.

– Nie. Te słowa muszą coś oznaczać. Ale czy to zagadka, czy ostrzeżenie? – zastanawiała się Mal.

Spojrzała na przerwę w moście, minęła swoich towarzyszy i ruszyła w kierunku krawędzi. Postanowiła znaleźć rozwiązanie.

– Co ty robisz?! – krzyknął Carlos. – Mal, zaczekaj! Nie myślisz teraz rozsądnie!

Ale ona nie mogła dłużej czekać, więc nie zatrzymała się i szła dalej.

Carlos zrobił krok do tyłu. Jay stał z jednej, Evie z drugiej strony.

– Idź za nią – powiedział Carlos. – Odciągnij ją od tej przerwy w moście, zanim spadnie. To jakieś szaleństwo.

Jay skinął głową i poszedł za Mal.

– To takie smutne – westchnęła Evie. – Tak daleko doszliśmy.

– Wiem. Ale pół mostu to jakby wcale go nie było – mruknął Carlos.

Postawił skrzynkę na ziemi i wyłączył, żeby przestała w końcu piszczeć. Hałas czujnika – kolejny dowód na to, jak blisko byli źródła energii – tylko wszystko pogarszał.

W chwili gdy Carlos wyłączył urządzenie, światło w oczach gargulców przygasło. Upiorny, zielony blask cofnął się znów do ich pustych, kamiennych oczodołów.

– Zaraz... Czy ty właśnie...?

Carlos patrzył z niedowierzaniem.

– Wyłączyłem potwory? Na to wygląda – powiedział, po czym zawołał głośno do Mal, która stała z Jayem jakiś metr od dziury w przęśle: – To jakby wielkie dzwonki do drzwi, Mal! Włączają się, kiedy próbujemy przejść na drugą stronę. Kiedy chcemy odejść, wyłączają się.

– Kolejny mechanizm obronny? – Evie nie wyglądała na przekonaną.

– Być może. – Carlos uważnie przyglądał się mostowi. – Wszystko jest tu możliwe. Przynajmniej tak mi się teraz wydaje.

Mal przybiegła do nich.

– Może to tylko próba. Patrzcie! – powiedziała i podeszła do gargulców, którym znów zaświeciły się oczy. – Zapytajcie mnie o coś! – zawołała do strażników mostu. – Pozwólcie nam zasłużyć na prawo przejścia!

Ale kamienne stwory jej nie odpowiedziały.

– Może nie włączasz tego jak trzeba – stwierdziła rozsądnie Evie.

– A może to po prostu strata czasu – westchnął Jay.

– Wcale nie – odparła Mal i rzuciła im błagalne spojrzenie. – To zamek mojej matki. Znaleźliśmy go i musi być jakiś sposób, żeby dostać się do środka. Spójrzcie na napis na kamieniu. To na pewno jakaś próba.

– Carlos powiedział, że te gargulce przypominają dzwonek do drzwi – odezwał się Jay. A jeśli nie? Jeśli to raczej system alarmowy? Gdybyśmy znali kod, moglibyśmy go wyłączyć. – Wzruszył ramionami. – To znaczy ja bym tak zrobił, gdybym chciał się włamać.

Carlos pomyślał, że z nich wszystkich Jay rzeczywiście powinien wiedzieć to najlepiej.

– Jaki jest kod w takim razie? – spytała Mal i ponownie spojrzała na kamienne gargulce. Oczy jej zapłonęły. – Powiedzcie mi, głupki!

Wyprostowała się i zawołała głosem, który Carlos znał bardzo dobrze. Właśnie tak mówiła do niego Cruella i tak Diabolina przemawiała do swoich sług z balkonu. Był pod wrażeniem. Jeszcze nigdy nie widział Mal tak podobnej do jej matki.

Mal nie prosiła gargulców. Ona im rozkazywała.

– To zamek mojej matki, a wy jesteście jej sługami. Zrobicie więc, co wam każę. ZADAJCIE ZAGADKĘ I POZWÓLCIE NAM PRZEJŚĆ PRZEZ MOST! – zażądała, zachowując się jak u siebie w domu, naprawdę po raz pierwszy w domu.

Ponieważ – nikt już nie miał co do tego wątpliwości – tak właśnie było.

Minęła chwila.

Mgła w tle zawirowała, kruki krakały, a w oddalonych oknach zamku zaczęło pulsować zielone światło.

– Carlosssssie... – syknęły gargulce upiornym chórem. – Podejdź do nassss...

Usłyszawszy swoje imię, Carlos zbliżył się, oniemiały z wrażenia.

– Dlaczego ja? – odezwał się w końcu.

– Może dlatego, że pierwszy stanąłeś na stopniu? I alarm uruchomił się przez ciebie? – Jay podrapał się po głowie. – Lepiej ty niż ja, stary.

– Czas na kod przejścia. – Mal skinęła głową. – Twoja kolej, Carlos.

Kamienni strażnicy znów zaczęli syczeć.

– Carlosssssie... Pierwszszsze pytanie...

Carlos zaczerpnął powietrza. Pomyślał, że to całkiem jak w szkole. Lubił szkołę. Lubił odpowiadać na pytania, na które istniały odpowiedzi, prawda? Czy to nie było po prostu kolejne pytanie? Które wymagało kolejnej odpowiedzi?

*Atramentu kleks na śniegu,*
*Czerwony, surowy i miękki,*
*Czarny i mokry, ciepły i szybki,*
*Kochany i utracony – kim jestem?*

Gdy tylko gargulce zamilkły, ziemia pod ich stopami zadrżała.

– Carlos! – zawołała Evie, chwiejnie próbując utrzymać równowagę.

– Co? – Carlos niespokojnie przeczesał włosy palcami. Miał mętlik w głowie.

„Atrament jest czarny. Śnieg jest biały. Co jest czerwone i surowe? Stek? Kto kocha stek? Strasznie dawno go nie jedliśmy. Jaki to ma w ogóle związek ze mną?"

– Odpowiedz na pytanie! – rozkazała Mal.

Światło w oczach gargulców znów zaczęło gasnąć...

– To... – Carlos utknął.

Czarny. Biały. Plamy. Czerwień. Kochany. Utracony.

– Szczeniaki. Szczeniaki mojej mamy, dalmatyńczyki. Wszystkie sto jeden z nich. Wszystkie kochane i wszystkie utracone, przez nią. – Spojrzał na kamienne twarze gargulców. – Choć o tej miłości można by podyskutować.

Cisza.

– Mam wymienić ich imiona? Bo przysięgam, że mogę je wam wyliczyć, co do jednego. – Nabrał powietrza. – Pongo. Perdita. Łatek. Szczęściarz. Pączek. Kropek. Ciapek... – Kiedy skończył mówić, mgła wokół mostu znów zgęstniała. Carlos westchnął.

Nie udało się.

– Zaczekaj! – Mal wskazała na miejsce, w którym opary były najgęstsze. – Coś się dzieje.

Po chwili przesłona mgły się rozwiała, odsłaniając naprawiony fragment mostu.

Gargulce się rozstąpiły, a czwórka nastolatków pobiegła do nowej krawędzi. Zatrzymali się, czekając na następne pytanie.

– NASTĘPNA ZAGADKA! – zażądała Mal, kiedy uderzył w nich ostry podmuch wiatru.

Carlos poczuł, że most miał więcej niż kilka sposobów na pozbycie się nieproszonych gości. Przełknął ślinę.

Musieli się pospieszyć.

A raczej on musiał.

– Carlosssie... Nassssstępne pytanie...

Skinął głową.

*Niczym róża w zamieci*
*Rozkwita jak rana*
*Czerwona smuga.*
*Jej pocałunek to śmierć.*

– zasyczały upiornym chórem gargulce, patrząc na nich z uniesionymi szponami. Machały ogonami i oblizywały kły rozdwojonymi językami. Wyglądały, jakby w każdej chwili mogły zaatakować.

Most znów zaczął się poruszać pod ich stopami.

– Jej pocałunek to śmierć – powtórzył Carlos. – To na pewno coś o mojej matce. Czy tak brzmi odpowiedź? To Cruella de Mon?

Most trząsł się coraz mocniej.

„Zła odpowiedź".

– Na pewno chodzi o twoją mamę! – odezwała się nagle Evie. – Róża w zamieci, rozkwita jak rana... jej pocałunek... Tu chodzi o kolor jej szminki! Charakterystyczną czerwień Cruelli!

Carlos zbaraniał.

– Tak?

Evie była pewna.

– Czerwona smuga, rozumiesz? Och, wiem, co to jest! – oznajmiła Evie. – Odpowiedź to „wiśnie w śniegu"! Na pewno. Szał sezonu. To znaczy sądząc po tym, co przywiozły barki z odpadkami.

Mal przewróciła oczami.

– Nie wierzę, że wiesz takie rzeczy.

Wiatr znów dmuchnął i mocniej chwycili się za ręce, przytrzymując się jedno drugiego. Przywarli do siebie ramionami, opierając się porywom wiatru.

Evie zaklęła.

– Nie chodzi o „wiśnie w śniegu"? Mogłabym przysiąc, że to właśnie to. Czerwień z różowawym odcieniem. Nie, zaraz... Nie miała nic różowego. Była ciemniejsza. Czerwieńsza. „Prawdziwa czerwień". Jak ją nazywały pisma? „Lód i płomień"? Nie! „Ogień i lód"! Właśnie! Dzióbek Cruelli zrobiony jest z „ognia i lodu"!

Gargulce przestały syczeć, ich oczy zalśniły. Stały nieruchomo, gdy mgła wokół mostu znów zgęstniała, a następnie się rozpłynęła, odsłaniając nową część.

Carlos się rozluźnił. Jay wiwatował, a Mal klepnęła Evie w plecy, gdy pokonali nowy odcinek mostu.

Jeszcze jedna odpowiedź na pytanie i droga będzie wolna.

– Zadajcie ostatnią zagadkę! – rozkazała Mal.

Gargulce spojrzały przebiegle.

– Carlossssie... Ossssstatnie pytanie...

Chłopak skinął głową.

Mal spojrzała na niego pokrzepiająco.

Dalej, ostatni raz.

Stwory wysyczały chórem:

> *Mroczne jest jej serce,*
> *Czarne jak niebo w górze.*
> *Powiedzcie nam, młodzi wędrowcy,*
> *Co jest jej prawdziwą miłością?*

Gdy skończyły, podeszły do nich, z wyszczerzonymi kłami i uniesionymi szponami. Gdyby Carlos odpowiedział nieprawidłowo, na pewno rozerwałyby ich na strzępy – teraz wszyscy czworo to widzieli.

Musiało mu się udać. Już nie chodziło tylko o to, żeby przeszli przez most. Chodziło o ich życie.

– Mroczne jest jej serce... Na pewno mówią o Diabolinic, prawda? – Carlos spojrzał na Mal. – Ale może chodzić o którąkolwiek z naszych matek.

– Moja matka nie ma żadnej prawdziwej miłości. Ona nie kocha niczego i nikogo! Nawet mnie! – wyznała Mal z lekkim ukłuciem bólu, które Carlos znał aż za dobrze.

– Nie patrz na mnie. Ja nawet nie mam matki – powiedział Jay.

– Piękno! – zawołała Evie. – Na pewno chodzi o moją. Wiem... to trochę banalne.

Ale gargulców nie interesowało to, co ktokolwiek miał do powiedzenia. Zbliżały się, rozganiając mgłę kolczastymi ogonami.

– CO JEST JEJ PRAWDZIWĄ MIŁOŚCIĄ?! – zapytały, przenosząc wzrok z Evie na Carlosa, z Mal na Jaya.

– Mój ojciec? – zaryzykowała Mal.

Carlos potrząsnął głową. Jeżeli Diabolina choć trochę przypominała Cruellę, to nienawidziła ojca Mal i pragnęła zemsty. Cruella zakazała wszelkich pytań o jego ojca, nieważne, jak bardzo był ciekawy, jak bardzo chciał się dowiedzieć. Jeśli chodziło o Cruellę, Carlos należał tylko do niej. Diabolina na pewno była taka sama.

Gargulce już prawie ich dopadły. Okazały się większe, niż sądzili. Miały ze dwa metry wysokości. Były olbrzymie i tak ciężkie, że most jęczał pod ich każdym krokiem.

Carlos pomyślał, że nawet układ pierwiastków mu teraz nie pomoże.

– CO JEST JEJ PRAWDZIWĄ MIŁOŚCIĄ?! – huknęły ponownie gargulce, rozpościerając szeroko potężne skrzydła. Kiedy nimi machały, mgła wirowała dokoła.

– Smocze Oko? – zgadywała Mal. – Tylko to obchodzi moją mamę.

– Bycie najpiękniejszą w świecie! – krzyknęła Evie. – Albo ona, albo ja. W tej kolejności!

Jay tylko wzruszył ramionami.

– Ja nie mogę pomóc. Jestem całkiem pewny, że nie chodzi im o Dżafara, księcia piżam.

Carlos w pierwszej chwili pomyślał, że gargulce pokręciły głowami, ale szybko zrozumiał, że to most tak się trzęsie. Wszystko drżało, a kamienni strażnicy byli tuż-tuż. Zaczął szczękać zębami. Evie się zachwiała i o mało nie spadła z mostu, ale złapał ją w samą porę. Jay chwycił się trzeszczącego filaru. Wyciągnął rękę, żeby Carlos mógł się go przytrzymać.

– Pospieszcie się! Niech ktoś lepiej coś wymyśli – sapnął Jay. – Długo tak nie dam rady.

Evie krzyknęła, zwisając nad krawędzią mostu. Carlos kurczowo ściskał jedną z jej błękitnych rękawiczek, która powoli zaczęła się zsuwać z jej ręki.

– POMYŚL, MAL! Co kocha Diabolina?! – wrzasnął Carlos. – Na pewno COŚ kocha!

– CO JEST JEJ PRAWDZIWĄ MIŁOŚCIĄ? ROZ-
WIĄŻ ZAGADKĘ ALBO PRZEPADNIJ W MRO-
KU! – zaintonował gargulec.

– Diaval?! – krzyknęła Mal. – Chodzi o Diavala?!

W odpowiedzi most ugiął się pod jej stopami. Zsunę-
ła się i tylko fartem udało się jej złapać Jaya, który niczym
kotwica kurczowo trzymał się filara. Cały zamek trzeszczał
w posadach. Kamienie spadały z murów obronnych, a wieże
wyglądały, jakby zaraz miały runąć w przepaść.

Most zaczął się niebezpiecznie kołysać.

– Zaczekajcie! – zawołał Jay. – Słuchajcie! Im nie chodzi o Diabolinę! Dalej mówią o Cruelli! Szybko, Carlos, co
jest jej jedyną prawdziwą miłością?

Carlos nie mógł myśleć. Za bardzo się bał. Nie był
w stanie sklecić nawet zdania. A jeszcze bardziej przerażała
go sama odpowiedź.

Może właśnie dlatego nie odgadł od razu.

„Nie dam rady powiedzieć tego na głos".

Usłyszał znów krzyki Jaya, jak echo:

– CARLOS! CO JEST JEDYNĄ PRAWDZIWĄ
MIŁOŚCIĄ TWOJEJ MAMY?!

Musiał to powiedzieć.

Przecież wiedział z pewnością.

Czasem, jak tego popołudnia, łudził się, że chodziło jej
o niego, ale znał prawdę.

Bo jej NIGDY nie chodziło o niego.

Ani razu. Nigdy.

Otworzył oczy. Musiał to powiedzieć, i to teraz.

– JEJ FUTRA! FUTRA TO JEJ JEDYNA PRAW-
DZIWA MIŁOŚĆ! – wrzasnął.

Ciągle to powtarzała. Powiedziała to tamtego popołudnia, przy wszystkich.

– Moja matka dba tylko o tę jej głupią garderobę z futrami i wszystko, co się w niej znajduje. Ale wy już to wiecie.

To była prawda i jak każda prawda miała potężną moc.
W mgnieniu oka cała czwórka znalazła się po drugiej
stronie mostu gargulców i wszystko wróciło do normy. Żadnego kołysania ani wstrząsów, żadnego spadania, a stwory
znów spoczęły na swoich miejscach.

Chociaż Carlos mógłby przysiąc, że jeden z nich do niego mrugnął.

Byli bezpieczni. Na razie.

– Dobra robota – powiedziała Mal, dysząc ciężko. –
A teraz dokąd?

Roztrzęsiony Carlos spojrzał na piszczące pudełko, które
trzymał w rękach.

Tędy.

# rozdział

# 23

## Dziw nad dziwy

Z akazana Twierdza była godna swej nazwy. Gdy wędrowcy znaleźli się już po drugiej stronie jej masywnych dębowych wrót, odkryli, że ciemności panujące w środku są równie nieprzeniknione, co na zewnątrz. I tu, i tam zalegał przerażający mrok, a im dalej Jay, Carlos, Evie oraz Mal zapuszczali się w głąb twierdzy, tym głośniej niosły się ich nerwowe szepty, odbijając się echem od ścian upiornych, opuszczonych komnat.

Jay żałował, że nie włożył czegoś cieplejszego od skórzanej kamizelki. Usta Mal zsiniały. Za każdym razem, gdy Carlos coś mówił, jego oddech zmieniał się w parę. Jay chwycił Evie za rękę i poczuł, że jej palce były lodowate jak sople. (Ujął jej dłoń raz. Może dwa. I wyłącznie po to, żeby się trochę ogrzać). Było tu zimniej niż w Smoczym Dworze i nic nie wskazywało na to, żeby miało się zrobić choć trochę cieplej. Na paleniskach nie było żadnych polan, nie widzieli też termostatów, które można by włączyć.

– Te nowoczesne zamki – westchnęła Evie. – Każdy jak wielkie, zimne więzienie.

Mal pokiwała zgodnie głową.

Jay pomyślał, że Graciarnia Dżafara w porównaniu z tym wydawała się całkiem przytulna, ale zachował to dla siebie.

We wszystkich korytarzach tuż nad czarną, marmurową podłogą unosiła się gęsta mgła.

– To musi być magia – stwierdziła Mal. – Mgła nie pojawia się tak po prostu.

Carlos skinął głową.

– Rozszczepiona energia wydaje się tu silniejsza. Myślę, że jesteśmy bliżej jej źródła niż kiedykolwiek.

W tej samej chwili poczuli lodowaty podmuch wiatru, który ze świstem wpadł przez potłuczone witraże okien wysoko nad ich głowami. Każdy krok odbijał się głośnym echem.

Nawet Jay, mistrz złodziei, był zbyt przerażony, żeby próbować coś ukraść, i choć raz trzymał ręce przy sobie.

Oczywiście, kiedy już znajdą berło, będzie musiał zebrać się na odwagę. Już dawno pogodził się z tą myślą – nieważne, jak świetnie wszyscy dogadywali się po drodze.

„Złoczyńcy nie mają przyjaciół, ich dzieci też nie. Nie tak naprawdę".

Żadne z nich nie przyszło tu z lojalności wobec Mal ani z przyjaźni. Jay wiedział, co ma zrobić, i nie zamierzał się przed tym cofnąć. Do tego czasu będzie grzecznie trzymał łapki w kieszeniach. Czegokolwiek nie znalazłby w tym nawiedzonym miejscu, on tego nie chciał.

– A to co? – Wskazał na coś palcem.

Przez na wpół potłuczone szyby błyskały zielone światła, ale nie mógł dostrzec ich źródła.

– Właśnie to odbieraliśmy przez cały czas – odparł Carlos. – To ta sama energia elektromagnetyczna. – Pokręcił głową, patrząc na migające lampki swojego urządzenia. – Całkiem zwariowało. Ta twierdza musiała mieć kontakt z czymś, co zostawiło jakieś resztki ładunku...

– Masz na myśli czary?

Wzruszył ramionami.

– To też.

– Czyli nawet po tych wszystkich latach to miejsce nadal świeci własnym światłem? – Evie była pod wrażeniem.

– Super! – Jay gwizdnął przez zęby.

Mal zbyła to wzruszeniem ramion.

– Czyli zbliżamy się do Smoczego Oka.

– Mhm – potwierdził Jay.

Tak jak reszta grupy, a także wszyscy mieszkańcy wyspy i królestwa Auradonu, wiedział, że złe zielone światło oznaczało tylko jedną przerażającą osobę.

Dla niego było upiorne. Nawet jeśli Mal przypominało jej własny dom.

Korytarze zdawały się wić, łącząc się ze sobą w nieprzebytym labiryncie. W końcu jednak dotarli do ciemnej sali, wypełnionej oprawionymi w ramy obrazami, przysłoniętymi pajęczynami i kurzem.

– To chyba galeria portretów – powiedziała Evie, próbując się przyjrzeć ścianom ukrytym w mroku. – W każdym zamku jest taka.

Jay spojrzał za siebie i natychmiast odskoczył.

– Mal, przestań! – krzyknął.

Mal wyciągnęła rękę i klepnęła go w ramię. Stała tuż przed nim.

– O co ci chodzi? Tutaj jestem.

– O w mordę. Pomyliłem cię z tym obrazem. – Jay wskazał portret na ścianie.

– To nie ja. To moja matka – westchnęła Mal.

– Nieźle. Naprawdę wyglądasz jak ona, wiesz?

– Wyglądacie jak bliźniaczki – potwierdziła Evie.

– To, moi przyjaciele, nazywamy genetyką – skomentował Carlos z uśmiechem.

– Ej, dzięki. Wyglądam jak moja matka? Właśnie to pragnie usłyszeć każda dziewczyna – odparła Mal.

Ale Jay wiedział, jak jest naprawdę. Mal bardziej niż czegokolwiek innego pragnęła być taka jak jej matka.

Dokładnie taka jak ona.

W każdym calu tak zła i w każdym calu tak potężna.

Właśnie tego było trzeba, żeby Diabolina w końcu zwróciła na nią uwagę. Jay mógłby przysiąc, że ta galeria portretów sprawiła, że Mal zapragnęła tego jeszcze rozpaczliwiej.

– I co teraz? – spytała, jakby próbowała zmienić temat. Jay się rozejrzał. Przed nimi były cztery korytarze wiodące do czterech różnych części twierdzy. Z każdego z nich płynęło cuchnące powietrze. Jay był niemalże pewien, że usłyszał w oddali jakiś jęk. Ale wiedział, że to tylko wiatr, zawodzący pomiędzy krętymi przejściami. Wyciągnął z kieszeni zapałki, podpalił jedną i szybko wymamrotał pod nosem: „Enc, due, rabe".

– Bardzo naukowe podejście – powiedział Carlos i przewrócił oczami.

– Ty masz swoje sposoby, ja mam swoje. Ten – odparł Jay i wskazał na korytarz na wprost przed nimi.

W tej właśnie chwili z przejścia, które wybrał, wiatr przyniósł paskudną, trupią woń zgnilizny.

Powiew zdmuchnął płomień zapałki.

Evie zatkała nos. Mal zrobiła to samo.

– Jesteś pewien? – zapytała.

– Co ty. Jasne, że nie. Dlatego wyliczałem! Co za różnica, czy ten korytarz, czy inny – odpowiedział Jay.

Zniknął w przejściu, nie czekając, aż pozostali pójdą za nim. Była to pierwsza zasada włamywania do nieznanego zamku: nigdy nie możesz pozwolić, żeby cię przestraszył. Zawsze zachowuj się tak, jakbyś doskonale wiedział, co robisz.

Jay miał przeczucie, że twierdza się z nimi bawi, podsuwa im możliwości wyboru, choć pewnie wszystkie drogi prowadzą do tego samego miejsca. Czas znów wziąć sprawy we własne ręce.

– Nie, zaczekaj. Nie wiesz, dokąd idziesz. Carlos, może sprawdź, co tam mówi ten twój kompas – zarządziła Mal.

Gdy Carlos podszedł do rozwidlenia, urządzenie zaczęło piszczeć.

– Dobra! Myślę, że Jay może mieć rację.

– Pewnie, że mam rację.

Weszli za Jayem w głąb ciemnego korytarza.

Pisk skrzynki Carlosa odbijał się echem od kamiennych ścian. W końcu dotarli do mokrych schodów, które wiodły dalej w dół, jeszcze głębiej w mrok. Tu powietrze było chłodniejsze i bardziej nasycone wilgocią. Nagle w niesamowitej ciszy rozbrzmiał odległy grzechot, jakby kości uderzających o skałę albo łańcuchów pobrzękujących na wietrze.

– To dopiero pocieszające – westchnęła Evie.

– Lochy – powiedziała Mal. – Miejsce, w którym moja matka spotkała zakochanego księcia Filipa.

Oczy Evie rozszerzyły się z wrażenia. Była to chyba najsłynniejsza historia w całym Auradonie.

– Diabolina miała go tu zamknąć na sto lat, zgadza się? To by była zabawa.

Carlos się rozejrzał.

– Prawie jej się to udało, prawda?

Mal przytaknęła.

– Gdyby nie to trio zarozumiałych, wścibskich dobrych wróżek. – Westchnęła. – Zapada kurtyna. Kolejna scena to Wyspa Potępionych.

– Nie wiem, jak wy, ale ja się czuję, jakbym już spędził tu sto lat. Sprężmy się – powiedział Jay.

Był bardziej czujny niż przez cały dzień, bo wiedział, że teraz ma zadanie do wykonania.

Czas zabrać się do pracy.

Jay znalazł drzwi do lochu. Jako pierwszy do środka wszedł Carlos, nasłuchując pisku urządzenia.

– To ten.

Jay, Mal i Evie, pomagając sobie nawzajem i przytrzymując się ściany, zeszli po schodach. Nie było tu poręczy, a stopnie porastał czarny mech. Ich stopy zapadały się w podłoże z głośnym chlupotem. Czuli, jakby stąpali po czymś żywym i mokrym.

– I nagle ta cała błotna rzeka nie wydaje się taka zła – stwierdziła Evie.

– Racja – przyznał Jay.

Mal nie powiedziała ani słowa. Nie mogła. Była zbyt rozkojarzona. Nawet zapach mchu przypominał jej matkę.

W miarę jak schodzili w głąb lochu, mech stawał się coraz grubszy. Z sufitu zwisały cienkie jak woal pajęczyny, niczym gobeliny utkane dawno temu i zapomniane. Z każdym krokiem rozrywali nici, torując sobie drogę naprzód. Milczeli, przytłoczeni czającym się w powietrzu złem, a dźwięk ich stóp zapadających się w grząski mech niósł się w mroku.

– Tutaj? – zapytała Mal, gdy stanęła przed przegniłymi drewnianymi drzwiami, częściowo zwisającymi z framugi. Ledwo ich dotknęła, a całkiem odpadły i z hukiem runęły na podłogę. Nawet ciężkie żelazne okucia, które je kiedyś spajały, osunęły się z okropnym hałasem.

– Może nie powinniśmy niczego dotykać – zasugerował Carlos i uważnie przyjrzał się urządzeniu, które trzymał w dłoniach.

Mal przewróciła oczami.

– Chyba już na to za późno.

– Myślę, że to tutaj – powiedział Carlos.

Jay miał nadzieję, że kolega się nie myli i że jego wynalazek zaprowadził ich do Smoczego Oka.

Nie wyobrażał sobie, co Mal zrobiłaby biednemu Carlosowi, gdyby było inaczej. On sam też miał coś ważnego do załatwienia.

Mal skinęła głową, a Jay odsunął drzwi. Gdy weszli do środka, pomyślał, że poszarpana framuga przypominała jakby pysk pantery. Weszli w rozwarty pysk bestii.

– Zauważyliście może...

– Przymknij się – warknęła Evie. Była strasznie spięta.

A więc wszyscy zwrócili na to uwagę. Niedobrze. Pewnie dlatego nikt nie chciał o tym rozmawiać.

Weszli ostrożnie do środka. W pomieszczeniu panowała nieprzenikniona ciemność. Nie było ani odrobiny światła, nawet nikłego blasku z odległego okna czy pochodni. Jay wyciągnął rękę, szukając ściany, czegokolwiek, co mógłby dotknąć.

– Jay, może masz w swoich przepastnych kieszeniach latarkę, czy coś... – zasugerował Carlos, ale było za późno.

Jay uderzył o coś dłonią i nagle otoczyły ich ogłuszające dźwięki, chrzęst i brzęk przesuwającego się metalu i kamienia.

I równie nagle spłynęło na nich światło, które wystrzeliło ze wszystkich kątów pomieszczenia. Ich oczom ukazał się złoty blask i zanim się zorientowali, co się dzieje, pomieszczenie zaczęło się wypełniać piaskiem.

Piasek, wszędzie piasek... Zapadali się coraz głębiej, bo sypał się wprost na nich.

Evie krzyknęła. Mal zaczęła się miotać. Carlos upuścił swoje pudełko. Tylko Jay stał całkiem nieruchomo.

To nie był loch, tylko jaskinia.

Jaskinia wypełniona piaskiem... i jeśli wzrok go nie mylił... olbrzymim skarbem.

Przyglądał się klejnotom połyskującym pośród wydm. W oddali mieniły się stosy złotych monet, a wzgórza złota ciągnęły się jak okiem sięgnąć. Były tam korony i diademy, berła i kielichy wysadzane klejnotami, szmaragdy wielkości pięści, diamenty lśniące jak gwiazdy, tysiące złotych dublonów i srebrnych monet. Były również większe przedmioty: obeliski i sarkofagi, lampy i urny, głowa faraona, skrzydlata laska, świątynny kielich i szczerozłoty sfinks.

„Królewski łup" – pomyślał Jay.

Evie odgarnęła piasek i usiadła. Na jej głowie przypadkiem znalazła się jakaś korona.

– Co to jest? Gdzie my jesteśmy?

– Mogę was zapewnić, że to nie jest część zamku mojej matki – stwierdziła cierpko Mal. Wypluła piasek i zdmuchnęła fioletową grzywkę z oczu. Usiadła i otrzepała skórzaną kurtkę. – Kolejne pozostałości z dziury w kloszu? – zapytała.

Carlos skinął głową.

– Na pewno. Nie ma innego wyjaśnienia.

– Czekaj, a gdzie jest berło? – zapytała Mal i się rozejrzała. W jej głosie słychać było zdenerwowanie. – Musi tu być, prawda? Czy ktoś je widział?

Carlos pozbył się złotego wiadra, które spadło mu na głowę, i zdjął swoje urządzenie ze starożytnego złotego sarkofagu. Wydmuchnął piasek z napędu i sprawdził mechanizm.

– Nadal działa, ale nie wiem. Przestało piszczeć. Jakby zgubiło sygnał.

– To go znajdź! – warknęła Mal.

– Dobra, dobra... Daj mi chwilę. Nie masz pojęcia, co piasek może zrobić z płytą główną...

W tym czasie Jay napychał już kieszenie cudownym łupem, ile tylko mógł unieść.

To była odpowiedź na jego sny... to, za czym tęsknił... niebo na ziemi... największy łup jego życia i życia jego ojca!

To była... to była...

Nagle zrozumiał, dokąd trafili.

– Jaskinia Cudów! – wykrzyknął.

– Co takiego? – zapytała Mal.

– To jest to miejsce. Tutaj mój ojciec znalazł lampę.

– Myślałem, że to Aladyn znalazł lampę – powiedział Carlos.

– Tak, ale kto go tam wysłał? – zapytał Jay z uśmiechem wyższości. – Gdyby nie Dżafar, Aladyn nigdy by jej nie znalazł. Dlatego przez cały czas była to lampa mojego ojca. Ale o tym nikt nigdy nie wspomina, prawda? – dodał z poirytowaniem. – A tata powiedział, że jego zdaniem we mgle mogą się kryć także inne rzeczy. Na pewno podejrzewał, że na tę jaskinię też możemy natrafić.

– W porządku. Jaskinia Cudów. Raczej Piwnica Piachu. – Mal wzruszyła ramionami. – Ale ważniejsze jest, jak się stąd wydostaniemy?

– Nie wydostaniecie się – przemówił głęboki głos.

– Co proszę? – zdziwiła się Mal.

– Ja nic nie mówiłem – odparł Jay, który teraz miał już na szyi kilka złotych łańcuchów i zakładał na rękę kolejne bransolety z diamentami.

– Kto to powiedział? – spytała zdenerwowana Evie.

Rozejrzeli się, ale nikogo nie dostrzegli.

– W porządku. To nic takiego. A teraz znajdźmy drzwi – zarządziła Mal.

– Nie znajdziecie! – odezwał się znów grzmiący głos. – I utkniecie tu na zawsze, jeśli nie odpowiecie mi prawidłowo!

– Świetnie – jęknął Jay.

– Czy to kolejna zagadka? Ta cała forteca to jedna wielka pułapka – mruknęła Evie.

– Różne mechanizmy obronne, mówiłem wam – powiedział Carlos. – Alarm antywłamaniowy. Pewnie chodzi o Smocze Oko, nie sądzicie?

– Jaskinio? Czy mam się do ciebie zwracać: Jaskinio? – zapytała Mal.

– Wystarczy „Paszcza Cudów" – odparł głos.

– Okropne imię – skrzywiła się Evie.

Mal skinęła głową.

– W porządku, Paszczo. Co to za pytanie?

– Jest bardzo proste.

– Dawaj.

Grzmiący głos zachichotał. Po chwili przemówił grobowym tonem:

– Jak brzmi złota zasada?

– Złota zasada? – powtórzyła Mal, drapiąc się po głowie. Spojrzała na swoją drużynę. – Chodzi o coś z biżuterią? Jay?

Ale Jay chyba nie usłyszał pytania, tak był zajęty przetrząsaniem skarbu.

Carlos zaczął gorączkowo recytować wszystkie reguły matematyczne, jakie przyszły mu do głowy.

– Reguły logarytmów? Reguła trzech? Reguły wyrażane za pomocą symboli? Kolejność działań?

– Może chodzi o to, żeby być dla siebie miłym? – zasugerowała niezobowiązująco Evie. – Nie czyń drugiemu, co tobie niemiłe? Jakieś bzdury z auradońskich kartek z życzeniami?

W odpowiedzi pieczara znów zaczęła się wypełniać piaskiem. Paszcza Cudów nie była zadowolona, tyle było jasne. Piasek pojawiał się zewsząd, zasypywał wszystkie szczeliny pomieszczenia, przestrzenie między stosami złotych monet, wznosił się jak woda zalewająca tonący statek. Zaraz się uduszą, jeśli nie dadzą Paszczy prawidłowej odpowiedzi.

– To Jaskinia Cudów, nie Dobra Wróżka! – pisnął Carlos. – Jaskinia nie dba o życzliwość! To nie jest złota zasada!

Piasek sypał się coraz obficiej.

– Chodźcie. Tędy! – Mal próbowała się wspiąć na stosy monet, licząc na to, że bliżej sufitu będzie bezpieczna. Nie były one jednak w stanie utrzymać jej ciężaru i osuwały się na boki.

Evie podsadziła ją do góry i tym razem Mal zdołała chwycić się wysokiego sfinksa. Wdrapała się na grzbiet posągu i wyciągnęła rękę, żeby wciągnąć Evie, ale nogi niebieskowłosej księżniczki ugrzęzły w piachu.

– Nie dam rady! – wrzasnęła Evie.

– Musisz! – odkrzyknęła Mal.

Ale Evie już zniknęła pod hałdami piasku.

Jay nie mógł uwierzyć własnym oczom.

– Evie…! – zawołał.

– Dalej! – ponaglał Carlos, szukając jej rękami w piasku. – Musi gdzieś tu być! Pomóż mi ją znaleźć!

– Nigdzie jej nie ma! – krzyknął Jay.

Niespodziewanie Evie wyłoniła się na powierzchnię, prychając i plując monetami. Mal, Carlos i Jay wyglądali, jakby poczuli ulgę.

– Złap się! – Mal wyciągnęła rękę do Carlosa, zamierzając go podciągnąć, lecz piasek sięgał mu już do piersi. – Dalej! – zawołała. – Wdrap się na sfinksa!

– Nie mogę.

– Jak to?

– Noga mi uwięzła.

Evie wspięła się na posąg i chwyciła Carlosa za drugą. Razem z Mal pociągnęły z całej siły, ale Carlos nie drgnął ani o milimetr. Utknął, a piasek wokół niego nieustannie się podnosił. Spływał ze ścian i z podłogi, osypywał się także z sufitu.

Mal znowu pociągnęła Carlosa za rękę, ale zamiast go oswobodzić, wytrąciła z równowagi Evie, która spadła na wciąż powiększające się góry piachu, obijając się o kielichy i korony.

Zatonęła najpierw po kolana, potem po ramiona...

Carlos uchwycił jej dłoń, lecz piasku nieubłaganie przybywało.

– Przynajmniej mam buty na obcasach – zażartowała Evie, udając dzielną. Była już przykryta po szyję, Carlos też ledwo trzymał brodę nad powierzchnią.

– JAY! GDZIE JEST JAY?! – wrzasnęła Mal, rozglądając się nerwowo i wykasłując piasek. Panicznie ściskała ramię Carlosa.

– JAY! – wołali.

Jay machał rękami. Miał ziarenka piasku we włosach i w oczach. Zasypały go złote dublony. „Złoto. Tyle złota". Nigdy w życiu nie widział tyle złota. Czuł, jakby miał obok całe złoto świata.

Umrze pogrzebany w złocie...

Złota zasada...

„Jak brzmi złota zasada?"

Cóż, znał odpowiedź na to pytanie.

Prawie słyszał teraz, jak ojciec szepcze mu odpowiedź do ucha.

Tymczasem Carlos i Evie zniknęli już pod zwałami piachu. Mal miała wkrótce do nich dołączyć.

Piasek sięgał już prawie sufitu. Niedługo nie będzie dokąd uciec – żadnego sposobu, żeby się stąd wydostać, żadnego powietrza w komnacie. Kończyły się im czas i miejsce. Ale Jay znał odpowiedź. Wiedział, że może ich jeszcze ocalić.

– TEN, KTO MA NAJWIĘCEJ ZŁOTA, USTALA ZASADY! Tak brzmi złota zasada! – zawołał triumfalnie, wymachując pięścią w powietrzu.

Rozległ się głośny, grzmiący śmiech, a piasek zaczął powoli odpływać z pieczary. Wkrótce Jay, Mal, Evie i Carlos stali znów w twierdzy, z dala od lochów.

Jaskinia Cudów zniknęła, a razem z nią cały skarb.

– Złoto głupców – stwierdził ze smutkiem Jay, patrząc na puste kieszenie. – To wszystko było złotem głupców.

# rozdział

# 24

## Krzywe zwierciadło

Serce Evie biło tak gwałtownie, że już myślała, że nigdy się nie uspokoi. Nadal czuła smak piasku z tamtej jaskini. A więc tak wyglądało prawdziwe zło – jak piach w ustach i atak gargulców. Jeśli tak działała magia, to całe szczęście, że istnieje klosz.

Niewiele brakowało, żeby zgubiła obcas.

Potrząsnęła głową, żeby się uspokoić. Już drugi raz Zakazana Twierdza o mało ich nie pokonała. Czy Diabolina wiedziała, że posyła własną córkę w pułapkę? A jeśli tak, czy się tym przejmowała? Pewnie nie. W końcu to była straszna i znienawidzona Pani Mroku. Zła Królowa była niemądra, jeśli myślała, że może rywalizować z kimś takim. Evie sama czuła się niemalże głupio, że próbowała rywalizować z córką Pani Mroku.

Teraz, kiedy się nad tym zastanowiła, prawie zaczęła współczuć Mal.

Prawie.

Urządzenie Carlosa znów złapało sygnał.

Skradali się przez zrujnowany zamek. Nietoperze nad ich głowami zrywały się z piskiem i trzepotem skrzydeł, a rozpadająca się marmurowa posadzka wydawała się poruszać i przesuwać pod ich ciężarem.

Evie się potknęła.

– Co jest nie tak z tym miejscem? Czy pod tą wyspą jest jakiś uskok?

– Cóż... – zaczął Carlos.

– Żart. To był żart – westchnęła Evie.

Ale w ich sytuacji nie było nic zabawnego. To był cud, że morze otaczające wyspę nie połknęło do tej pory zamku i całej góry.

Evie słyszała szczury przemykające pod ścianami. Po jej plecach przebiegł zimny dreszcz. Pomyślała, że nawet szczury szukały bezpieczniejszego miejsca.

– Tędy! – Carlos wskazał wąskie przejście przed nimi.

Poszli jego śladem. Maszyna piszczała coraz głośniej.

– A teraz tędy – powiedział chłopak i skręcił, a potem jeszcze raz.

Evie była teraz tuż za nim. Korytarz coraz bardziej się zwężał. Nagle...

– Co się dzieje? – spytała Evie. – Wiem, jaki mam rozmiar, i nie urosłam dwa razy w obwodzie w ciągu ostatnich dwóch i pół minuty.

Rzeczywiście, przejście zwęziło się teraz prawie do szerokości jej ramion. Gdyby stało się jeszcze troszkę węższe, musiałaby iść bokiem. Poczuła gulę w gardle i kotłowanie w żołądku – miała wrażenie, że nie był to już korytarz. Była to szczelina, pęknięcie, które w każdej chwili mogło się zamknąć.

– Czy tylko mi się wydaje – powiedziała głośno Mal – czy utknęliśmy we wnętrzu góry jak...

– Sznurek zwisający z rurki? Pasta do zębów wciśnięta w słomkę? Zadarty paznokieć wbijający się tutaj w skórkę? – dokończył za nią Jay i wyciągnął dłoń. – A niech to, naprawdę boli.

– Gadasz o rzeczach, które dziś ukradłeś? Bo to naprawdę okropne porównania. – Evie popatrzyła na Jaya z niesmakiem. – I mówię to jako osoba wykształcona w zamku przez kobietę, która uważa, że podstawą edukacji jest odróżnianie różu od bronzera.

– Może powinniśmy zawrócić. – Carlos wypowiedział na głos obawy Evie. – Tyle że... Chyba utknąłem.

W tym momencie ściany zadrżały, zamek się zatrząsł, a na podłogę spadł kamienny odłamek. Był dość duży. O włos minął idealny nosek Evie.

Dziewczyna krzyknęła. Chciała się wycofać, ale nie mogła, bo korytarz był zbyt wąski.

– To jakaś pułapka! Chodźmy, tu nie jest bezpiecznie!

– Nie – odpowiedział Carlos. – Spójrzcie, jest inne przejście! – Zaczął posuwać się do przodu, aż udało mu się jakoś przecisnąć do odrobinę szerszego korytarza.

Idąc za Mal i Jayem, Evie czuła taką ulgę, że zapomniała się poskarżyć, co się mogło stać z jej nosem.

Nowy tunel skręcał najpierw w prawo, potem w lewo. Ściany były tu bardziej od siebie oddalone, ale pochylone pod dziwnym kątem, niektóre do środka, inne na zewnątrz. Efekt przyprawiał o zawroty głowy, bo nawet sufit w pewnych miejscach się przekrzywiał, a korytarze rozgałęziały się na wszystkie strony czasem w dwóch, a niekiedy nawet w trzech kierunkach.

A rumor za nimi nie ustawał.

– Coś nas nie lubi – zauważył Jay.

– Nie powinniśmy tu być – powiedziała Evie.

– Musimy się pospieszyć. – Carlos starał się zachować spokój, choć na pewno był równie przerażony, jak jego towarzysze.

Kolejny kamień oderwał się od ściany i roztrzaskał o podłogę. O mało nie rozbił głowy Evie. Tym razem odskoczyła w tył, roztrzęsiona.

– Co to za miejsce?

– Jesteśmy w jakimś labiryncie – myślała głośno Mal. – Dlatego korytarze ciągle skręcają, a przejścia się rozdzielają i zwężają. I chyba się zgubiliśmy.

– Wcale nie. Mamy moje urządzenie – odparł Carlos. – Tylko dzięki niemu wiemy, którędy iść.

Pudełeczko nadal piszczało, podążali więc za sygnałem. Evie miała tylko nadzieję, że Carlos ma rację i wie, co robi. Musiał wiedzieć, bo kręte korytarze wkrótce zmieniły się w szersze, więc wszyscy odetchnęli z ulgą.

Chociaż tunele stały się znów długie i proste, zamek nadal się trząsł, a ściany pochylały. Także sufit wydawał się być znacznie niżej.

– To nie jest przypadkowe – stwierdził nagle Carlos. – To ma rytm.

– Masz rację – przyznał Jay. – Spójrzcie. Ten rumor jakby był zgrany z twoją piszczącą skrzynką. Gdy ona zaczyna się świecić, ściany zaczynają się poruszać.

Evie popatrzyła na niego.

– Chcesz powiedzieć, że on to wywołuje?

Carlos pokręcił głową.

– Myślę, że to morskie fale – odpowiedział. – Wyobraźcie sobie, jaki stary musi być ten zamek. A jeśli za każdym razem, gdy fala uderza o fundament, spada kamień albo drży podłoga?

Mal przełknęła ślinę.

– Mam tylko nadzieję, że zamek się nie zawali, zanim znajdziemy berło.

Evie się pochyliła, żeby nie uderzyć głową o sufit. Wszyscy z wyjątkiem Carlosa musieli się teraz przygarbić, bo tunel był niski.

– To miejsce dla myszy – stwierdziła Mal.

– Albo krasnoludków? – dodała Evie.

– Albo dzieci? – zaproponował Jay.

– Nie – odparł Carlos.

Uciszył ich i wskazał coś daleko w mroku. Podążyli za jego spojrzeniem. Najpierw zobaczyli jedną parę lśniących, zielonych oczu, a potem następną i kolejne.

– Gobliny – powiedział Carlos. – To tu mieszkają. Dlatego sufit jest tak nisko, a korytarze są takie dziwne. To nie jest miejsce dla ludzi.

Nagle powietrze przeszył straszny, ochrypły śmiech, stukot pazurów i zgrzyt zębów. Skrzynka zaprowadziła ich prosto do leża goblinów.

– Super – stwierdziła Mal.

– No, dobra robota – prychnął Jay.

Evie tylko popatrzyła gniewnie na Carlosa.

Nie były to przyjazne, przedsiębiorcze gobliny z nabrzeża ani te opryskliwe z Pomyjowni. Były to straszliwe stwory, które przez dwadzieścia lat żyły bez swojej pani. Wygłodniałe i groźne.

– Co robimy? – zapytał Jay, chowając się za Carlosem, który przywarł plecami do ściany.

– Wiejemy! – zawołały Evie i Mal.

Pobiegli w stronę jedynego otwartego przejścia, a horda goblinów ruszyła za nimi z przeraźliwym skrzekiem, stukając włóczniami o kamienie.

– Chyba rzadko mają tutaj gości! – krzyknął Jay.

– Może powinny skreślić ich z jadłospisu! – zawołał Carlos i o mało nie potknął się o coś, co mogło być starą kością.

– Tędy! – Evie wskazała na ciężkie, drewniane drzwi. – Wszyscy do środka!

Gdy wbiegli, zatrzasnęła i zaryglowała je za nimi, więc gobliny zostały po drugiej stronie.

– Było blisko – odsapnęła Mal.

– Za blisko – dodał Jay.

Nadal słyszeli gobliny po drugiej stronie. Rechotały i głośno stukały włóczniami.

– Może tylko lubią straszyć ludzi? – próbowała ratować sytuację Evie. – Słyszałam, że przeważnie są nieszkodliwe.

– Taa, przeważnie – powiedział Carlos, ssąc skórę dłoni w miejscu, gdzie drasnął ją grot włóczni. – Może nie czekajmy, żeby to sprawdzić.

Kiedy już wyglądało na to, że gobliny odpuściły, Evie uchyliła ostrożnie drzwi. Upewniła się, że nikogo za nimi nie ma, i skinęła głową na Carlosa. Poszli dalej wąskimi tunelami, nie znajdując po drodze nic prócz pustych komnat.

Nagle Evie zauważyła światło dochodzące z odległej sali.

– Tam! – zawołała.

Podekscytowana, pobiegła w tamtą stronę. Może to Smocze Oko lśniło w ciemności?

Nagle się zatrzymała. Przed nią znajdowało się ogromne lustro.

Ciemne, poplamione i popękane, ale jednak lustro.

Evie krzyknęła.

– Potwór!

– Co to jest? – zapytała Mal, gdy podeszła i zerknęła przez ramię koleżanki. Sama również krzyknęła.

Teraz podbiegli do nich Carlos i Jay.

– Bestia! – wrzasnęła Evie. – Ohydna bestia!

Krzyczała nieprzerwanie, wskazując na swoje odbicie. Z kolei ze zwierciadła stara kobieta o haczykowatym nosie i w czarnej pelerynie pokazywała na nią.

Tą wiedźmą była ona sama.

– Co się ze mną stało? – zapytała chrapliwym, drżącym głosem Evie.

Spojrzała w dół i z przerażeniem odkryła, że jej gładka skóra teraz była obwisła, pomarszczona i upstrzona plamami wątrobowymi. Popatrzyła na swoje włosy, siwe i rzadkie. Zmieniła się w starą żebraczkę. I to nie tylko w lustrze. Nie ona jedna.

Mal przyglądała się ze zmarszczonymi brwiami swojemu odbiciu. Miała brodawki na nosie i łysą głowę, poza kilkoma białymi kosmykami.

– Urocze. To musi być jakieś zaklęcie.

Jay potrząsnął głową.

– Powtórzmy to wszyscy razem: na tej wyspie nie ma żadnej magii.

– Była chwila, jedna, jedyna sekunda, gdy moja maszyna wypaliła dziurę w kloszu. Myślę, że to mogło wystarczyć.

– Ale co się wtedy dokładnie stało? – zapytała wystraszona Evie.

– Coś ożywiło Diavala, Smocze Oko, gargulce i Jaskinię Cudów... I prawdopodobnie wszystko, co kiedyś było magiczne w tej twierdzy – powiedział Carlos. – Tak mi się przynajmniej wydaje. Ale może jest inaczej.

– No nie wiem... Nie sądzę, żebym wyglądał aż tak źle – stwierdził Jay i wyszczerzył się do lustra.

Był pulchny i blady, brodaty i siwy. Wyglądał dokładnie tak jak jego ojciec. On też miał na sobie czarną pelerynę.

– Przynajmniej wyglądam, jakby mi ostatnio nie brakowało słodyczy.

– Mów za siebie – obruszył się Carlos, który z przerażeniem odkrył, że na starość przypomina swoją matkę. Zgadzało się wszystko: żylasta szyja, wystające kości policzkowe, wytrzeszczone oczy. – Chyba już wolałbym zmierzyć się z goblinami niż z tym.

– Popieram – zgodziła się Evie, która nie mogła już patrzeć na siebie ani chwili dłużej. Zaczęła panikować. Jej gardło się zaciskało. Nie mogła tak wyglądać! Była przecież piękna! Była...

– Najpiękniejsza – potwierdziło lustro.

– Och, tylko nie ten głos! – krzyknęła Evie, zanim zrozumiała, co właściwie usłyszała. Tym razem to nie była jej matka naśladująca głos lustra, jak to się często zdarzało. To było prawdziwe magiczne lustro.

Wszyscy popatrzyli na taflę zwierciadła, w której niczym duch pojawiła się jakby ludzka twarz.

*Najpiękniejsza jesteś i najpiękniejszą znów będziesz,*
*Jeśli dowiedziesz, żeś sprytna i mądra,*
*I wymienisz wszystkie składniki potrzebne,*
*By w wiedźmę w łachmanach zmienić swą postać.*

– przemówiło magiczne lustro.

– Zagadka słowna! – powiedział uradowany Carlos. Uwielbiał gry językowe.

– Wcale nie. To zaklęcie – poprawił go Jay, patrząc na niego jak na wariata.

– Wiedziałam! – zawołała Mal.

– Ale o co chodzi z tą wiedźmą w łachmanach? – zapytał Jay.

– To oczywiste. To właśnie to, co nam się przydarzyło – wyjaśniła Mal. – Evie, wiesz, czego trzeba do tej przemiany? Wygląda na to, że jeśli uda nam się wymienić wszystkie składniki, odwrócimy zaklęcie.

– Nie nam – poprawił ją Carlos. – Evie. Lustro zwróciło się do, no wiesz, najpiękniejszej. – Popatrzył na Mal, nagle zakłopotany. – Wybacz, Mal.

– Teraz nie ma we mnie nic pięknego – powiedziała Evie. – Ale słyszałam o tej przemianie. – Spojrzała znów w zwierciadło, nadal nie mogąc oderwać wzroku od swojego okropnego odbicia.

– Oczywiście, że nadal jest w tobie piękno. Przecież to tylko słynne przebranie twojej matki! Pamiętasz? Kiedy nabrała Śnieżkę, żeby wzięła jabłko? – zapytała zniecierpliwiona Mal.

– Nie naciskaj na mnie! Przez ciebie zaczynam panikować. Kiedyś znałam to zaklęcie na pamięć, ale teraz nie mogę myśleć o niczym innym poza tym. – Evie wskazała swoje odbicie. – To mnie paraliżuje.

– No nie wiem. Moim zdaniem jest całkiem fajne – stwierdził Jay. – Z takim wyglądem mogłabyś sporo ukraść.

Carlos przytaknął.

– Coś w tym jest. Mogłabyś przetestować tę postać.

Evie się rozpłakała.

– Wcale nie pomagacie – zbeształa chłopaków Mal.

Młoda księżniczka zawodziła coraz głośniej.

– Daj spokój, Evie. Przecież to nie jesteś ty. Wiesz o tym dobrze. Nie pozwól się sprowokować złej twierdzy mojej matki – powiedziała Mal z taką pasją w głosie, jakiej Evie jeszcze nigdy u niej nie słyszała. – To właśnie robi moja... To znaczy Diabolina. Znajduje twoje słabości i obnaża je, jedną po drugiej. Myślisz, że natknęliśmy się na to magiczne lustro przypadkiem? Akurat wtedy, gdy jest z nami najpiękniejsza na świecie?

– Myślisz, że to specjalnie? – Evie trochę się uspokoiła. Teraz była nawet nieco zaintrygowana.

– Myślę, że to próba. Tak jak wszystko w tym miejscu. Jak z Carlosem i gargulcami albo Jayem i Paszczą.

– W porządku – powiedziała Evie i skinęła do Mal głową. – Naprawdę myślisz, że mi się uda?

– Wiem, że tak, ofermo. To znaczy, najpiękniejsza ofermo. – Mal uśmiechnęła się szeroko.

Evie odpowiedziała jej takim samym uśmiechem.

Dobra. Może się uda.

– Czytałam to zaklęcie setki razy w księdze czarów mamy.

– I tak trzymać! – Mal poklepała ją po plecach.

– Widzę słowa zaklęcia tak wyraźnie, jakbym miała je teraz przed oczami – powiedziała Evie nieco pewniej, po czym się wyprostowała.

– Sama widzisz. Jasne, że ci się uda. To klasyka.

– Klasyka – powtórzyła do siebie Evie. – Tak to nazywałam. Wszystko pamiętam.

„Czy pamiętam?"

Potem spojrzała sobie, starej i brzydkiej, prosto w oczy.

– Pył mumii w staruchę mnie zmieni! – zawołała.

Nagle jej zmarszczki zniknęły. Carlos zawył z radości, gdy również się odmienił. Nie mógł już znieść widoku
gniewnych bruzd Cruelli na swojej twarzy.

Evie się uśmiechnęła.

– Czerń nocy mą suknię spowije!

W jednej chwili odzyskali własne ubrania.

– Rechot wiedźmy mój głos niech złamie! – Jeszcze zanim Evie wypowiedziała ostatnie słowo, wrócił jej prawdziwy głos, młody i melodyjny.

Jay się roześmiał, zachwycony, bo nie brzmiał już jak
burkliwy starzec.

– Od krzyku trwogi włos posiwieje! – kontynuowała
Evie, patrząc, jak jej włosy znów przybierają czarny kolor
o niebieskawym połysku. Wróciły gęste fioletowe pukle Mal,
a w białych włosach Carlosa pojawiły się czarne kosmyki.

Evie już prawie skończyła, a jej głos nabrał pewności,
gdy recytowała ostatnie słowa inkantacji:

– Podmuch wiatru nienawiść rozproszy, piorun z nieba
wymiesza jak trzeba, a teraz odczyń magiczne zaklęcie!

Wszyscy czworo wiwatowali i krzyczeli, skacząc w kółko jak wariaci. Nawet Evie uśmiechała się od ucha do ucha.

Jeszcze nigdy tak bardzo nie cieszyła się na widok swojego odbicia w lustrze. Kiedy znów stała się sobą, z radością
odkryła, że choć raz w jej życiu nikogo nie obchodziło, jak
wyglądała. Nawet jej samej.

To było jak magia.

# rozdział

# 25

## klątwa smoka

Wlokąc się za resztą grupy, Mal zastanawiała się nad tym, co powiedziała do Evie – że wszystko w Zakazanej Twierdzy było próbą.

Carlos musiał stawić czoła gargulcom, a Jay – Jaskini Cudów. Evie przetrwała próbę magicznego lustra.

„A co ze mną? Co mnie czeka?"

Czy niebezpieczeństwo – wyzwanie przeznaczone specjalnie dla niej – oczekiwało tuż za następnymi drzwiami?

„A może bardziej w stylu mojej matki byłoby w ogóle mnie zignorować? Zostawić mnie w spokoju i uznać, że nie jestem warta żadnej próby?"

Zamknęła oczy. Prawie słyszała teraz głos swojej matki: „Co tu sprawdzać, Mal? Nie jesteś taka jak ja. Jesteś słaba jak twój ojciec. Nie zasługujesz, żeby być moją córką".

Otworzyła oczy.

Tak czy siak, nic nie zmieniało tego, gdzie się teraz znajdowali.

W domu Diaboliny. Jej kryjówce.

Mal stała teraz na ziemi swej matki, nieważne, czy była tu mile widziana, czy nie. Cokolwiek zdarzy się dalej, będzie dotyczyć ich dwóch. Nieważne, czy będzie to próba, czy nie. Niezależnie od wyprawy.

„A nawet niezależnie od Smoczego Oka".

Nie mogła oprzeć się wrażeniu, że coś ją obserwowało. A może ktoś? Czuła to, odkąd tego ranka wyszła z domu. W twierdzy ta obecność stała się jeszcze wyraźniejsza. Kilka razy zerkała przez ramię, ale nic nie zobaczyła. Może po prostu miała paranoję.

Z sali ze zwierciadłem przeszli do komnaty obwieszonej purpurowymi i złotymi proporcami, a także tapiseriami, przedstawiającymi wszystkie sąsiednie królestwa. Ze względu na grubą warstwę kurzu trudno było je jednak odróżnić. Ich buty odciskały na zakurzonej posadzce ślady, zupełnie jakby kroczyli po śniegu.

Mimo to szli dalej.

Korytarze skręcały się i zawracały, podłoga czasem wydawała się nierówna, a ściany pochylały w tę lub inną stronę. Czuli się, jakby znaleźli się we śnie albo w salonie krzywych luster, a może w miejscu, które tak naprawdę wcale nie istniało.

W baśni, która ożyła.

W zamku z koszmarów.

Wszystkie ściany i kamienie miały odcienie szarości i czerni, a przez szczelinę tu i tam sączył się słaby, zielony blask. „Dom mamy" – myślała Mal za każdym razem, kiedy spojrzała na upiorne światło.

Wszystko to razem było dla nich niczym tortury – nawet dla Mal.

A może zwłaszcza dla Mal.

Popękane witraże były jedynym źródłem barw. Okna były w większości w ruinie, a kawałki szkła leżały rozrzucone na podłodze. Musieli ostrożnie stawiać stopy, żeby nie poślizgnąć się na jakimś odłamku. Długi korytarz z oknami przeszedł w jeszcze wyższy i szerszy. Mal wkrótce zrozumiała, że zbliżali się do jakiegoś ważnego miejsca, wielkiej komnaty, może nawet samego serca zamku.

Mal szła w kierunku swego losu, jak powiedziała wtedy Evie. Zaraz wszystko się rozstrzygnie.

Czuła znajome już przyciąganie czegoś nieznanego. Czegoś, co być może należało tylko do niej.

Cokolwiek to było, znajdowało się tuż przed nią. Mruczało i wibrowało, tak jak w pierwszej chwili, gdy weszła do ciernistego lasu. Przyzywało ją, kusiło, a nawet się z nią droczyło.

„Chodź" – mówiło.

„Pospiesz się!"

„Tędy!"

Czy naprawdę to przeznaczenie ją wołało?

A może w sali tronowej czekała ją kolejna porażka? Kolejne potwierdzenie, że nigdy nie będzie córką swojej matki, nieważne, jak bardzo by się starała?

Zatrzymała się przy drzwiach o wysokości dwóch dorosłych mężczyzn.

– To tutaj. Tu jest!

Spojrzała na Carlosa, a on skinął głową i podniósł urządzenie, które jakiś czas temu wyłączył.

– Już go nie potrzebowaliśmy – powiedział, patrząc jej w oczy.

Jay kiwnął do niej głową. Nawet Evie chwyciła jej dłoń i krótko ją uścisnęła.

Mal odetchnęła. Przeszył ją zimny dreszcz, na rękach miała gęsią skórkę.

– To sala tronowa Diaboliny. Teraz jestem tego pewna. Czuję to. – Spojrzała na nich. – Czy to brzmi jak szaleństwo?

Pokręcili głowami. Nie.

Otworzyła drzwi i chłonęła to, co zobaczyła.

Ciemność i moc. Cień i blask. Sufit wysoki jak niebo, czarny jak dym. Ciągnące się wzdłuż ścian okna, przez które Diabolina mogła manipulować całym światem.

– Och! – westchnęła mimowolnie Evie.

Carlos wyglądał, jakby chciał dać nogę, ale jednak się powstrzymał.

Jay rozglądał się po pomieszczeniu jak złodziej, który ocenia miejsce przed włamaniem.

Ale Mal czuła, jakby była tu sama z duchami.

Zwłaszcza z jednym.

To tu jej matka szalała z gniewu i wydawała rozkazy. To stąd wystrzeliła przez sufit jako zielona kula ognia, żeby przekląć całe królestwo. To była siedziba mroku.

Weszli głębiej. Mal pierwsza. Idący za nią towarzysze czuli się jak falanga żołnierzy, prawie tworzących formację. Czarne kamienie pod ich stopami były lśniące i śliskie. Całe pomieszczenie wypełniała aura głębokiego zła. Mal czuła to w duszy. Wszyscy to czuli.

Dom pełen smutku, złości i nieszczęścia. Nawet teraz ból tamtego czasu przepalał się przez Mal, w głąb, aż do samych kości.

Zadrżała.

Pośrodku sali było puste miejsce, gdzie kiedyś znajdował się tron jej matki. Stał wtedy na wielkim podwyższeniu, a z dwóch stron dochodziły do niego kręcone schody. Cała komnata była okrągła, otoczona kolumnami.

Wielki łuk wyginał się nad centralną platformą, strzegąc pozostałości tronu. Na ścianach wisiały zbutwiałe resztki wystrzępionych fioletowych arrasów.

– Nic nie zostało – powiedziała Mal, klękając w odłamkach świetnego niegdyś tronu. – Wszystko przepadło.

– Nic ci nie jest? – zapytał Jay, który nerwowo chuchał na swoje dłonie, żeby je choć trochę ogrzać.

Mal skinęła głową.

– Chodzi o to... – zająknęła się. Nie mogła znaleźć słów, żeby opisać to, co czuła. Słyszała wszystkie opowieści swojej matki, ale nie sądziła, że były prawdziwe.

Aż do tej chwili.

– No – przytaknął Jay. – Wiem.

Wzruszył ramionami, a ona zrozumiała, że pewnie czuł to samo, gdy znaleźli się w Jaskini Cudów. Wiedziała, że

Dżafar i Jago ciągle o niej rozmawiali, ale trudno było sobie wyobrazić świat poza tym, co poznali na wyspie.

A przynajmniej tak było do tej pory.

Teraz wszystko się zmieniło.

Jay westchnął.

– To wszystko jest prawdziwe, tak?

– Chyba tak... – Mal skinęła głową. – Co do ostatniej strony opowieści.

„Nawet klątwa – pomyślała po raz pierwszy od wielu godzin. – Klątwa. Ktoś musi dotknąć berła. Evie musi go dotknąć, żeby zasnąć na tysiąc lat".

– To gdzie ono jest? – zapytał Carlos, rozglądając się po zimnej komnacie.

– Pewnie gdzieś tutaj.

Evie obróciła się dokoła.

– Może powinniśmy się rozdzielić – zasugerował Jay z błyskiem w oku.

– Pomyślcie – powiedziała Mal. – Moja matka nigdy się z nim nie rozstawała. Trzymała je, nawet siedząc na tronie. – Wróciła do miejsca, w którym kiedyś stał tron. – Tutaj.

– To gdzie może być teraz? – Carlos zmarszczył czoło.

– Gdzieś, gdzie nikt inny nie mógłby go dosięgnąć – zasugerowała Evie. – Spróbuj zapytać moją matkę, czy pozwoliłaby ci dotknąć którejś z jej pamiątek najpiękniejszej w świecie.

Mal się wzdrygnęła, gdy usłyszała słowo „dotknąć".

Klątwa czekała na nich wszystkich – a przynajmniej na jedno z nich – tak samo jak Smocze Oko.

– Ale oczywiście chciałaby je widzieć. Ze swego tronu – upierał się Jay.

Mal skinęła głową. Wszyscy pamiętali Dżafara w jego kuchni, jak stawał zawsze tuż za swoim stosem monet.

– Czyli... – Obróciła się powoli.

Wyobraziła sobie matkę, siedzącą tu z laską w dłoni, gdy czuła się potężna i zła, kiedy rządziła całym królestwem.

Potrząsnęła głową.

„Moja matka nie miałaby żadnego problemu, żeby przekląć kogokolwiek z tej sali na tysiąc lat, nie mówiąc o jednej osobie".

– Tam. Spójrzcie! – zawołała Evie, kiedy na przeciwległej ścianie zauważyła długą, czarną laskę, zakończoną na czubku matowozieloną kulą.

Berło znajdowało się dokładnie na linii wzroku Mal, która stała w miejscu dawnego tronu, tak jak przewidzieli. Wisiało w powietrzu, unoszone dziwnym, magicznym światłem na wysokości dobrych trzech metrów. Z dala od rąk intruzów – tam, gdzie nikt nie mógł go dotknąć...

„Oczywiście".

Było tam.

Naprawdę tu jest. Najpotężniejsza broń mroku.

Zło naprawdę żyje.

– Tutaj jest!

Evie była najbliżej. Wysunęła niecierpliwie rękę i wyciągnęła palce. W tej samej chwili Smocze Oko zadrżało, jakby coś w samej Mal wyważało je ze światła i powietrza, które je więziły.

Evie się uśmiechnęła.

– Mam je...

Niczym w zwolnionym tempie, Mal zobaczyła, jak dłoń Evie już prawie je chwyta. Berło zdawało się lśnić, jakby przyzywało Evie do siebie.

Świat wokół Mal zawirował i widziała tylko drobne, delikatne palce Evie i zaczarowane Smocze Oko, tuż poza zasięgiem jej palców.

W ułamku sekundy musiała podjąć decyzję: czy pozwolić Evie, żeby go dotknęła i zapadła w głęboki, tysiącletni sen?

Czy też powinna ją ocalić?

Powstrzymać ją?

Zrobić coś... dobrego?

Jednocześnie zdradzić życzenie matki i zrezygnować z własnego marzenia o tym, żeby stać się czymś więcej niż tylko rozczarowaniem?

Czy chciała być niedoceniana przez matkę do końca życia? Nigdy nie zasłużyć na jej uznanie?

Mal zamarła, nie mogąc podjąć decyzji.

– Nie! – zawołała w końcu, biegnąc w stronę Evie. – Nie rób tego!

„Co się właśnie stało? Co ona zrobiła? Dlaczego nie mogła się powstrzymać?"

– Co? – zapytała zszokowana Evie i w tej samej chwili ze Smoczego Oka zagrzmiał znajomy głos:

– TEN, KTO OBUDZI SMOKA, ZOSTANIE PRZEKLĘTY I ZAŚNIE NA TYSIĄC LAT!

Głos Diaboliny odbijał się echem od ścian.

Jej matka naprawdę zostawiła tu swój ślad. To, co pozostało z jej mocy i energii, huczało z elektrycznym trzaskiem w powietrzu. Dotychczas uśpione, teraz rozbudziło się do życia przez jeden przypadkowy moment, gdy wyczuło ofiary, które mogłoby torturować.

Palce Evie musnęły powietrze obok laski.

Dłoń Mal zamknęła się na berle. A kiedy tak się stało...

Upadła na ziemię i zasnęła.

Mal zamrugała powiekami. Widziała siebie, jak leży na podłodze sali tronowej, z fioletowymi włosami rozsypanymi wokół głowy.

Jej trzej towarzysze otoczyli ją, zdenerwowani.

„Czy w takim razie ja śpię? Czy nie śpię? A może śnię?"

Bo Mal zrozumiała, że widzi też coś jeszcze.

Nie była już w Zakazanej Twierdzy.

Znajdowała się w pałacu i był tam też dobry król Stefan ze swoją żoną, królową, i niemowlęciem w kołysce.

Byli szczęśliwi. Widziała to w ich rozpromienionych twarzach i w tym, że nie odrywali oczu od swego dziecka.

„Jak magnes – pomyślała Mal. – Znam to uczucie, to przyciąganie".

W sali zebrał się ogromny, odświętnie ubrany tłum dworzan, służących i gości. Dwie dobre wróżki unosiły się nad kołyską i różdżkami malowały w powietrzu piękne iskry. Ta scena była tak słodka, że przyprawiała o mdłości.

Mal nigdy nie widziała nic takiego, nie z tak bliska. Jak z jakiejś ckliwej czytanki dla dzieci.

„Co to jest? Dlaczego to widzę?"

Nagle pośrodku sali pojawiła się zielona, ognista kula, a gdy się rozproszyła, Mal ujrzała znajomą twarz.

To była jej matka.

Wysoka, wyniosła, piękna, lecz pogardzana. Diabolina pałała gniewem. Mal widziała zimny żar wypływający z jej wnętrza. Urzeczona patrzyła na swoją matkę.

Diabolina zwróciła się do tłumu zebranego wokół królewskiej rodziny:

– Proszę! Cóż za doborowe towarzystwo, drogi królu. Książęta, szlachta, mieszczanie, a także... Ha, ha, ha! Doprawdy, kogóż tu nie ma? Było mi przykro, że nie otrzymałam zaproszenia na tę uroczystość.

O czym mówiła jej matka? Nagle Mal zrozumiała: Diabolina nie została zaproszona na chrzest Aurory. Mal nigdy nie wiedziała, że to była przyczyna, dla której jej matka znienawidziła wszelkie przyjęcia i uroczystości.

Ale dokładnie rozumiała, jak się wtedy czuła.

Znała ten ból.

Wstyd.

Gniew.

Pragnienie zemsty.

Mal czuła dokładnie to samo, prawda? Kiedy Zła Królowa urządziła przyjęcie dla Evie, te wszystkie lata temu, a jej jednej nie zaprosiła.

Teraz patrzyła, jak jej matka rzuca klątwę na małą księżniczkę Aurorę, żeby zasnęła na sto lat, jeśli ukłuje się w palec wrzecionem. Był to przykład czarnoksięskiego majsztyku. Mal była dumna z wydajności matki, jej mocy i prostego rozwiązania. Jedno ukłucie w palec mogło sprawić, że runąłby cały królewski dom. Był to piękny straszny los. Starannie utkany. Z głęboki wyczuciem. Mal była dumna z Diaboliny. Zawsze była i zawsze będzie. Diabolina wychowała swą córkę sama i radziła sobie najlepiej, jak mogła. Choćby dlatego, że nie było nikogo innego, kto mógłby się tym zająć.

Ale była stworzona do zła. Tylko w tym była dobra.

I w tej właśnie chwili Mal po raz pierwszy zrozumiała, że czuła nie tylko dumę. Czuła litość. Może nawet współczucie. Czuła smutek na myśl o matce – a to było coś nowego.

Tłum widział przerażającego potwora, diabła, wiedźmę przeklinającą piękną księżniczkę. Ale Mal widziała tylko skrzywdzoną dziewczynkę, którą kierowała chęć zemsty, gniew i niepewność.

Chciała wyciągnąć rękę i powiedzieć Diabolinie, że wszystko będzie dobrze. Nie była pewna, czy to prawda, ale przecież do tej pory jakoś sobie radziły, czyż nie?

„Wszystko będzie dobrze, mamo".

Musiała jej to powiedzieć.

Ale obudziła się, zanim zdążyła to zrobić.

Mal zamrugała i otworzyła oczy. Była w sali tronowej Zakazanej Twierdzy. Jay, Carlos i Evie stali wokół niej, zdenerwowani.

Kiedy zasnęła, trzymała w dłoni Smocze Oko. Lecz gdy się obudziła, berła nigdzie nie było widać.

# rozdział

# 26

## Dziewczyna z tatuażem

Obudziłaś się! Przecież miałaś zasnąć na tysiąc lat! – zawołała Evie. – Jak to?

Mal przetarła oczy. To była prawda. Obudziła się. Nie spadła na nią żadna klątwa. Dlaczego tak się stało? Nagle zrozumiała.

– Udowodnij, że jesteś moją córką. Udowodnij, że jesteś moja – rozkazała jej matka. – Udowodnij, że masz w sobie krew smoka. Udowodnij, że jesteś warta tego znaku na skórze.

Znak podwójnego smoka wytatuowany na przedramieniu. To musiało być to. Podniosła rękę, żeby wszystkim pokazać.

– Nie mogło mi zrobić krzywdy – powiedziała. – Jestem córką godną swojej matki. Tak jak ona po części jestem smokiem, więc klątwa Smoczego Oka na mnie nie działa.

– Szczęściara. – Jay zagwizdał, przyglądając się jej imponującemu tatuażowi.

Mal się uśmiechnęła, spoglądając z dumą na znak, który nosiła.

Gdyby była córką swego ojca, zwyczajnym, słabym człowiekiem, zasnęłaby. Na tysiąc lat. Ale nie była. Była silna i udowodniła wszystkim, że jest córką swojej matki. Prawda?

A gdy przyniesie matce Smocze Oko...

– Zaraz. A gdzie ono jest? – zapytała i oskarżycielsko spojrzała na troje towarzyszy. – Miałam je w ręce!

– Dobre pytanie – powiedział Jay, jakby sam trochę zraniony.

– Zniknęło. Kiedy je chwyciłaś, pojawił się błysk światła, który na chwilę nas oślepił, a gdy odzyskaliśmy wzrok, już go nie było – wyjaśnił Carlos. Wzruszył ramionami. – Łatwo przyszło, łatwo poszło.

Wszyscy spojrzeli na niego ze złością.

– Łatwo? – Evie uniosła brew z tak twardą miną, na jaką tylko mogła się zdobyć.

Mal przymrużyła oczy.

– Jay, daj spokój. Oddaj je.

– Przysięgam, że go nie mam! – zaklinał się Jay. Opróżnił kieszenie, żeby to udowodnić. – Planowałem, że je zwinę. Chciałem je wziąć. Nawet miałem ci je zabrać z ręki, kiedy przycięłaś komara.

– I co?

Wzruszył ramionami.

– No i chyba po prostu zrezygnowałem z tego pomysłu.

– Nikt z nas go nie ma – powiedziała Evie i skrzyżowała ręce na piersi, poirytowana. – A tak przy okazji: wiedziałaś, że to berło jest przeklęte, i mimo wszystko nas tu przyciągnęłaś? O co tu chodzi?

Mal kopnęła kamyk.

– Taa. Chyba nie najlepiej to zaplanowałam.

– W takim razie dlaczego nie pozwoliłaś mi go dotknąć? Czy nie taki był od początku twój nikczemny plan?

Mal wzruszyła ramionami.

– O czym ty mówisz? Po prostu nie chciałam, żebyś to zrobiła. Nie ty miałaś go dotknąć.

– Bądź choć raz szczera. Chciałaś mnie przekląć, prawda? Chciałaś mi pozwolić dotknąć tego berła, żebym się zdrzemnęła na tysiąc lat? – westchnęła Evie.

Jay podniósł wzrok. Carlos instynktownie się cofnął.

Mal wiedziała, że żadne z nich nie chce brać udziału w tej rozmowie. Sama czuła dokładnie to samo.

– Chyba taki był plan. – Wzruszyła ramionami.

„Nie musisz się tłumaczyć. Nie jej" – pomyślała, ale ze zdziwieniem odkryła, że chciała to zrobić.

– Nadal chodzi o… no wiesz? – Evie patrzyła na nią uważnie. – No weź.

Mal była zawstydzona.

– Nie mam pojęcia, o czym mówisz.

– Pewnie, że nie wiesz – mruknął Jay.

Nawet Carlos się roześmiał.

Mal spojrzała na nich z wściekłością.

Evie przewróciła oczami.

– O przyjęciu. Moim przyjęciu. Kiedy byłyśmy małe.

– Kto by pamiętał takie rzeczy? – odparła Mal i zadziornie wysunęła podbródek.

Evie wydawała się już zmęczona.

– Błagałam mamę, żeby cię zaprosiła, wiesz? Ale odmówiła. Nadal była za bardzo zła na Diabolinę. Rywalizowały o wszystko, odkąd się znały.

Mal znów skinęła głową.

– Wiem. Przez te głupie wybory na władcę wyspy, prawda?

Evie wzruszyła ramionami.

– Wiesz, co mówią. Lustereczko, powiedz przecie, kto ma największe ego w świecie?

Mal się uśmiechnęła, choć czuła się dość niezręcznie.

Evie spojrzała jej prosto w oczy.

– Posłuchaj, moja mama zawaliła sprawę. Ale impreza nie była wcale taka fajna. Wiele nie straciłaś.

– Nie było piekielnej balangi?

– Daleko jej było do imprezy u Carlosa. – Evie się uśmiechnęła.

– Zgadza się. Jestem legendą – wtrącił Carlos.

Mal zgromiła go wzrokiem.

– Przecież o mało nie musiałam cię stłuc, żebyś zorganizował tę imprezę.

Przeniosła znów wzrok na Evie.

– Posłuchaj, nie chciałam cię uwięzić w tej strasznej garderobie Cruelli. – Mal zerknęła na Carlosa i dodała: – Tej, którą kocha bardziej niż własnego syna.

– Ha, ha – powiedział Carlos, ale wcale się nie śmiał. Choć właściwie troszkę go to rozbawiło.

Nawet Jay miał problem, żeby zachować powagę.

Evie też się roześmiała.

– Właśnie że chciałaś.

– No dobra, chciałam. – Teraz i Mal się uśmiechnęła.

– W porządku – odpowiedziała Evie, chichocząc. – Nie wpadłam w żadną z pułapek.

– Super! – Mal była trochę zawstydzona, że jest taka miękka.

Carlos westchnął.

Jay dał mu kuksańca w brzuch i wyszczerzył zęby.

– Przestań. Przynajmniej twoja mama nie nosi tylko dresów i piżam.

– Nie mówmy o tym – powiedziały równocześnie Mal i Evie.

– Dobra. Dość już tej słodyczy. Mamy długi spacer do domu – przypomniał im Jay. – A nie jestem pewien, czy to miejsce ma tylne wyjście.

Mal jednak nie mogła się skupić na szukaniu drogi powrotnej.

Okazała się mięczakiem i to ją martwiło.

Właśnie praktycznie ocaliła komuś życie. Prawda?

Jaki szanujący się złoczyńca w drugim pokoleniu robi coś takiego?

Co się stało z jej wielkim nikczemnym planem?

Dlaczego po prostu nie pozwoliła, żeby na Evie spadła klątwa berła Diaboliny?

Czy księżniczki i tak nie powinny spać przez długie lata? Czy nie to było właściwie wpisane w ich zakres obowiązków?

„A jeśli mama ma rację?"

Jeśli naprawdę była słaba jak ojciec? A co gorsza, miała skłonność do dobra gdzieś w swym czarnym serduszku?

Wzdrygnęła się.

Nie. Jeśli już, to odporność na klątwę tylko dowiodła, że zdecydowanie nie była taka jak ojciec. Pewnego dnia zajmie miejsce Diaboliny.

Musi to zrobić.

Ale niezależnie od tego, czy była córką Diaboliny, czy nie, i tak poniosła porażkę.

Wracała do domu z pustymi rękami.

O rany. Nie chciała być w pobliżu, gdy matka się o tym dowie.

rozdział

# 27

## Następcy

ie był to triumfalny powrót, jaki sobie wy-
obrażała, kiedy wyruszała na poszukiwanie
Zakazanej Twierdzy. Pokonana czwórka niespodziewanych
współtowarzyszy wracała po swoich śladach, szukając jakiegoś wyjścia. Jak zwykle stracili wszystko. Według każdych
rozsądnych standardów – czy też nieskończenie mniej rozsądnych standardów jej matki – byli skończonymi, komplet-
nymi frajerami, co do jednego.

Zwłaszcza ona.

Jednak w chwili gdy opuszczali salę tronową, Mal nie
mogła powstrzymać dreszczu ulgi, że w końcu zostawili za
sobą ten cały mrok.

Teraz twierdza wydawała się jej zupełnie inna. Jakby była martwa. Nie czuła już tej samej energii co przedtem.
– Myślisz, że ta dziura w kloszu znowu jest zatkana? – zapytała Carlosa. – Jakoś tu inaczej.
– Może – odparł chłopak. – A może magia, którą rozbudziła, już się wyczerpała.

Mal spojrzała na niebo. Czuła, że na wyspie nie będzie już żadnych czarów.

Nikt nie powiedział ani słowa, gdy wrócili do sali z magicznym lustrem. Znów było to tylko zwykłe zwierciadło. Evie nie chciała na nie nawet spojrzeć.

Nikt się nie odezwał, gdy spiesznym krokiem wracali po kruszącej się marmurowej podłodze, unikając przemykających szczurów i furkoczących nietoperzy. Nie zbliżali się do przejść goblinów ani duszących labiryntów. Ominęli zakurzoną komnatę z tapiseriami i galerię portretów. W końcu dotarli do przestronnej, pustej jaskini, która na krótko zmieniła się w Jaskinię Cudów wypełnioną piaskiem.

Jay tylko przyspieszył, gdy znów zobaczył gnijące drewniane drzwi, które wtedy ich tu doprowadziły.

A Carlos wydawał się szczególnie spieszyć, żeby pokonać kręte przejścia, które wiodły do wypełnionych ciemną mgłą pomieszczeń głównej twierdzy, o posadzce z czarnego marmuru. Gdy otworzył frontowe wrota, most gargulców znów ukazał się ich oczom.

Jego oczom.

Kiedy pozostali go dogonili, zatrzymali się i spojrzeli w przepaść. Ziejąca przepaść wąwozu w dole przyprawiała o zawroty głowy. Ale Carlos nie wyglądał, jakby się spieszył, żeby stanąć znów na moście.

– Wszystko w porządku – powiedziała Evie, żeby dodać mu otuchy. – Po prostu zrobimy to samo co wcześniej.

– Pewnie. Damy radę przejść przez jeden most – przytaknął Jay. – To wcale nie jest daleko.

Była to prawda. Po drugiej stronie widzieli zarys krętej ścieżki, prowadzącej w dół przez ciernisty las, w kierunku, z którego wcześniej przyszli.

– Właściwie już nic nam nie grozi – zgodziła się Mal i kątem oka zerknęła na Carlosa, który głośno wypuścił powietrze.

– Sam nie wiem. Nie sądzicie, że teraz to wygląda, jakby trochę bardziej się sypał? Po tych wszystkich wstrząsach od fal, które odczuliśmy? Nie wydaje mi się, żeby to był najbezpieczniejszy plan. – Carlos spojrzał na Mal.

Nie mogli się z nim nie zgodzić.

Problemem był sam most. Tym razem był w jednym kawałku, nie brakowało mu żadnej części, ale wiedzieli, że nie powinni ufać niczemu w tej twierdzy.

A po ostatnim razie żadne z nich nie śmiało postawić stopy na zdradzieckim moście. Nie po tamtych zagadkach. Choć za pierwszym razem udało im się przejść dość łatwo, kiedy już odpowiedzieli na pytania, nie myśleli o tym, że będą musieli wrócić tą samą drogą.

– Nie wiem, czy dam radę to powtórzyć – powiedział Carlos, przyglądając się kamiennym gargulcom. Skrzywił się na samą myśl o tym, że znów miałyby ożyć.

Mal w swojej wyobraźni nie wykroczyła poza scenę, gdy odzyskuje zaginione berło matki i zostaje bohaterką. W sumie dość mgliście potraktowała dalsze szczegóły, a teraz, gdy wszystko legło w gruzach, naprawdę nie miała planu awaryjnego.

Popatrzyła na Carlosa, który stał całkowicie roztrzęsiony. Przypomniała sobie zapadające się mosty i futra, a także prawdziwą miłość, którą dla tej matki nie był jej syn. W tej chwili zrozumiała, co powinna zrobić.

Stanęła naprzeciwko Carlosa.

– Nie musisz tego znowu robić. – Postąpiła krok do przodu, po nim kolejny. – No wiesz, tym razem nie zgarniesz dla siebie całej frajdy z mostem – dodała, starając się brzmieć przekonująco. – Tym razem moja kolej.

– Jak to? – Carlos wydawał się zdezorientowany.

Wiatr się zerwał, ale Mal szła dalej przed siebie. Ciaśniej otuliła się kurtką i krzyknęła do gargulców:

– Nie przestraszycie mnie! Widziałam już gorsze rzeczy! Myślicie, że gdzie się wychowałam? W Auradonie?

Wiatr wył coraz głośniej, smagał ją z każdej strony. Zrobiła kolejny krok i machnęła na resztę, żeby poszli za nią.

– Oszalałaś? – Jay pokręcił głową, ale poczłapał za Mal.

– Słuchaj, poważnie, nie musisz tego robić – szepnął Carlos i schował się za Jayem.

– Zdecydowanie oszalała – powiedziała Evie zza pleców Carlosa.

– Ja oszalałam? – Mal jeszcze bardziej podniosła głos. – Jak miałabym nie oszaleć? Chodzę do szkoły na cmentarzu i jem przeterminowane babeczki na śniadanie. Moja własna matka wysyła mnie do zakazanych miejsc, takich jak to, przez jakieś stare ptaszysko i zgubioną laskę – zakpiła. – Nie możecie mi powiedzieć nic, co byłoby gorsze od tego, z czym już mam do czynienia.

Z tymi słowami szła dalej. Minęła już połowę mostu, reszta grupy dreptała jej po piętach.

Wiatr smagał ich z rykiem, jakby miał ich poderwać i zrzucić z mostu, gdyby na to pozwoliła. Ale Mal nie zamierzała na to pozwolić.

– To wszystko, na co was stać? – Wyzywająco wysunęła podbródek. – Myślicie, że taki wietrzyk zrobi wrażenie na kimś takim jak ja?

Nad ich głowami trzasnęła błyskawica. Mal ruszyła biegiem, a jej przyjaciele tuż za nią. Gdy znaleźli się po drugiej stronie, most zaczął się trząść tak gwałtownie, że wydawało się, że zaraz znów runie.

Tylko tym razem nie była to żadna iluzja.

W chwili gdy Mal poczuła pod stopami ziemię urwiska po drugiej stronie, potknęła się o korzeń drzewa i upadła, pociągając za sobą Carlosa i Evie. Jay stał nad nimi, śmiejąc się głośno.

Nagle się zorientował, że nie tylko on jeden się śmieje.

– Ej, patrzcie!

Mal podniosła wzrok. Otaczał ich tłum goblinów – niewiele różniących się od tych, które ścigały ich w Zakazanej Twierdzy. Ale te gobliny sprawiały wrażenie o wiele bardziej przyjaznych.

– Dziewczyna – powiedział jeden z nich.

– Odważna – dodał inny.

– Pomoc – rzucił trzeci.

– Nic z tego nie rozumiem – stwierdziła Evie i usiadła.

Mal i Carlos podnieśli się na nogi. Jay się wycofał. W końcu czwarty goblin westchnął.

– Moi towarzysze chyba chcą powiedzieć, że jesteśmy pod ogromnym wrażeniem tego pokazu męstwa. Odwagi. Wytrwałości. W tej okolicy to rzadko spotykane.

– Okolicy – powtórzyły gobliny.

– To gada – zauważyła Evie.

Mal spojrzała po kolei na małe stworki.

– Eee... Dzięki?

– Nie ma za co – powiedział goblin.

Jego towarzysze zaczęli pochrząkiwać z ożywieniem. Mal pomyślała, że chyba się śmiali. Carlos był zdenerwowany. Jay tylko odpowiedział im chrząknięciem.

Czwarty goblin westchnął i znów spojrzał na Mal.

– Jeśli chcielibyście jakiegoś wsparcia z naszej strony, z radością wam pomożemy i odprowadzimy was na miejsce.

Zmierzył Mal wzrokiem.

Mal w odpowiedzi przyjrzała się goblinowi.

– Na miejsce?

Goblin nagle się zmieszał.

– Wydaje się, że jesteście daleko od domu – odparł i dodał: – Niczego nie chciałbym zakładać. To tylko wnioski, które wyciągam z niepodważalnego faktu, że ani ty, ani twoi przyjaciele nie wydajecie się, no cóż, ani trochę goblinopodobni.

Gobliny znów odpowiedziały chrząkliwym śmiechem.

Jay przyjrzał się im uważniej.

– Masz z pół metra wzrostu. Jak ktoś taki jak ty miałby zaprowadzić takich ludzi jak my z powrotem aż do miasta?

Evie szturchnęła go łokciem.

– Nie chciałbym być nieuprzejmy – dodał Jay.

– Nieuprzejmy  powtórzyły gobliny, nadal pochrząkując ze śmiechem.

– Właściwie to było całkiem nieuprzejme – mruknął Carlos.

– Ach, i dochodzimy do sedna sprawy. Sam może i jestem tylko jednym goblinem. – Goblin pokazał w uśmiechu szczerbate zęby. – Ale razem stanowimy, można by rzec, dość brutalną armię. Nie mówiąc o tym, że ciągniemy znakomity powóz.

– Ciągniemy! – Gobliny oszalały.

Stary, żelazny powóz należał do tego samego typu co te, w których można było zobaczyć parę królewską Auradonu. Był jednakże tak sczerniały i na wpół spalony, że nie przypominał nic, czego Bella lub Bestia odważyłyby się choćby dotknąć.

Nie mniej niż czterdzieści goblinów ciągnęło go i pchało z obu stron, walcząc o to, żeby choć położyć łapę na powozie.

– Dlaczego mielibyście to zrobić? – zapytała Mal, a w tym czasie z siedem goblinów pobiło się o to, który otworzy połamane drzwiczki. – Dlaczego jesteście tacy mili?

– Dobry uczynek. Chcemy pomóc innym wędrowcom. Może mielibyśmy szansę wydostać się z wyspy – wyjaśnił

goblin. – Wysyłaliśmy wiele wiadomości do naszych kras-
noludzkich kuzynów z prośbą do króla Bestii o amnestię.
Wiesz, byliśmy nikczemni już bardzo długo. Po pewnym
czasie to zaczyna męczyć. Zabiłbym za ciastko z kremem.

– Z jagodami... – rozmarzył się drugi.

– Z kawałkami czekolady – dodał inny.

Mal musiała przyznać, że sama czuła się już trochę wyczerpana. Przespała całą drogę powrotną do domu i nawet
nie była zakłopotana, że opierała głowę na ramieniu Evie.

Kiedy wróciła do Zamku Okazji, była w pełni gotowa na
to, że jej matka będzie krzyczeć i rzucać w nią wyzwiskami
za to, że poniosła porażkę w misji. Powoli otworzyła drzwi
i weszła do środka, najciszej jak tylko mogła, ze wzrokiem
wbitym w ziemię.

Na nic się to nie zdało. Diabolina siedziała na swoim
tronie.

– Ach, a więc wróciła córka marnotrawna – powiedziała. Jej głos brzmiał jakoś inaczej.

– Mamo, muszę ci coś... – Mal przerwała i podniosła
wzrok.

I patrzyła.

I patrzyła dalej, doświadczając jednocześnie co najmniej
dziesięciu różnych rodzajów szoku.

Jej matka siedziała przed nią, trzymając czarną laskę,
zwieńczoną zieloną kulą na czubku.

Smocze Oko.

– Czy to... – urwała Mal.

Diabolina skinęła głową.

– Tak, to Smocze Oko. I owszem, zawiodłaś mnie. Ale na szczęście nie wszyscy moi słudzy są tak bezużyteczni jak ty.

Mal zignorowała słowo „słudzy".

– Ale jak to możliwe?

Diabolina zaniosła się dumnym śmiechem.

– Głupie dziecko, co ty wiesz o wyprawach?

– Ale przecież znaleźliśmy je w Zakazanej Twierdzy! Dopiero co go dotknęłam, jakąś godzinę temu! – zaprotestowała Mal. – Było w twojej sali tronowej. Wisiało na ścianie. Tam, gdzie mogłaś je widzieć, z miejsca, w którym kiedyś stał twój tron.

Matka przyjrzała się jej uważniej. Mal nie była pewna, ale przez najkrótszy ze wszystkich ułamków sekundy wydało się jej, że Diabolina była jakby odrobinę pod wrażeniem.

– Dotknęłam go, a ono mnie ogłuszyło.

– Dotknęłaś go? Co ty powiesz – zadrwiła Pani Mroku. – Cóż, dobra robota. Naprawdę jesteś tak miękka jak twój ojciec.

Mal się zjeżyła.

– Nie rozumiem.

– Dotknęłaś Smoczego Oka? Zamiast podstępem nakłonić kogoś innego, żeby to zrobił? Co za słabość. Nie chciałam w to uwierzyć, gdy się dowiedziałam. – Diabolina stuknęła laską u swoich stóp. – Ile razy, Mal? Ile razy jeszcze przyniesiesz mi wstyd? – Przewróciła oczami. – Posłałam Diavala za wami, żeby przyniósł mi Smocze Oko. Musiał ci je zabrać, gdy odsypiałaś klątwę. – Pokręciła głową. – Wiedziałam, że nie nadajesz się do tego, aby załatwić sprawę, jak trzeba. Nie mogłam ryzykować. Wygląda na to, że miałam rację. Znowu.

Diaval zakrakał z dumą.

A więc Mal się nie myliła, gdy czuła, że ktoś ich śledzi. Oczywiście. To był Diaval.

Mal miała ochotę się poddać. Nieważne, jak bardzo się starała. Nieważne, co robiła. Nigdy nie mogła zaimponować matce.

Nawet teraz interesowało ją tylko Smocze Oko.

– Jest tylko jeden problem. Jest zepsute. – Diabolina się skrzywiła. – Spójrz na berło. Jest martwe. – Przez chwilę brzmiała jak ta sama rozgniewana dziewczynka, która przeklęła niemowlę, bo nie zaproszono jej na przyjęcie.

Mal aż za dobrze to pamiętała i teraz patrzyła na matkę całkiem inaczej.

– Cóż, klosz nadal istnieje – powiedziała w końcu. – I nie wpuszcza magii. Na chwilę zniknął, ale żadna magia nie pojawi się na tej wyspie w najbliższym czasie.

– Być może. A może to ty zepsułaś berło, gdy go dotknęłaś – rzuciła oskarżycielsko Diabolina. – Jesteś takim rozczarowaniem.

Tymczasem w Graciarni Dżafara wściekły wezyr beształ Jaya, który wrócił do domu z pustymi rękami.

– A więc mówisz, że znalazłeś Smocze Oko, zgadza się? W takim razie gdzie ono jest?

– Zniknęło! – zarzekał się Jay. – W jednej chwili je mieliśmy, a potem zniknęło.

– Jasne. I nie ma to nic wspólnego z pewnym dobrym uczynkiem pewnej córy zła wobec innej córy zła?

Jay zamarł.

– Słucham?

Te dwa słowa – „dobry" i „uczynek" – od razu mroziły krew w żyłach, szczególnie na tej wyspie, zwłaszcza gdy dochodziły z ust jego ojca.

– Myślałeś, że gobliny potrafią trzymać język za zębami, chłopcze? Cała wyspa o tym huczy.

– Przysięgam. Naprawdę tak właśnie było. Przysięgam na stos kradzionych... – Jay miał pustkę w głowie. Przez chwilę nie mógł wymyślić niczego, co mógłby ukraść.

Ale mówiąc szczerze, choć raz w życiu nawet go to nie obchodziło.

– Jesteś takim rozczarowaniem – prychnął Dżafar.

W Diabelskim Dworze Carlos obrywał po uszach od Cruelli, gdy w końcu odkryła bałagan w futrach w garderobie.

– Kto tu był? Wygląda, jakby ktoś zamknął z moimi futrami jakieś dzikie zwierzę! Jaki imbecyl zrobiłby coś takiego?

– Dzikie? – Carlos się skrzywił. Wiedział, że nie było sensu nawet próbować. Nie, kiedy garderoba wyglądała tak jak teraz.

Jego odpowiedź była mrożącym krew w żyłach krzykiem, nawet w charakterystycznej dla jego matki piskliwej oktawie.

– Przepraszam, mamo! – skomlał. – To się już nie powtórzy! Wiem, jak bardzo kochasz swoje futra – dokończył prawie szeptem. Oczami wyobraźni zobaczył oblicza gargulców na moście, drwiących z niego, gdy wypowiadał te słowa.

Potem przypomniał sobie Mal, Evie i Jaya, kiedy razem śmiali się z jej dziwactw, i sam musiał się teraz powstrzymać, żeby się nie uśmiechnąć.

Cruella prychnęła.

– Jesteś takim rozczarowaniem!

W Zamku po Drugiej Stronie Zła Królowa rozpaczała nad stanem włosów Evie.

– Jak mysie gniazdo! Co się stało? Wyglądasz okropnie!

– Przepraszam, mamo, wpadliśmy w... cóż... eee... Powiedzmy, że nie mogłam znaleźć lustra.

„Znalazłam jedno – pomyślała. – Tylko nie takie, w którym chciałoby się przeglądać. Nie, kiedy chce się być najpiękniejszą w świecie".

– Przysięgnij tylko, że te plotki, które słyszałam, nie są prawdziwe – powiedziała jej matka. – To całe gadanie o szlachetnym czynie. – Wzdrygnęła się. – Gobliny opowiadają o waszej czwórce paskudne rzeczy.

– Przecież wiesz, że gobliny to straszne stwory, mamo.

Evie zasłoniła twarz. Nie miała pojęcia, co powiedzieć. Szczerze mówiąc, nie wiedziała nawet, co ma o tym wszystkim myśleć. Ostatnie dni były bardzo dziwne.

Nie całkiem złe, ale dziwne.

Zła Królowa westchnęła.

– Znowu zapomniałaś poprawić róż. Och, kochanie, czasem jesteś takim rozczarowaniem.

• • •

Mal siedziała na balkonie, słuchając śmiechów i zamętu w dole. Nagle dobiegł ją krzyk.

– Mal! – wołał Jay. – Zejdź!

– O co chodzi? – zapytała, gdy zbiegła na dół.

– Nic, po prostu próbujemy urwać się od naszych rodziców, żeby ich znów czymś nie rozczarować – wyjaśnił Carlos.

– Ty też? – zapytała Mal, po czym zwróciła się do Jaya i Evie. – A wy?

Wszyscy troje skinęli głowami.

– Chodźcie na targ – rzuciła Evie. – Potrzebny mi szal.

– Mogę go dla ciebie zdobyć – zaproponował Jay, unosząc zawadiacko brwi. – Och, Evie? Proszę. To chyba twoje.

– Mój naszyjnik! – ucieszyła się Evie i z uśmiechem odebrała wisiorek z zatrutym jabłkiem. – Dzięki, Jay.

– Znalazłem go.

– W swojej kieszeni – zakpiła Mal, ale ze szczerym uśmiechem.

Głośno krzycząc, czwórka następców największych złoczyńców świata biegła zatłoczonymi ulicami Wyspy Potępionych, siejąc zamęt, kradnąc i plądrując, a wszyscy, którzy przypadkiem znaleźli się na ich drodze, pierzchali w popłochu. Ci młodzi byli naprawdę zepsuci do szpiku kości.

Nawet Mal poczuła się trochę lepiej.

A kiedy tak śmiali się i śpiewali, zastanawiała się, czy to właśnie jest szczęście.

Bo choć nie byli jeszcze w zasadzie przyjaciółmi, nie mieli nikogo innego, kto byłby bliższy tego miana.

„Zjesz ze mną

kolację...

To nie jest prośba!"

– Bestia,

Piękna i Bestia

# epilog

## Wschód słońca nad Auradonem

Gdy banda czworga dzieci złoczyńców siała zamęt na ulicach Wyspy Potępionych, książę Ben wyglądał przez okno swojego punktu obserwacyjnego, wysoko w Zamku Bestii, pogrążony w myślach.

To prawda, że Gburek powiedział mu, że będzie dobrym królem, ale w duchu Ben się zastanawiał, czy stary krasnoludek miał rację.

Mówiąc ściślej, nie był pewny, czy bycie dobrym królem było czymś, co w ogóle go interesowało.

Czy miało to znaczenie? Co było dla niego ważne? Czego chciał?

„W pułapce – pomyślał Ben, patrząc na rozległe królestwo. – Jestem w pułapce".

Spojrzał na niebo, jakby ono mogło mu przynieść odpowiedź. Błękitny przestwór był jasny i czysty jak zwykle. Widać było wszystko aż po odległy horyzont, gdzie sam Auradon rozmywał się w mglistą linię brzegową i lazurową wodę, i nic poza tym.

Nie.

Nie nic.

Ben pomyślał o swoim śnie i o wyspie.

Wyspa Potępionych. Tak ją wszyscy nazywali, nawet jego ojciec.

Zastanowił się znów, jak to by było, gdyby to on żył uwięziony pod magicznym kloszem. Uwięziony tak samo jak teraz.

Byli więźniami, czyż nie? Ojciec próbował udawać, że to nieprawda, ale Ben wiedział, że jest inaczej. Zostali wypędzeni na wyspę rozkazem króla.

Tak jak Ben musiał mieszkać w zamku, bo był synem króla. „I dlatego, że ojciec mnie kocha – pomyślał. – I dlatego, że po to się urodziłem".

Nie mógł się pozbyć tych myśli.

Wzdrygnął się.

– Au! – zawołał, gdy poczuł pod pachą ukłucie igły.

– Przepraszam, panie. Wybacz, panie – zląkł się Płomyk, który zajmował się poprawkami stroju koronacyjnego księcia.

– Nie ma problemu – powiedział Ben. W aksamitnym, błękitnym garniturze z żółtymi lamówkami wyglądał królewsko, przynajmniej zdaniem Płomyka. Był to ten sam garnitur, który król Bestia miał na sobie w dniu własnej koronacji. – To moja wina. Ruszyłem się.

– Jesteś myślami gdzie indziej, panie – rzekł Płomyk tonem znawcy. – Jak przystało na przyszłego króla Auradonu.

– Być może – odparł Ben.

Jak na przyszłego króla był zaskoczony, że tak mało wiedział o Wyspie Potępionych. Jak czuli się ci złoczyńcy pod kloszem? Jak mieszkali, jedli, dbali o siebie? Jak miewały się ich rodziny? Jakie były ich nadzieje i marzenia? Co widzieli, gdy patrzyli z okien swoich zamków, chat czy jaskiń?

Przypomniał sobie, że słyszał, że kilkoro z nich miało dzieci. Niektóre z nich byłyby pewnie teraz w jego wieku, prawda? Zastanawiał się, jak radziły sobie z życiem w cieniu swoich niesławnych rodziców.

„Mogę sobie wyobrazić, że podobnie jak ja – pomyślał, patrząc na swój królewski pierścień z głową bestii, taki sam jak na palcu jego ojca. Miał na sobie ojcowski mundur, który dopasowywał krawiec jego ojca. Stał przy oknie ojcowskiego zamku. – Żyjemy w pułapce. Ja tak samo jak oni".

Im dłużej się nad tym zastanawiał, tym bardziej był pewny, że to prawda. Nie wybrał tego, żeby urodzić się księciem i zostać królem, tak jak oni nie wybrali tego, kim byli ich rodzice. Byli więźniami przez zbrodnię, której sami nie popełnili.

To była większa zbrodnia, prawda?

„To niesprawiedliwe. To nie jest nasza wina. Nie mamy nic do powiedzenia w naszym własnym życiu. Żyjemy w baśni, którą napisał ktoś inny".

W tej chwili Ben zrozumiał, dlaczego pomocnicy chcieli czegoś więcej od życia. Odkrył, że on sam pragnął nawet jeszcze więcej.

Chciał, żeby rzeczy się zmieniły – w całym Auradonie. „Wszystko – pomyślał. – Dla każdego". Czy to w ogóle było możliwe? Z drugiej strony jak mogłoby nie być? Jak mógłby rządzić podzielonym królestwem? Zaczął się zastanawiać.

Jeśli ma być królem, będzie musiał być sobą, powiedziała jego matka. A on różnił się od ojca. To było jasne dla wszystkich, nawet dla Płomyka. Ben miał wprawdzie rządzić, ale będzie rządził inaczej.

Wprowadzi nowe zasady i wyda nowe dekrety.

Znów odpłynął myślami do obrazu fioletowowłosej dziewczyny o zielonych oczach. Dziewczyny z jego snu.

Kim była?

Czy kiedyś ją spotka?

Czy była jedną z nich? Jedną ze straconych dusz na tej przeklętej wyspie? Czuł, że tak właśnie jest.

I wtedy doznał olśnienia.

Olśnienia, które miało odmienić los Auradonu i Wyspy Potępionych na zawsze.

Dlaczego nie?

Najwyższy czas.

Podjął decyzję.

– Panie! Dokąd idziesz? – zawołał Płomyk, gdy Ben nagle odskoczył od igły i nici, a szpilki, kreda i centymetr krawiecki wystrzeliły w powietrze.

– Znaleźć moich rodziców! Muszę im coś powiedzieć,
i to natychmiast! – odparł książę. – Mam genialny pomysł!

# A CO BYŁO DALEJ,
# DOWIECIE SIĘ Z FILMU...

Premiera w Disney Channel w 2015 roku!

# podziękowania

Gdy byłam małą dziewczynką i mieszkałam na Filipinach, pierwszym filmem, który zobaczyłam w życiu, był *Kopciuszek*. Był to ulubiony film z dzieciństwa mojej mamy. Był to też pierwszy film, który obejrzałam z córką, która również się w nim zakochała. (Moim ulubionym jest *Śpiąca Królewna*). Magia Disneya stała się ogromną częścią mojego dzieciństwa, a teraz jest ogromną częścią dzieciństwa mojej córki. Cudownie było oglądać razem te stare filmy, gdy pisałam tę książkę, a także zobaczyć nowy film Disney Channel, który był jej inspiracją. Nadal nie mogę uwierzyć, że jest mi dane bawić się w tym wszechświecie, z postaciami, które określiły moje dzieciństwo. Była to prawdziwie magiczna podróż i jestem winna podziękowania osobom, które mi w niej pomogły. Dziękuję mojej wydawniczej rodzinie: mojej redaktorce Emily Meehan, wydawcy Suzanne Murphy oraz wszystkim z Disney Hyperion, zwłaszcza Seale'owi Ballengerowi, Mary Ann Zissimos, Simonowi Taskerowi, Elenie Blanco, Kim Knueppel, Sarah Sullivan, Jackie DeLeo, Frankowi Bumbalo, Jessice Harriton, Dinie Sherman,

Elke Villa, Andrew Sansone'owi i Holly Nagel, którzy przeprowadzili mnie przez niezliczone książki i premiery wydawnicze, dziękuję za niezachwianą wiarę! Dziękuję Marci Senders za stworzenie nikczemnie fantastycznego projektu graficznego i Monice Mayper, która zadbała o to, żeby każdy niecnie dyndający imiesłów trafił na swoje miejsce. Wielkie szychy Disney Consumer Products: Andrew Sugerman i Raj Murari organizują najlepsze imprezy. Jeanne Mosure jest moją bohaterką. Wielkie dzięki dla Rebekki Frazer i Jennifer Magee-Cook z Team Descendants i wszystkich uroczych osób z Disney Channel, zwłaszcza Jennifer Rogers Doyle, Leigh Tran, Nakethy Mattocks i Gary'ego Marsha. Naprawdę wspaniale było poznać reżysera Kenny'ego Ortegę, scenografa Marka Hofelinga i gwiazdy filmu: Dove Cameron, Booboo Stewarta, Camerona Boyce'a, Sofię Carson i niezrównaną Kristin Chenoweth. Scenariusz Sary Parriott i Josann McGibbon jest przezabawny i inspirujący. Mój agent, Richard Abate, jest wprost niezrównany. Melissa Kahn jest fantastyczna. Podziękowania i wyrazy miłości dla DLC i rodziny Johnstonów, zwłaszcza dla Nicholasa i Josepha Greenów oraz Sebastiana de la Cruz. Nie dałabym sobie rady bez moich przyjaciół, zwłaszcza drogiej Margie Stohl. Mój mąż, Mike Johnston, jest geniuszem kreatywności, a on i nasza córka, Mattie Johnston, sprawiają, że wszystko jest warte zachodu.

Mam nadzieję, że podobała wam się ta książka i dała wam cały nowy zestaw wspomnień związanych z Disneyem. Nie przegapcie tego filmu. Dziękuję wam za lekturę!

Buziaki i uściski

Mel